REBELLEN

Die Traumwandlerin-Saga, Band I
Fantasy

Ainoah Jace

Copyright © 2019 Ainoah Jace
Print-Ausgabe des Verlages EyeDoo Publishing
www.eyedoo.biz

2. Auflage
ISBN: 978-3964431912

Bildnachweis: © closeupimages - Fotolia.com
Bildnachweis: © Fotoatelier G. Nebl
Lektorat: Michael Reinelt

Alle Ähnlichkeiten mit lebenden und verstorbenen Personen sowie realen Orten sind rein zufällig.
Alle Rechte der Verbreitung, auch durch Funk, Fernsehen, fotomechanische Wiedergabe, Tonträger jeder Art und auszugsweiser Nachdruck sowie die elektronische Weitergabe und Übersetzung sind vorbehalten.

www.ainoahjace.com

Wölfe sind wunderbare Lebewesen mit einer
einzigartigen Weise sich zu bewegen.
Die kraftvolle Anmut dieser Tiere hat sie zu
Hauptfiguren meiner Saga gemacht.
Aber man unterscheide bitte zwischen den
grausamen Eiswölfen aus meiner Fantasie und
den normalen Wölfen, die in der Traumwandlerin nur
als nicht allzu gefährliche, scheue Waldbewohner,
die sie auch in Wirklichkeit sind, auftauchen.

Inhalt:

Vorwort	7
Maroc	9
Weiße Raben	43
Die Schwarzen Reiter	67
In den Minen	103
Über die Grenzen	131
Der Eiskönig	189
Heimkehr	209
In Sicherheit	245
Der Künstler lebt auch vom Applaus	281
Hauptpersonen	283
Weitere Bücher der Autorin	287
Informationen und Kontakt	288

Vorwort

Inmitten eines zugefrorenen Sees herrscht der mächtige Eiskönig Shahatego über vier Länder. Er wird beschützt und bewacht von den grausamen Eiswölfen und den weißen Raben.

Das weitläufige Sandland *Maroc* mit seinen Edelsteinminen und Salzstollen, das düstere Waldland *Boscano*, das fruchtbare Wiesenland *Lilas* und das undurchdringliche Dschungelreich *Djamila* liefern die kostbaren Rohstoffe und sichern so seinen Reichtum.

Eine Rebellengruppe, die Schwarzen Reiter, versucht den Widerstand zu organisieren. Oder sind sie auch nur Diebe und Mörder, die zu ihrem eigenen Nutzen handeln?

Nur alle vier Länder gemeinsam, die sich gegenseitig fürchten und einander misstrauen, könnten den Ausweg finden: Die Brücke über den See, von einem großen Teilstück unterbrochen, muss vervollständigt werden, um an Shahatego heranzukommen. Die vier notwendigen Schlüssel für diesen Mechanismus hat jedoch keiner jemals gesehen.

Die junge Nell aus *Maroc*, verlobt mit dem undurchsichtigen und schroffen Shane, flieht vor der Misshandlung durch die Stiefmutter und gerät in die Hände der Schwarzen Reiter. Das ängstliche Mädchen muss sich seinen Lebensunterhalt als Dienstbotin bei den Rebellen verdienen.

Als der Anführer der Schwarzen Reiter einen Kontakt zu dem benachbarten Waldland ermöglicht, tritt die Rebellion in die nächste Phase.

Nell schlafwandelt an den gefährlichsten Orten und findet in ihren Träumen den Weg zum ersten Brückenschlüssel.

Maroc

Er ritt wie der Teufel aus dem Wald. Seine schwarze Kleidung flatterte im Wind und sein erschöpftes Pferd keuchte angestrengt. Als er über die weite Ebene auf die Stadt zujagte, wagte er einen kurzen Blick zurück.

Die Eiswölfe des Eiskönigs waren am Waldrand zurückgeblieben. Ihre roten Augen konnte er jedoch immer noch leuchten sehen. Er wusste nicht, warum sie ihn nicht weiter verfolgten, nahm aber an, dass der Eiskönig ihnen Grenzen gesetzt hatte.

Er drosselte sein hohes Tempo, um sein Tier zu schonen.

Als er kurz danach vor dem dunklen Tor von *Maroc* verhielt, musste er nicht lange warten.

Das riesige zweiflügelige Tor aus starkem bronzefarbigem Metall öffnete sich mit leisem Quietschen.

Er ritt in verhaltenem Schritt unter dem Bogen hindurch, blickte zur Seite und grüßte den Wächter, der dort im flackernden Fackelschein stand.

Kein Wort wurde gewechselt, dies war seltsam, hatte der Mann doch soeben den Anführer der Schwarzen Reiter in die Stadt gelassen. Den Anführer der Rebellen, von denen manche sagten, es seien genauso Mörder und Diebe wie die Kustoden, die Leute des Eiskönigs.

Der Schwarze Reiter verschwand im Labyrinth der Gassen der großen Stadt, der Sand auf dem Kopfsteinpflaster dämpfte das Hufgeräusch.

Maroc, die Stadt aus Sandstein, schlief tief, es war bereits weit nach Mitternacht.

Fackeln erhellten die dunklen, engen Gassen nur dürftig, und hinter einigen wenigen Fenstern konnte man den Schein von Kerzen erahnen, denn hier zog jedermann zur Sicherheit seine Vorhänge abends zu.

Der Eiskönig erfuhr alles!
Keiner wusste wie, aber es war so gut wie sicher, dass er außer den Kustoden noch weitere Spione haben musste.
Der Rebell ritt an einem prunkvollen Anwesen vorbei und sah gedankenvoll zu den Fenstern hinauf. Auch hier war alles dunkel.
Jedoch hörte er ein leises Geräusch, mit welchem er nicht gerechnet hatte.
Er gab seinem großen, dunkelbraunen Hengst den Befehl anzuhalten. Dieser gehorchte, schnaubte aber unwillig: So nah waren der heimische Stall und das wohlverdiente Futter.
Da vernahm er es wieder:
Das Weinen eines Mädchens klang durch die Nacht. Seine Stirn unter dem schwarzen Tuch, welches sein Gesicht verbarg, runzelte sich.
Er wusste, er würde ihr vermutlich nicht helfen können.
Langsam trieb er sein Pferd an und ritt nachdenklich nach Hause.

Nell erwachte und hörte als Erstes das fröhliche Zwitschern der Finken im Geäst des Bougainvillea-Baumes vor ihrem Fenster.
Sie fühlte sich, als sei eine Kutsche über sie hinweggerollt. Ihre Augen schmerzten, als sie sich zwang, diese zu öffnen.
Nell schlug die leichten Decken mit dem bestickten Blumenmuster zur Seite, drehte sich um und stand vorsichtig auf. Ihr Rücken brannte wie Feuer, und sie wusste genau warum.
Ihre Stiefmutter Valeska hatte gestern Abend ihren Zorn mit der Peitsche an ihr ausgelassen, als Nell, wie so oft in den letzten Monaten, gebeten hatte, ihre Verlobung mit Shane Donovan lösen zu dürfen.

Ein gewöhnliches Streitgespräch hatte in einem furchtbaren Erlebnis für Nell geendet.

»Du bist verrückt, Kind! Ein verwöhnter Balg, wie ich es zu deinem Vater immer gesagt habe. Die Donovans sind neben uns die reichste und einflussreichste Familie der Stadt. So eine Verlobung löst man nicht!«

»Shane Donovan ist arrogant und meist schlecht gelaunt. Ich will keinen Miesepeter heiraten! Ich habe hier schon nichts zu lachen. Wenn ich ihn heirate, lache ich vermutlich nie wieder!«

Valeska hatte sie mit ihren eisblauen Augen angesehen, bis ihr innerlich ganz kalt geworden war.

Nell wusste, das hätte sie nicht sagen dürfen.

Sie war noch nie zuvor so vorlaut gewesen, dafür fürchtete sie die eiskalte Schönheit, die ihr Vater bereits kurz nach dem Tod der geliebten Mutter geheiratet hatte, viel zu sehr.

Valeska war hochgewachsen, hatte weißblondes glattes Haar, und Nell fühlte sich neben ihr wie die sprichwörtliche graue Maus.

Dabei war Nell auf ihre Art ein hübsches Mädchen.

Groß gelockte, dunkle Haare fielen ihr bis auf den Rücken, das herzförmige Gesicht lebte von den riesigen, braunen Augen mit den langen, dunklen Wimpern. Ihre Züge waren zart, die Augenbrauen schmal, nur der Mund war großzügig geschnitten. Alles in allem wirkte sie unauffällig und sehr zierlich neben der blonden Amazone, die nun wortlos das Zimmer verlassen hatte.

Valeska kehrte jedoch nach wenigen Minuten zurück.

Sie wurde von Mical, dem Hausdiener, begleitet.

Der gutaussehende Maroconer war nicht nur auf eine finstere Art attraktiv und muskulös, sondern darüber hinaus absolut skrupellos.

Nell hatte stets den Eindruck, als wäre er vor allem der persönliche Diener von Valeska in jeder Beziehung.

Sie riss die Augen auf, als sie sah, was er in der kräftigen Hand trug:

Eine zusammengerollte Peitsche, schwarze und braune Lederschnüre an einem kurzen Stock.

Nell blickte ungläubig ihre Stiefmutter an. Diese sah sie mit ausdrucksloser Miene an und streckte die Hand mit den langen, gepflegten Nägeln aus.

Mical übergab ihr die Peitsche.

Die Lederschnüre entrollten sich und Nell flüsterte:

»Das kann nicht dein Ernst sein, Valeska. Wenn Vater das erfährt.«

»Ich sage es ihm sogar höchstpersönlich. Und er wird mir, wie immer, beistimmen, dass ich mir Frechheiten von dir nicht bieten lassen muss. Halte sie, Mical!«, sagte Valeska ungerührt.

Der Diener hatte Nell so schnell gepackt, dass sie sich noch nicht einmal bewegt hatte. Er hielt ihre Oberarme fest und Valeska öffnete die Knöpfe auf der Rückseite des Kleides. Als sie die Stoffhälften zur Seite zog, begann Nell zu schreien.

»Nein, das kannst du nicht machen, Valeska. Hilfe! Helft mir bitte! Neiiin!«

Ihr Schrei ging in ein scharfes Einatmen über, als sie den Schmerz spürte. Die Tränen flossen in Strömen, was sie beschämte, aber sie konnte sie nicht zurückhalten. Es fühlte sich an, als hätte ihre Stiefmutter ein Messer angesetzt.

Noch zweimal klatschten die Lederschnüre auf ihre bereits gerissene Haut, dann verließen Valeska und Mical schweigend ihr Zimmer.

Nell war auf den Boden gesunken und weinte sich die Seele aus dem Leib.

Bald darauf spürte sie eine Hand auf ihrem Kopf, und die sanfte Stimme ihrer Zofe Ally flüsterte:

»O Nell, du Ärmste. Komm zum Bett, ich habe eine Salbe für deinen Rücken dabei.«

Nell rappelte sich mühsam auf und schleppte sich zum Bett. Vorsichtig ließ sie sich nieder und bemühte sich einen erneuten Aufschrei zu unterdrücken, als Ally die Wunde mit der kühlenden Salbe bestrich.

Ally legte feuchte Tücher darüber, und das vom Weinen völlig erschöpfte Mädchen schlief bald darauf ein.

Während der Nacht wachte sie wegen der Schmerzen immer wieder auf. Leise weinte sie vor sich hin, als ihr die Ausweglosigkeit ihrer Lage bewusst wurde.

Valeska hatte Recht:

Ihr Vater war seiner neuen schönen Frau hörig, er würde nichts unternehmen, würde sein Kind nicht beschützen.

Was ihr blieb, war die Ehe mit einem missgelaunten Mann. Und wer wusste schon, ob nicht auch er gerne zuschlug? Was sollte sie nur tun?

Sie überlegte fieberhaft, aber es fiel ihr nichts Vernünftiges ein. Sie würde vorsichtig sein müssen, mit Worten und Taten, bis sie eine Idee hätte.

Sie lauschte benommen in die Nacht – das Geräusch von Pferdehufen näherte sich und verhielt vor dem Garten mit der hohen Mauer. Nichts Weiteres war zu hören, und gerade als Nell dachte, sie hätte sich getäuscht, vernahm sie den Laut erneut. Nun aber ritt derjenige davon und sie schlief mutlos ein.

Shane Donovan war mal wieder schlecht gelaunt.

Immer die gleichen Debatten mit seiner Familie!

»Mutter, ich habe keine Zeit zu heiraten. Außerdem ist Nell ein kleines, ängstliches Mädchen, was soll ich mit ihr anfangen? Warum kann David sie nicht heiraten? Sie himmelt ihn sowieso an«, sagte er in barschem Ton zu seiner Mutter, die ihm am Frühstückstisch gegenübersaß.

Seine Schwester Emily riss die veilchenblauen Augen auf.

»Wirklich? Ist sie in David verliebt, Shane? Das ist aber schwierig für dich, oder?«

Emily war fünfzehn Jahre alt und ständig in romantische Tagträume versunken. Sie und David ähnelten im Aussehen ihrem Vater, alle drei waren dunkelblond und besaßen diese besonderen, blauen Augen.

»Emily, hör auf mit dem Unsinn! Wenn du mit dem Frühstück fertig bist, geh bitte in dein Zimmer!«

Emily zog den Kopf ein, denn wenn Maggie Donovan einen strengen Ton anschlug, war sie wirklich am Ende ihrer Geduld.

Maggie wartete ungeduldig, bis Emily den Raum verlassen hatte.

Ihr Mann Jared sah sie nachdenklich an.

Maggie war eine sanfte, schwarzhaarige Schönheit und auch nach der Geburt dreier Kinder immer noch gertenschlank.

Wenn er in Shanes Gesicht blickte, sah er das Gesicht seiner Frau.

»Allerdings«, schmunzelte er in sich hinein, »hat Shane wohl eher meine Wesensart geerbt. Ob ich in dem Alter ebenso mürrisch war?«, überlegte er.

Maggie legte entschlossen beide Hände auf den Tisch und sah den jüngeren Sohn an.

»Willst du Nell heiraten, David?«, fragte sie direkt, wie es ihre Art war.

David fuhr erschrocken zusammen, die blauen Augen waren groß und kugelrund geworden. Panisch schüttelte er den Kopf.

»Mutter, wenn Shane mit seinen zweiundzwanzig Jahren noch nicht zur Heirat bereit ist, bin ich mit achtzehn ja wohl noch viel zu jung. Nell ist nett, aber sie hat vor allem Angst. Nein, sie ist Shanes Verlobte!«

Shane blinzelte den Bruder genervt an.

»Du wärst geduldig genug, ihr ihre Ängste zu nehmen. Ich habe keine Zeit für so etwas!«

Er schüttelte zornig den Kopf und sah Jared Donovan aus schmalen schwarzen Augen an:

»Vater, wir müssen los! Die Wagen für die Minen stehen am Tor bereit, wir sollten uns nicht verspäten, die Menschen dort haben Hunger.«

Jared nickte ruhig, aber als sein Sohn aufstehen wollte, legte er ihm die große gebräunte Hand auf den Arm.

»Was ist denn noch?«, fragte Shane abwesend.

Seine Gedanken eilten seinem Weg bereits voraus, denn dieser war jedes Mal aufs Neue gefährlich.

Jared sah den unruhigen jungen Mann an und sagte eindringlich: »Shane!«

Es dauerte einen Moment, bis er sich der vollen Aufmerksamkeit Shanes gewiss war, dann erst sprach er weiter:

»Ich verstehe dich, Sohn, aber hast du einmal daran gedacht, dass deine Verlobte Grund zur Angst haben könnte? Sie lebt mit der Eishexe zusammen, wie sie Valeska Ransom nennen. Ich glaube nicht, dass sie ein schönes und einfaches Leben hat.«

Shane sah betreten zu Boden und atmete tief ein.

Widerwillig gab er zu:

»Ja, mag sein. Doch muss ich sie deshalb gleich heiraten? Kann sie nicht für einige Zeit als Besuch zu Emily kommen? Vielleicht verliert sie ja dann ihre Angst?«

Er grinste zu seinem Bruder hinüber.

»Und vielleicht habe ich Glück, und David verliebt sich in sie!«

Sein Bruder verdrehte die Augen.

Maggie stand mit einer heftigen Bewegung auf und zischte ihren ältesten Sohn an.

»An die Minenarbeiter denkst du – ja, ich weiß, Nell muss vermutlich nicht hungern – und einen Menschen in deiner

Nähe, dem du wirklich helfen könntest, den übersiehst du. Das ist nicht in Ordnung, Shane!

Heute Abend holst du sie auf einen längeren Besuch, und du wirst etwas Zeit mit ihr verbringen, damit ihr euch kennenlernt! Und jetzt will ich kein Wort mehr hören! Ich schicke Mrs. Ransom eine Nachricht, dass Nell sich bereit machen soll.«

Shane stöhnte auf, wagte aber kein Widerwort mehr und ging eilig hinaus, bevor seiner Mutter noch eine weitere glorreiche Idee käme.

Die Donovans machten einmal wöchentlich eine mehrstündige Fahrt zu den Minen des Sandlandes. Dort arbeiteten Sklaven am Abbau der Edelsteine.

Jared und Shane brachten Lebensmittel dorthin und holten einmal pro Monat im Gegenzug die Edelsteine ab.

Der Eiskönig sandte dann am nächsten Tag einen speziellen Transport, um seine Schätze einzufordern.

Maggie und David waren zuhause mit dem Haushalt und der Organisation der Fahrten sowie der Lebensmittelbesorgung für die Minenarbeiter beschäftigt.

Zudem führte Shane die Bücher für die Edelsteinlieferungen. Es war überlebenswichtig, alles zu dokumentieren und damit darlegen zu können, dass dem Eiskönig nichts gestohlen wurde!

Jared gab seiner Frau einen liebevollen Kuss auf die Stirn, die sich wieder glättete.

»Bis heute Abend, meine Süße!«

Sie hielt seine Hand fest und sah ihn fragend an.

»Was denkst du darüber, Jared?«

»Du hast Recht, Maggie, mit allem, was du sagtest. Sie sind seit zwei Jahren verlobt, das Mädchen wird bald achtzehn und damit steht die Heirat an.

Sie sollten sich kennenlernen. Und sie tut mir auch leid, ich möchte nicht einmal zwei Tage mit Valeska Ransom zusammenleben müssen!

Aber ich verstehe auch unseren Sohn: Nell ist keine Frau, die in einem zornigen jungen Mann Sehnsucht oder Leidenschaft weckt! Deine Idee mit dem Besuch ist sehr gut. Vielleicht entwickelt es sich, wie es soll.«

Maggie lächelte ihn erleichtert an.

Jedoch beide hatten Shanes wahre Worte nicht vergessen: »Sie himmelt David an.«

Nell saß mit einer Tasse heißer Schokolade auf ihrem Balkon, als ihre Stiefmutter den Raum betrat.

Ihr auf dem Fuße folgte Ally mit einer großen Reisetruhe, die sie nur mühsam schleppen konnte.

Ein »Guten Morgen« erschien ihnen beiden nicht passend, daher sparten sie sich diese Höflichkeitsfloskel einfach.

Nell sah Valeska schweigend an, als diese ihr gegenüber mit steinerner Miene Platz nahm und ihr einen bereits geöffneten Brief entgegenstreckte.

»Hier, lies. Und dann packe mit Ally die Sachen, die du für einen längeren Besuch bei den Donovans brauchst!«

Das Mädchen sah sie fassungslos an und brachte kein Wort hervor.

Ally sah mitleidig zu ihr hinüber und eilte an ihre Seite, sobald Valeska den Raum verlassen hatte.

»Was steht in dem Brief, Nell?«, fragte sie zutraulich.

Ally war seit ihrem achten Lebensjahr an Nells Seite und hatte vor zwei Jahren ihre Arbeit als Nells Zofe übernommen. Die beiden Mädchen hatten eine enge Bindung zueinander.

Nell erwiderte tonlos, ohne das Entsetzen, welches sie empfand, in ihrer Stimme preiszugeben:

»Shane holt mich heute Abend zu einem längeren Besuch bei ihnen ab!«

Ally sah sie entsetzt an.

»Aber du kannst dich ja nicht einmal schmerzfrei bewegen, du solltest dich ruhig halten!«

Nell sah in den Garten hinaus, aber sie nahm die Schönheit der vielen blühenden Büsche nicht wahr.

Sie seufzte tief auf.

»Das interessiert niemanden, Ally. Ist auch egal. Hilfst du mir bitte packen, ja?«

Schweigend, Nell mit überaus vorsichtigen Bewegungen, ordneten sie einige Kleider und Umhänge sowie Wäsche in die Truhe.

Ally verließ anschließend das Zimmer, um bei der Zubereitung des Mittagessens zu helfen, und Nell blieb nachdenklich zurück.

Sie ging zu ihrem Sekretär aus wertvollem, rötlichbraunem Akazienholz und öffnete behutsam ein Fach mit dem kleinen Schlüssel, der an einem schmalen Lederband um ihren Hals hing.

Nell entnahm einen großen Schlüssel, der zu dem Haus ihrer Großeltern gehörte, und ein Büchlein, welches bis zur letzten Seite mit einer zierlichen Schrift beschrieben war: das Vermächtnis ihrer Mutter.

Natalie Ransom war vor drei Jahren schwer krank geworden. Die Ärzte hatten sich keinen Rat gewusst, und so war sie bereits nach wenigen Wochen verstorben.

Nell war das genaue Abbild dieser sanften dunkelhaarigen Frau, die allseits beliebt gewesen und von Nells Vater Bryce angebetet worden war.

Während der ersten Wochen ihrer Krankheit, als hätte sie ihr Ende vorhergeahnt, hatte sie dieses Büchlein mit Gedanken und aufmunternden Erzählungen für Nell gefüllt.

Die Ärzte waren sich bis zuletzt nicht sicher gewesen, ob es sich um eine innere Krankheit oder die Folge einer Vergiftung gehandelt hatte, aber da Natalie keine offensichtliche Feinde gehabt hatte, ging man von Ersterem aus.

Nach ihrem Tod hatte sich der Vater von Nell abgewandt, und das Mädchen hatte ein Gespräch der Haushälterin Lizzie und der Köchin Beth mit angehört.

»Das arme kleine Ding. Zuerst so verhätschelt, dann im Stich gelassen. Da drehte sich unsere Herrin im Grabe um, wenn sie das mitbekäme!«, hatte Lizzie leise geflüstert.

Und Beth hatte laut geantwortet, denn die gemütliche, vollbusige Frau nahm niemals ein Blatt vor den Mund, sie konnte vermutlich nicht leise sprechen.

»Das liegt daran, dass er ihren Anblick nicht erträgt. Mr. Bryce sieht seine Frau, wenn er Nell ansieht. Er hat Mrs. Natalie zu sehr geliebt!«

»Aber er ist das Einzige, was Nell geblieben ist. Ein Vater darf sein Kind hier nicht im Stich lassen«, hatte Lizzie nun auch etwas lauter zurückgegeben.

»Er sucht ihr eine Stiefmutter, wirst schon sehen, Lizzie. Dieser blonde Eisblock, der neulich zum Tee hier war, sie hat ihm schöne Augen gemacht.«

Lizzie hatte erschrocken eingeatmet:

»Die Eishexe? Dann haben wir ein schlimmes Dasein vor uns. Hoffen wir, dass du dich täuschst!«

Aber Beth hatte leider Recht behalten.

Und die Vorhersage Lizzies über das schlimme Dasein war auch eingetroffen.

Nell schlug das Buch auf der hintersten Seite auf und las mit Tränen in den Augen die letzten Worte ihrer Mutter, bevor sie zu schwach zum Schreiben geworden war:

»Meine liebste Nell!

Was auch immer geschieht, wenn es einmal nicht so freudige Tage in deinem Leben geben sollte, denn diese gibt es in jedem Leben, denk daran, wie sehr ich dich liebe. Sieh hinaus in die Schönheit unserer Welt, lausche den feinen

Stimmen der Vögel, rieche den Duft der Blüten und glaube daran: Ich werde stets in deiner Nähe sein.«

Nell klappte das Buch sanft zu und verbarg es mit dem Schlüssel, den sie in ein kleines Täschchen steckte, unter ihren Kleidern in der Truhe und verließ ihr Zimmer.

Langsam schritt sie nach unten zu einer weiteren unangenehmen Mahlzeit unter der unterkühlten Aufsicht von Valeska.

Shane steuerte die Kutsche mit halsbrecherischem Tempo durch die Abenddämmerung in die Stadt, aber sein Vater, der neben ihm auf dem Kutschbock saß, sagte nichts.

Es war viel später geworden als gedacht, denn in den Minen war etwas vorgefallen, das sie beide noch beschäftigte.

Nun hieß es möglichst schnell hinter die schützenden Mauern zurückzukehren, bevor die Eiswölfe ihre Wachrunden begannen.

Vor dem Haus angekommen, brachte Shane die Pferde mit harter Hand zum Stehen, und sein Vater kletterte vom Kutschbock.

Jared hielt sich die Hand ans Kreuz.

»Langsam werde ich zu alt für diese Fahrten und die Schlepperei!«, stöhnte er.

Dann öffnete er das Tor zum Innenhof und Shane fuhr auf die Tore der großen Remise, des Gebäudes für die Wagen und Kutschen der Donovans, zu.

Als Jared auch diese Tore geöffnet hatte, sprang Shane ebenfalls ab und spannte die Pferde aus.

Er brachte sie in den Stall nebenan und übergab sie dem Stalljungen zur Versorgung. Ächzend schoben die beiden Männer die Kutsche in die Remise und begannen diese zu entladen.

Es waren etwa zwanzig Säcke in der Größe von großen Kohlköpfen, aber um ein Vielfaches schwerer.

Dies war die monatliche Edelsteinlieferung der Minen an den Eiskönig.

Morgen würde eine Kutsche vom Eissee kommen und die Säcke zu dem gierigen Herrscher bringen.

Heute Nacht hieß es daher für alle: Wache halten, um diesen Besitz, der nicht ihnen gehörte, zu schützen.

Sollte etwas fehlen, würden die Mitglieder der Familie Donovan vermutlich dafür mit ihrem Leben bezahlen.

Jared nahm das Gewehr aus dem Wandschrank und prüfte, ob es geladen war.

Im gleichen Augenblick tauchte David mit einem weiteren Gewehr auf und nickte Shane zu.

»Du kannst fahren, ich bleibe inzwischen auch hier.«

Shane sah ihn verständnislos an.

»Wohin muss ich denn jetzt noch fahren?«

»Na, Nell wartet darauf, dass sie abgeholt wird«, antwortete David nüchtern.

»Und es ist schon sehr spät. Was war los?«

Jared war es, der bedrückt erwiderte:

»Es gab einen Zwischenfall, wir reden nachher darüber. Shane, fahr gleich los!«

Der junge Mann schüttelte widerborstig den Kopf.

»Vermutlich rechnet sie damit gar nicht mehr und schläft bereits.«

»Es wäre unhöflich, wenn du nicht vorbeischaust. Falls sie schon schläft, entschuldigst du dich und holst sie morgen Vormittag.«

Shane sah seinen Vater grimmig an, wagte aber keine Widerworte.

Er holte eines der Pferde, das sein Geschirr noch trug, wieder aus dem Stall und spannte es vor einen kleinen Zweisitzer.

Dann zog er sich mit Leichtigkeit auf den Kutschersitz hinauf, wendete im Hof und fuhr zurück auf die Gasse.

Shane wartete noch ab, bis David hinter ihm das Tor verriegelt hatte. Es war ihm nicht wohl dabei, die beiden allein zu lassen.

Gäbe es einen Überfall, wäre jede Hand vonnöten, um die Schätze zu verteidigen.

Aber bisher war noch nie etwas vorgefallen und Nell war vermutlich wirklich beunruhigt.

Das kleine Mädchen war ja immer wegen irgendetwas beunruhigt, dachte Shane verächtlich, als er schließlich durch eine Palmenauffahrt auf das Haus zufuhr.

In vielen gemauerten Nischen standen hier Kerzen, man wartete anscheinend doch auf ihn.

Er hielt vor der großen Treppe an, stieg ab und lief eilig zu dem prachtvollen Portal hinauf.

Mit einem schmiedeeisernen Klopfer kündigte er seine Ankunft an.

Er musste nicht lange warten, bis Mical öffnete. Der Hausdiener bat ihn mit wenigen Worten herein und verschwand, während Shane im üppig ausgestatteten Salon mit der hohen Decke zurückblieb.

Es dauerte und dauerte. Shane hatte einen ausgesprochen schlechten Tag hinter sich. Er wurde müde und auch langsam ungeduldig.

Im Salon standen zahlreiche Kunstgegenstände, alte Vasen sowie eine große marmorne Büste eines Mannes, den er nicht kannte, und prächtige Ölgemälde luden zur genauen Betrachtung ein.

Die kleinen filigranen, mit Stickereien versehenen Stühle waren jedoch nicht nach Shanes Geschmack.

Auf diese setzen wollte er sich auf keinen Fall, da seine Hose in den letzten Stunden viel Schmutz gesehen hatte.

Schließlich näherten sich eilig leichte Schritte. Die Tür öffnete sich, und Valeska Ransom stand vor ihm.

In einen roséfarbenen Abendmantel gehüllt, hatte sie offensichtlich nicht mehr mit Shanes Auftauchen gerechnet.

Shane dachte bei sich, dass dies eine der schönsten Frauen war, die er je gesehen hatte und verneigte sich ehrerbietig.

Als er sich wieder aufrichtete, sah er jedoch direkt in ihre eisig blauen Augen und ihn schauderte.

»Als wäre sie eine der Untoten!«, war sein erster Gedanke. Dann lächelte sie und wirkte dadurch nicht wärmer, jedoch lebendig.

»Mr. Donovan, oder darf ich Shane sagen?«, fragte sie ihn, weiter lächelnd.

Shane nickte kurz.

»Natürlich, Mrs. Ransom. Bitte entschuldigt mein spätes Erscheinen, aber ich bin eben erst von einem Auftrag zurückgekommen. Ist Nell noch wach oder soll ich sie besser morgen Vormittag holen?«

Irgendwie machten ihn diese Augen langsam nervös.

Wie es wohl war, im Ehebett in solche Augen schauen zu müssen? Konnte da Leidenschaft entstehen?

Er bezweifelte es stark.

Nells Stiefmutter blickte ihn unter dichten Wimpern aus diesen seltsamen Augen an, und er dachte irritiert:

»Flirtet sie etwa mit mir?«

Der rote Mund mit den vollen Lippen verzog sich zu einem gefühllosen Lächeln.

»Oh, das macht nichts, und nennt mich doch Valeska. Wenn Nell nicht mehr wach ist, lässt sich das schnell ändern.

Ihr kommt doch nicht immer so spät nach Hause, Shane, oder? Das wäre für Eure spätere Ehefrau nicht schön«, säuselte sie.

Er überlegte, ob sie aus irgendeinem Grund Zeit gewinnen wollte. Dieses Gespräch war so zeitvergeudend, und seine Geduld am Ende.

Shane antwortete kurz angebunden und gerade noch höflich.

»Das ist eher die Ausnahme, aber manchmal klappt nicht alles so, wie man es plant.«

Ihre Augen verengten sich einen Moment, und Shane wusste, er war durchschaut.

Bevor sie etwas erwidern konnte, ging die Tür erneut auf, und Mical trat mit grimmigem Gesicht herein.

Er sah nervös zu Valeska und sie fragte argwöhnisch:
»Wo bleibt sie, Mical?«

Der Mann schüttelte ratlos den Kopf.

»Die Truhe steht gepackt oben, aber sie ist nicht zu finden. Das Bett ist aufgeschlagen, als hätte sie bereits geschlafen, und die Balkontür ist weit offen.«

Shane zog erstaunt die Augenbrauen hoch.

»Heißt das, sie ist geflüchtet, oder wurde sie entführt?«, fragte er mit einem spöttischen Unterton.

Was sollte er denn davon nun halten?

Die Hausherrin warf ihm einen ratlosen Blick zu und sagte leichthin:

»Ich weiß es auch nicht, Shane. Das ist noch nie vorgekommen. Im Allgemeinen ist Nell ein braves Kind.«

»Ja, ein Kind, leider«, seufzte er innerlich.

»Soll ich suchen helfen oder ist es Euch lieber, wenn ich morgen wiederkomme? Vielleicht war es ihr einfach zu spät«, war sein Vorschlag.

Valeska nickte langsam.

»Ja, kommt doch morgen wieder, Shane. Sicher ist sie irgendwo im Haus unterwegs.«

Sie komplimentierte ihn beinahe unhöflich hinaus und das Portal schloss sich dicht hinter seinen Fersen.

Er hörte jedoch noch, wie Valeska drinnen, offensichtlich erbost, Anweisungen rief.

»Mical, wecke das Personal, wir müssen sie sofort suchen. Wenn sich dieser Fratz versteckt hat, wird er es büßen!«

Shane war unentschlossen.

Das klang nicht gut für Nell. Langsam stieg er die Treppen hinunter. Unten wandte er sich um und blickte zu den Zinnen der beiden hohen Türme des Hauses hinauf.

Es war Vollmond!

Hell stand die weiß strahlende Scheibe über der Stadt und erleuchtete die sandfarbenen Häuser und weißen Kieswege.

Was sollte er tun?

Zuhause warteten sie auf seine Verstärkung, andererseits wollte er seine Verlobte, geliebt oder nicht, keinesfalls der Eishexe mit der schlechten Laune überlassen.

Eine Bewegung hoch oben auf den Zinnen riss ihn abrupt aus seinen Überlegungen.

Er kniff die Augen zusammen, um das Geschehen besser erkennen zu können, und er glaubte zu fühlen, wie sein Herz ein paar Schläge aussetzte.

Dort stand Nell!

In einem leichten Nachtgewand, offensichtlich war sie wirklich schon im Bett gelegen, stand sie auf einer der Zinnen. Dann hob sie ihren linken Fuß, und er schrie laut auf.

Bei ihrem nächsten Schritt würde sie abstürzen!

Er schrie so laut er konnte.

»Nell, geh da runter! Was machst du da?«

Sie schien ihn nicht wahrzunehmen und setzte den Fuß jedoch ganz sicher auf der nächsten Zinne auf.

Die Zwischenräume waren wie Schießscharten angeordnet und ungefähr vierzig Zentimeter breit, aber Nell war nicht sehr groß und musste weite Schritte machen.

Direkt neben ihr ging es mindestens dreißig Meter in die Tiefe; wenn sie das Gleichgewicht verlor, würde sie auf dem harten Steinboden aufschlagen.

Shane rannte zum Portal zurück und hämmerte wie wild mit dem Klopfer auf das Holz.

Die Köchin, ebenfalls bereits im Nachtgewand, öffnete mit besorgtem Gesicht.

Er packte sie grob an den Armen.

»Nell ist auf den Zinnen. Wie komme ich da schnellstmöglich hin?«, brüllte er sie an.

Beth zuckte zusammen, und das Mädchen hinter ihr sah ihn erschrocken an.

Die ältere Frau reagierte jedoch schnell.

»O Gott! Ally, hol den Schlüssel aus dem Büro und bring den Herrn auf den Turm hinauf. Welcher Turm ist es denn?«

Shane deutete in die Richtung und folgte der loslaufenden Ally auf dem Fuße.

Er vernahm die autoritäre Nachfrage der Hausherrin und kurz darauf die Schritte der Nachfolgenden.

Keuchend kamen sie auf dem Turm an und erstarrten.

Nell kam auf sie zu, ruhig von einer Zinne zur anderen schreitend, als sei sie auf einem Sonntagsspaziergang.

Hinter sich hörte er Allys entsetztes Keuchen:

»Nell, was machst du denn da? Komm da runter, Nell! Tut doch etwas!«, flehte sie Shane an.

Der junge Mann setzte sich in Bewegung und kletterte auf die nächste Zinne.

Vorsichtig balancierte er auf Nell zu.

Er wagte einen kurzen Blick nach unten und wünschte sich sogleich, er hätte dies nicht getan.

Nur unter Aufbietung seiner gesamten Konzentration wandte er den Blick wieder von der Tiefe ab und ging ein paar Zinnen weiter.

Nell war wohl vom anderen Turm über die vollständige Breite des Hauses von Zinne zu Zinne bis zum anderen Turm spaziert.

Diese Nervenstärke hätte er ihr niemals zugetraut.

»Nell«, sagte er mit fester Stimme.

»Was denkst du dir denn bei dieser Mutprobe? Komm langsam auf mich zu und gib mir deine Hand! Nell?«

Sie antwortete nicht und als er nun endlich nahe genug war, um in ihre Augen zu sehen, erkannte er entsetzt, dass diese weit aufgerissen waren.

Die Pupillen mit der dunkelbraunen Iris waren starr geradeaus gerichtet, und sie nahm ihn genauso wenig wahr, wie sie ihn hörte.

Sie schlafwandelte!

Nun war Nell auf der Zinne vor ihm angekommen und sie hatten noch zwei Zinnen bis zum Turm vor sich.

Vorsichtig sah er nach hinten und tat den Schritt zurück und einen weiteren, denn Nell folgte sehr schnell nach.

Er sprang auf den Turm und als sie neben ihm war, ergriff er sie an der Taille und zog sie zu sich herunter.

Ein gellender Aufschrei zerriss ihm beinahe das Trommelfell.

Nell schlug wild um sich, aber er wagte nicht, sie loszulassen und packte sie noch fester.

Nun begann sie zu weinen, und Shane spürte, dass jemand an seinem Ärmel zupfte.

Er blickte in Allys entsetztes Gesicht:

»Nicht so fest, mein Herr, sie ist am Rücken schwer verletzt. Ihr dürft sie nicht so drücken«, wisperte sie schüchtern.

Shane ließ Nells Taille sofort los und fasste sie stattdessen an einem Handgelenk.

Als er in die tränennassen Augen seiner Verlobten sah, erkannte er, dass sie ihn jetzt erstmals wirklich wahrnahm.

Sie versuchte, ihm ihre Hand zu entreißen, und er erlaubte es. Nun legte er ihr behutsam den Arm um die Schultern, doch trotz seiner Vorsicht zuckte das Mädchen zusammen.

Shane spürte wie ihn Wut überkam.

Zornig fragte er an Valeska gewandt:
»Warum ist sie verletzt, was ist geschehen?«
Eine kurze Unsicherheit flackerte über das Gesicht der Eishexe. Dann hatte sie sich wieder in der Gewalt und antwortete von oben herab:
»Sie hatte sich schlecht benommen und musste die Konsequenzen tragen. Das ist nicht Eure Sache, Shane.«
»Sie ist meine Verlobte und damit ist es sehr wohl meine Sache!«, fuhr er sie an.
Mical trat aggressiv einen Schritt nach vorne, als müsse er seine Herrin beschützen.
Shane sah ihn abschätzend an, dann wandte er sich Nell zu. Die Tränen waren versiegt, glitzerten aber noch auf ihren Wangen.
Sie fühlte sich entsetzlich schwach und zitterte heftig.
Was war hier nur geschehen, wie war sie hier heraufgekommen?
Das Letzte, an das sie sich erinnern konnte, war, dass sie sich ins Bett gelegt hatte, weil sie davon ausgegangen war, dass Shane an diesem Abend wohl nicht mehr kommen würde.
Sie spürte eine Hand unter ihrem Kinn.
Shane hob es sanft an, bis sie ihn ansehen musste.
Sie sah in seine beinahe schwarzen Augen, die im Licht des Vollmondes glitzerten. Unheimlich und gefährlich sah er aus. Dennoch war er nett zu ihr; das war neu für Nell.
Leise fragte er:
»Bist du bereit zur Abfahrt, Nell? Ich bin müde, und du gehörst auch ins Bett!«
Sie nickte wortlos, hatte keine Kraft mehr sich zu wehren oder zu widersprechen.

Shane nahm sie an der Hand und führte sie vorsichtig die Treppen hinunter bis zur Kutsche.
Mical trug die Truhe auf seiner Schulter herbei und schnallte sie hinten auf die Gepäckablage. Ally brachte zwei

Decken, und Shane nickte ihr freundlich zu. Das Mädchen wurde vor Verlegenheit rot, als sie der attraktive junge Mann kurz beachtete.

Nell stieg wackelig auf den Zweisitzer, und Shane legte ihr eine Decke über die Beine und die andere vorsichtig um die Schultern. Sie dankte ihm leise.

Noch einmal sah er zu den Zinnen hinauf und schauderte, als er diese Höhe sah.

Beinahe wäre er seine unerwünschte Verlobte losgeworden, aber so hatte er sich das nicht vorgestellt.

Das arme Mädchen – seine Mutter würde sich ihre Verletzungen gleich ansehen müssen.

Valeska Ransom stand oben auf der Treppe vor der Tür und hob ihre Hand.

Shane sah sie grimmig an und ignorierte den Gruß.

Mical wirkte zornig über diese Zurückweisung seiner Herrin, und Shane grinste diabolisch. Das war vielleicht ein Pärchen.

Er stieg lässig auf den Kutschbock und dachte an die Worte seines Vaters vom Morgen:

»Ich möchte keine zwei Tage mit der Eishexe verbringen müssen!«

Vermutlich hatte Jared Recht gehabt, und Nell hatte einen Grund für ihre überaus große Ängstlichkeit.

Maggie Donovan war noch wach und nahm sich Nells an. Sie brachte das stumme Mädchen in eines der Gästezimmer, welches für sie vorbereitet worden war und half ihr beim Entkleiden.

Mit sanfter Stimme versuchte sie Nell aus ihrer Starre zu lösen, aber diese blieb schweigsam.

Nell versteifte sich, als Maggie ihr Kleid öffnete.

Im gleichen Augenblick betrat Shane den Raum nach einem kurzen Klopfen. Er wartete die Aufforderung einzutreten nicht ab.

Shane sah, wie Nell sich gerade peinlich berührt von seiner Mutter wegdrehte und erklärte schnell:

»Mum, Nells Zofe sagte, sie sei am Rücken verletzt. Sei vorsichtig, es schmerzt wohl sehr.«

Nell fuhr herum, als sie seine Stimme hörte und hielt das Kleid mit beiden Händen vor der Brust fest.

Sie war verlegen, jedoch empört über seine Anwesenheit, wagte aber nichts zu sagen.

Shane lächelte belustigt, denn er sah ihr die gemischten Gefühle an. Er dachte, dass sie keinerlei Verstellung beherrschte, bisher war jede ihrer Regungen von ihrem Gesicht abzulesen gewesen. Einerseits eine sehr angenehme Charaktereigenschaft, aber auf Dauer langweilig.

»Keine Sorge, Nell, ich bin gleich weg. Die Eishexe sagte, du seist bestraft worden. Wofür eigentlich, Nell? Du bist doch so ein braves Kind«, spöttelte er und lenkte sie damit sehr wirksam vor ihrer Furcht ab.

Sie sprach das erste Mal in diesem Haus; klang hitzig und erbost:

»Ich wollte meine Verlobung mit dir lösen, weil ich dich nicht mag! Aber sie lassen mich nicht!«

Maggie unterdrückte ein Schmunzeln, als sie Shanes überraschtes Gesicht sah. Ihr Junge war sich anscheinend sicher gewesen, dass nur er eine Aversion gegen diese Verlobung hatte und Nell sich gefälligst darauf zu freuen hatte.

Shane hatte sich gleich wieder in der Gewalt. Er trat nah an seine Verlobte heran und bemerkte erstmals die langen dunklen Wimpern über den glänzenden Augen.

Er sah sie einen Moment abschätzend an, bis sie den Blick niederschlug. Ungerührter als er sich fühlte, gab er zurück:

»Tja, so etwas kommt leider vor, meine Liebe. Aber wir werden in den nächsten Wochen ein bisschen Zeit miteinander verbringen, danach weißt du, ob du es mit mir aushalten kannst oder wir die Verlobung lösen sollten. Ich brauche auch kein braves kleines Mädchen, das mich langweilt, oder gar eine Frau, die mich nicht will!«

Er machte eine Pause, um sie aus der Reserve zu locken und sie beging den Fehler ihn anzusehen:

Das sonst so missgelaunte Gesicht war zu einem Grinsen verzogen, die dunklen Augen flackerten belustigt und sie erkannte, dass ihn ihre Worte nicht entmutigt oder abgeschreckt hatten.

Aber ganz sicher war er sich wohl auch nicht, ob diese Verlobung das Richtige war. Vielleicht hatte sie doch eine Chance auf ein anderes Leben?

Er sprach erneut:

»Weißt du eigentlich, wie du auf den Turm gekommen bist?«

Sie wurde blass und begann zu schwanken.

Seine Mutter schrie erschrocken auf, denn sie befürchtete, dass Nell zusammenbräche.

Shane hielt seine Verlobte vorsichtig an den Armen fest.

Dann schüttelte Nell bedächtig den Kopf, ihr war schwindelig, aber sie bemühte sich um eine Antwort.

»Nein, ich weiß nur noch, dass ich zu Bett ging, weil alle dachten, du kämest doch erst morgen. Das nächste, an das ich mich erinnern kann, war, dass du mich gepackt hieltest!«, meinte sie leise.

Shane ließ sie los. Das schlechte Gewissen plagte ihn. Mit heiserer Stimme sagte er:

»Es tut mir leid, dass ich dir wehgetan habe!«

Schlicht antwortete sie: »Du konntest es ja nicht wissen.«

Shane nickte langsam und war beeindruckt. Sie war ängstlich, aber nicht ungerecht.

Er wandte sich an seine Mutter.

»Ich muss zu Vater hinunter und David ablösen. Soll ich dir Zoe mit einer Salbe und Verbandsmaterial schicken?«

Maggie sah die beiden stirnrunzelnd an.

»Lass mich die Wunde erst ansehen, dass ich weiß, was ich benötige!«

Sie drehte die widerstrebende Nell, die auf keinen Fall wollte, dass jemand ihre Kehrseite sah – und schon gar nicht Shane – von sich weg und öffnete das Kleid komplett.

Dann schwieg sie entsetzt.

Dicke Striemen, teilweise angeschwollen, liefen quer über den Rücken des jungen Mädchens. Die zarte Haut nässte an einigen Stellen. Es war wohl eine Salbe aufgetragen worden, allerdings hätten dringend saubere Tücher darüber gehört, denn nun waren Stofffäden des Kleides in den Wunden gelangt. Sie blickte ihren Sohn an und erkannte die gewaltige Wut in seinen Augen.

Shane war außer sich. Dies hatte man ihr angetan, weil sie sich geweigert hatte ihn zu heiraten.

Wie konnte man einem jungen Mädchen, beinahe noch ein Kind, so etwas antun?

Maggie fragte erschüttert:

»Wer hat das getan, Nell?«

»Valeska, meine Stiefmutter!«, war die Antwort, aus welcher man nun die unterdrückten Tränen heraushörte.

»Weil du gesagt hast, dass du Shane nicht heiraten willst?«

»Und weil ich gesagt habe, dass ich zuhause nichts mehr zu lachen habe!«

Shane konnte nicht anders, er begann zu lachen, und Maggie sah ihn erbost an, aber er beachtete sie nicht und erklärte seine Belustigung.

»Bravo, Nell. Ich kenne einen Haufen Leute, die sich das der Eishexe nicht zu sagen getraut hätten.«

Nell lächelte fein, während eine Träne über ihre Wange rollte.

»Eishexe – der Name passt zu Valeska. Ja, in dem Moment, als ich es aussprach, tat es richtig gut. Leider konnte ich es nicht lange genießen.«

Maggie wurde energisch. Sie kommandierte ihren Sohn mit einer herrischen Kopfbewegung zur Tür.

»Schick mir Zoe mit den Sachen und einer Tasse Tee! Danach geh zu Vater, hier hast du jetzt nichts mehr verloren!«

»Yes, Ma'am!« Shane salutierte spöttisch.

»Schlaf gut, Nell!«, warf er noch in den Raum, dann war er verschwunden.

Maggie schüttelte den Kopf und sah Nell prüfend ins Gesicht.

»Lass dich nicht ärgern, Nell. Er meint es nicht so!«

Nell sah zu Boden und sagte leise:

»Ich glaube, er hat mir heute das Leben gerettet. Ich bin über unsere Zinnen von einem Turm zum anderen spaziert. Im Schlaf! Und er hat mich heruntergeholt. Ich habe nicht einmal gemerkt, dass ich dort bin. Ich habe geträumt, dass ich über eine Brücke gehe, nachdem ich sie zusammengesetzt habe! Komisch, nicht wahr?«

Maggie sah das Mädchen nachdenklich an.

»Was für eine Brücke denn, Nell?«

»Eine steinerne Brücke über einen zugefrorenen See, hin zu einem großen glänzenden Eisschloss. Die Schlüssel musste ich zuvor erst finden. Den ersten hatte ich schon entdeckt, er war unter viel Sand in einer Mine versteckt!«

Maggie wurde blass.

Es gab niemand in *Maroc*, der den zugefrorenen See und das Schloss des Eiskönigs Shahatego gesehen hatte. Aber sie hatte davon gehört und auch von der unterbrochenen Brücke aus Stein. Es hieß, dass man nur hinüberkäme, wenn diese zusammengesetzt wäre.

Den Maroconern war es nicht erlaubt, weiter als bis zum Waldrand zu gehen.

Nach dem Wald kam man angeblich nach vielen Stunden Ritt zum Eissee, wenn man sich nördlich hielt.

Ritt man gegen Osten, gelangte man in das düstere Waldland *Boscano*, im Westen hingegen lag das fruchtbare Ackerland *Lilas*.

In *Maroc* kursierten Geschichten über die grausamen Bewohner der anderen Länder.

Auch über das Dschungelreich *Djamila*, undurchdringlich und voller fremdartiger Dinge, welches sich noch südlich von *Lilas* befand!

Hinter dem Wald gab es Wachtposten des Eiskönigs, die die Maroconer vor ihren bösartigen Nachbarn schützen sollten.

Grausame Kreaturen waren diese Wächter, genannt Sitai. Sie waren überaus hoch gewachsen und breit gebaut; ein Sitai hatte die Kraft von drei Männern. Man munkelte, dass sie die Feinde rochen wie eine Wildkatze ihre Beute.

Niemand kam über diese Grenzen an den Sitai vorbei, außer den Wagen des Eiskönigs, die die notwendigen Güter zum Leben an alle verteilte.

Holz und Kräuter aus *Boscano*, Getreide, Kartoffeln und Fleisch aus *Lilas* sowie Obst, Gemüse, Torf und Flechtwaren aus *Djamila*.

Maroc dagegen hatte im Austausch Edelsteine und Salz zu liefern, welche die Sklaven in den Minen und Stollen etwa zwei Stunden von der Stadt entfernt abbauten.

Und auch wenn hier alle von Furcht vor dem Eiskönig erfüllt waren, empfanden sie doch Dankbarkeit, dass er sie beschützte und ihnen die lebensnotwendigen Dinge von den Nachbarn organisierte.

»Was weißt du von der Brücke über den Eissee, Nell?«, fragte Maggie erschrocken.

Nell sah sie verständnislos an.

»Ihr meint, es gibt diesen See und die Brücke auch?«, forschte sie zunehmend aufgeregt.

»Du hast noch nie vom See des Eiskönigs gehört?«, entgegnete nun Maggie erstaunt.

Nun wurde Nell blass.

»Der See von Shahatego, nein, das glaube ich nicht, dass es dieser war. Es war doch nur ein Traum, Mrs. Donovan! Ich habe nie zuvor überhaupt von dieser Brücke gehört.«

»Alsdann vergiss es gleich wieder, was ich gefragt habe, Kind! Das ist für uns alle besser. Ah, da kommt Zoe. Gib mir die Salbe, meine Liebe, und stell bitte den Tee dort hinüber. Danke. Du kannst nun zu Bett gehen, Zoe.«

Das blonde, zierliche Mädchen sah neugierig zu Nell, die sich rasch umgedreht hatte, damit ihr Rücken nicht zu sehen war.

Dann wünschte auch Zoe den beiden Zurückbleibenden eine gute Nachtruhe und verließ gehorsam den Raum.

Maggie versorgte zartfühlend die Wunden und begann sich innerlich auszumalen, was sie Valeska und Bryce Ransom beim nächsten Treffen zu sagen hatte.

Während Nell ihren Tee trank, lenkte die mütterliche Frau sie mit kleinen Episoden über Shanes, Emilys und Davids Kindheit ab, so dass Nell schließlich kichernd in ihr Bett kletterte und bereits nach Kurzem erschöpft, aber getröstet einschlief.

Maggie ging ebenfalls zu Bett, konnte jedoch noch lange nicht einschlafen. Sie hörte David zu Bett gehen, der von Shane abgelöst worden war und betete wie jeden Monat, dass es niemand versuchen möge, sich den Schatz des Eiskönigs bei ihnen zu holen.

Viele Stunden entfernt hatte sich Jim Ferney durch den Wald an den Eiswölfen vorbeigeschmuggelt. Der ältere Mann ging geduckt, um möglichst wenig aufzufallen. Jim hatte sich oft verstecken und geduldig abwarten müssen, um sicher weiterzukommen. Er war trotz seiner Verzweiflung euphorisch, denn er war dem Eiskönig näher als je einer aus *Maroc* vor ihm.

Der Eiskönig – herzlos, gierig, voll der Gewissheit, alle Opfer anderer bereitwillig entgegenzunehmen.

Aber dieses letzte Opfer würde ihn etwas kosten, Alans Tod würde gerächt werden! Eine Träne lief über die kalte Wange des Mannes.

Alan, sein einziger Sohn, niedergemetzelt in den Minen des Eiskönigs.

Niemals hätte er es gewagt, sich an den Edelsteinen zu vergreifen.

Und doch hatten sie ihn durch die Stollen gejagt, die Kustoden, die unbarmherzigen Wächter über die Minen und die Stadt.

Schließlich hatten sie Alan gestellt und trotz seiner lauten Unschuldsbekundungen hatten sie ihn mit ihren langen Schwertern niedergestreckt.

Jim selbst war hinter den Kustoden hergerannt, dicht gefolgt von den Donovans, die zuvor versucht hatten, zu vermitteln und das Verschwinden von einem einzigen, fünfkarätigen Rubin zu klären.

Aber nichts hatte diese Ungeheuer umgestimmt.

Dann hatte Alan während der Befragung den Kopf verloren, war aus Angst losgelaufen und hatte damit in den Augen seiner Verfolger die Schuld eingestanden und sein eigenes Schicksal besiegelt.

Jim war nichts anderes übrig geblieben, als neben der Leiche seines einzigen Sohnes in den Staub des tiefen Stollens zu sinken und ihn zu beweinen.

Nach einiger Zeit hatten die Donovans ihn gezwungen aufzustehen. Sie hatten alles organisiert und Alan und Jim nach *Maroc* zurückgebracht.

Alan würde morgen verbrannt werden, wie es bei ihnen üblich war. Es gab keine weiche Erde für ein Begräbnis in ihrem sandigen, steinigen Land, und das Feuer entsprach der Hitze, die im Sommer den ganzen Tag herrschte, sowieso am besten.

In *Maroc* gab es zwei Jahreszeiten: den Sommer und den Winter.

Der Sommer dauerte ein halbes Jahr, und während dieser Zeit ging die Sonne beinahe nie unter.

Nur drei bis vier Stunden Dunkelheit und tiefen Schlaf konnten die etwa zweitausend Einwohner des kleinen Landes genießen. Den Rest des Tages verweilten sie hauptsächlich in den kühlen Häusern aus grob gehauenem Sandstein mit winzigen Fenstern.

Am frühen Morgen, gleich nach Sonnenaufgang, wurde ein Markt abgehalten. Die Händler, die die Waren vom Eiskönig erhielten, kauften, verkauften und tauschten mit anderen.

Es war ein buntes Treiben, und jeder, der Zeit hatte, verbrachte diese gerne dort auf dem großen Marktplatz.

Dies war die Zeit, in der man sich unbefangen mit anderen unterhalten konnte, auch wenn die Kustoden des Eiskönigs stets alles beobachteten.

Überall blühte und duftete es. Ganze Schwärme von Vögeln in allen Größen und Farben flatterten zwitschernd umher.

Der Übergang zwischen den beiden Jahreszeiten war sehr kurz. Nur etwa vier Wochen hatten die Menschen jeweils Zeit, sich auf das andere Extrem einzustellen.

Im Winter gab es nur wenige Stunden Tageslicht, deshalb wurde der Markt mittags geöffnet.

Und nur bei Tageslicht war die Temperatur zu ertragen. Dick vermummte Gestalten eilten zum Erwerb des Notwendigsten und gleich darauf in die beheizten Häuser zurück. Geheizt wurde mit Torf, herangeschafft von den Leuten des Eiskönigs aus *Djamila*.

Gespräche und Kontakte waren auf ein Minimum beschränkt, niemand verharrte länger in der Kälte als unbedingt nötig. Da abends die Straßen überwacht wurden, gab es so gut wie keine Treffen zwischen den Einwohnern. Die meist kinderreichen Familien blieben für sich.

Das Schönste an der Winterzeit waren jedoch die Himmelslichter: Grüne, rote und gelbe Blitze, die lautlos über das Firmament jagten und der Nacht farbige Helligkeit gaben.

Woher diese Lichter kamen, konnte sich niemand erklären, aber jeder nahm an, dass auch hierfür der Eiskönig verantwortlich war.

Vielleicht führte er woanders Kriege oder er wollte seinen Untertanen etwas Freude im Winter verschaffen – man wusste es nicht.

Jim legte seinen dunklen Umhang ab und holte einen weißen aus dem Rucksack, den er dabei hatte. Den Rucksack versteckte er unter Ästen und schnallte sich den kurzen Dolch und seine geschärfte Axt um. Dann warf er sich den weißen Umhang über, den er sich zur Tarnung mitgenommen hatte, und stapfte vorsichtig über die weite Fläche zwischen dem Wald und dem See.

Er konnte den leuchtenden See bereits erkennen, das Eis glitzerte blau und weiß, erhellt von Mond und Sternen.

Er wusste, er musste sich beeilen, die kurze Nacht war bald vorüber. Andererseits wäre er mit seiner weißen Kleidung am Tag schwer auszumachen.

Sein Atem ging hart, denn der Schnee, der ab dem Rand des Waldes lag, wurde immer tiefer. Jim hatte zwar Stiefel an, aber da diese nicht besonders hoch waren, rutschte der Schnee hinein, und es wurde unangenehm nass und auch kalt.

Plötzlich hörte er ein leises Rauschen über sich und duckte sich schnell. Als er nach oben sah, beruhigte sich sein hämmernder Herzschlag wieder. Es war nur einer der vielen weißen Raben, die es auch in *Maroc* gab. Dort fielen sie allerdings stärker auf als hier vor dem weißen Hintergrund.

Jim beobachtete den Raben, der weiterflog in Richtung Eissee. Er überquerte diesen, und Jim konnte gerade noch erkennen, dass er auf dem Schloss landete.

Das Schloss des Eiskönigs:

Je näher man kam, desto beindruckender wurde es.

Da die Insel, auf welcher es stand, nicht sehr groß war – *Maroc* war deutlich größer – war die Grundfläche des Schlosses eher gering.

Aber die Höhe! Aus dem Erdgeschoss wuchs ein Turm aus dem nächsten bis hinauf zu dem letzten schmalen.

Jeder der Türme war, statt von gemauerten Zinnen, von Eiszacken gesäumt. Ein Hinaufklettern wäre hier unmöglich und käme man mit Seil und Haken so weit, könnten diese Zacken niemals ohne Verletzungen überwunden werden.

Jim wusste, das erste Hindernis würde der See sein. Warum eigentlich? Die Brücke war doch gar nicht notwendig, denn das Eis war sicher dick genug ihn zu tragen?

Nun hatte er es erreicht und sah es sich genau an. Kein Grund war darunter zu erkennen, nicht einmal direkt am Ufer.

Er wanderte zur nahegelegenen Brücke hinüber und betrachtete sie neugierig: starkes Mauerwerk, das etwa in der Mitte des Sees eine Unterbrechung von mindestens zwanzig Metern hatte und danach bis zum Ufer der Insel weiterführte. Alle drei Meter ragten beidseitig hüfthohe, steinerne Poller hervor.

Die Brücke begann am Ufer mit einer mannshohen, steinernen Säule, die mittig untereinander vier ovale Öffnungen besaß.

Jim kniete sich hin und versuchte Näheres zu erkennen.

Langsam zog er aus seiner Tasche einen Wachsklumpen und drückte diesen vorsichtig in die oberste Öffnung hinein. Als er ihn wieder heraus zog, erkannte er ein Muster auf dem Wachs.

Es war die Form eines geschliffenen Diamanten, vermutete Jim.

War ein bestimmter Edelstein vonnöten, um diese Brücke zu vervollständigen? Er wickelte den Wachsklumpen in ein

Tuch, um eine Verformung durch seine Körperwärme zu vermeiden und steckte ihn die Innentasche seiner Jacke.

In diesem Moment ging die Sonne auf und er musste die Augen zusammenkneifen, weil es schlagartig so hell war. Das Glitzern des Eises direkt vor ihm blendete ihn, so dass er zunächst nichts erkennen konnte.
Langsam richtete er sich auf und erstarrte.

Vor ihm auf den Brückenpollern hatten sich weiße Raben versammelt und starrten ihn an. Er hatte keinen Flügelschlag vernommen und nun saßen Hunderte von ihnen reglos auf den steinernen Pollern bis hin zur Unterbrechung der Brücke inmitten des Eissees.
Jim wurde es zur selben Zeit heiß und kalt. Angespannt wartete er auf eine Reaktion. Doch die seltsamen Vögel rührten sich nicht und gaben keinen Laut von sich. Sie starrten ihn einfach aus ihren eisblauen Augen an.
Langsam betrat er das Eis, konnte aber den Blick von den Raben nicht abwenden.
Das Eis unter ihm knackste leicht, jedoch nicht besorgniserregend. Er ging vorsichtig weiter und zwang sich, den Blick von den Vögeln nach vorne auf sein Ziel zu lenken.

Er kam fast bis zum Ende des ersten Brückenteils, dann hörte er ihr Kommen:
Es war ein ganzes Rudel, das aus dem Wald hetzte. Ihre Krallen kratzten über das Eis und sie begannen zu heulen, während sie auf ihn zuliefen.
Jim wusste, die Chance zu entkommen, war gleich Null. Er nahm die Axt in beide Hände und stellte sich breitbeinig hin.
Die ersten beiden der riesigen Eiswölfe konnte er mit der Axt zur Seite schlagen, rotes Blut floss über das weiße Eis.
Zuckend blieben die Körper einige Meter entfernt liegen.

Das knurrende Rudel baute sich mit schleichenden Bewegungen geduckt um ihn herum auf.
In diesem Augenblick geschah vieles zugleich.

Der Leitwolf sprang ihn an und warf ihn zu Boden, dann versenkte er seine scharfen Reißzähne in Jims rechtes Bein. Jim schrie vor Schmerz laut auf. Er hörte das Reißen seines Hosenbeins und spürte das Blut warm an seinem Bein herabrinnen.
Die Raben erhoben sich und begannen über Jim zu kreisen. Ihr ohrenbetäubendes Kreischen erfüllte die Luft.

Unter ihm glitt ein Schatten hindurch. Es musste ein riesiges Wesen sein, dachte Jim entsetzt. Die panische Angst, welche er nun empfand, ließ ihn den Schmerz in seinem Bein vergessen.
Die Wölfe wichen mit glühenden Augen und gefletschten Zähnen zurück, und Jim wunderte sich, was sie dazu bewogen hatte.
Sie hatten ihn vollständig umstellt und damit auf seinen Platz festgenagelt, denn er konnte nun weder vor noch zurück.

Dann brach das Eis mit einem furchtbaren Knirschen direkt unter ihm auf, und er wurde durch die Luft geschleudert.
Mehrmals drehte sich sein Körper in der Luft, bevor er auf das Eis zurückkrachte und Knochen barsten.
Er dachte an seinen Sohn und dass niemand mehr zuhause in *Maroc* auf ihn wartete, als die gleißende Sonne von einem gewaltigen Schatten verdunkelt wurde, der auf ihn fiel und ihn durch das brechende Eis hindurch in die kalte Tiefe hinabdrückte.

Die Wölfe zerrissen ihre toten Artgenossen – dies dauerte nur Minuten – dann liefen sie, blutige Fußspuren hinterlassend, auf das nahe gelegene Schloss zu und verschwanden nach wenigen Augenblicken durch das offene Tor ins Innere. Lautlos schloss sich das riesige, gezackte Tor direkt hinter ihnen.

Die Raben zerstreuten sich ebenfalls:

Einige flogen zum Wald hinüber und landeten in den Wipfeln der Bäume, die anderen zogen zum Eisschloss, um sich auf den Zinnen niederzulassen.

Sie verschmolzen mit der glitzernden Weiße der Zinnen, und wer es nicht wusste, dass sie dort saßen, nahm sie gar nicht wahr.

Von dem Untier im See und Jim Ferney war keine Spur mehr zu entdecken.

Kleine Wellen schwappten über die gezackten Ränder des Lochs, in welchem sie verschwunden waren.

Dann begann es sich zu verschließen, gleich einer Wunde, aber so schnell, dass man es mit bloßem Auge erkennen konnte.

Weiße Raben

Nell hatte gut geschlafen. Ihr Rücken schmerzte bei Weitem nicht mehr wie gestern, und so stand sie auf und eilte ans Fenster, um hinauszusehen.

Die Donovans besaßen einen großzügig angelegten Garten, neben einem gepflasterten Innenhof mit einem Brunnen in seiner Mitte.

Um das Grundstück erhoben sich massive Mauern mit Zinnen im gleichen Stil wie auch bei dem Haus von Nells Familie.

Als sie sich über die Brüstung lehnte, sah sie, dass Shane und David mit ihren Eltern an einem Tisch unter den Arkaden schräg unter ihrem Zimmer saßen und frühstückten. Sie konnte die Stimmen bis hierher hören.

Maggie lachte über etwas, küsste sie ihren Mann auf die Wange, stand auf und verschwand im Haus.

Die drei Männer schwiegen einen Moment, dann hörte Nell Shanes Stimme, in welcher eindeutig Wut mitschwang.

»Natürlich, was sonst?«, dachte sie seufzend.

»Das kurze Lachen gestern war wohl die große Ausnahme. Er ist doch ein Miesepeter!«

Shane wurde lauter und auf einmal konnte Nell seine Worte verstehen.

»Und nun sind wir wieder an dem Punkt, dass wir einen Toten zu beklagen haben, Dad! Alan hat sich nichts zuschulden kommen lassen, da bin ich mir sicher!«

Sein Vater antwortete bedächtig:

»Ich bin ganz deiner Meinung, Shane, aber irgendjemand hat diesen Stein entwendet!«

Shane schnaubte laut auf.

»Oder der Eiskönig wollte mal wieder etwas Angst schüren und hat diesen Vorfall angeordnet. Die Menschen in den Minen haben nichts von ihrem Leben: angekettet, hungrig, ständig im Dunkeln und nun dazu noch die fürchterliche Angst.«

Jared stand auf; die Hände in den Hosentaschen sah er mutlos in den Garten.

»Wir bringen ihnen Essen, wir versuchen ihnen das Leben zu erleichtern, aber was können wir sonst tun, Sohn? Was sonst, was nicht auch uns das Leben kosten könnte?«

Der ältere Mann zuckte zusammen, als Shane aufsprang und nah an ihn herantrat.

»Du weißt es! Die Schwarzen Reiter müssen unterstützt werden!«, sagte er leise, so dass Nell sich vorbeugen und die Ohren spitzen musste, um es zu verstehen.

Jared wich entsetzt zurück und fuhr sich erregt durch das Haar.

»Nein, Shane. Das sind Mörder und Diebe, nicht besser als die Kustoden! Solche Leute unterstütze ich nicht.

Ich lege denen nicht das Leben meiner Familie in die Hände.

Rebellion ist unmöglich und du siehst ja an dem armen Alan, wie schnell es sich in *Maroc* stirbt.«

Er bemerkte die Blicke, die Shane und David wechselten, durchaus und fuhr hitzig fort.

»Und ich würde gerne erleben, dass meine Söhne das Erwachsenenalter erreichen. Genug jetzt mit dem Unsinn!«, beendete er entschieden das Gespräch.

»Die Lust auf das Frühstück ist mir gründlich vergangen. Ich gehe hinüber zu Jim, und ihr passt auf die Steine auf!«

Er warf den beiden jungen Männern noch einen scharfen Blick zu, dann verschwand auch er im Haus.

Nell wandte sich vom Fenster ab, als es klopfte.

»Herein«, sagte sie laut, und die Tür öffnete sich.

Maggie Donovan und ihre Tochter Emily traten ein.

Die Mutter lächelte erleichtert.

»Du bist schon auf, Nell. Und du siehst heute sehr erholt aus. Geht es dir besser?«

Emily strahlte sie an und Nell musste lächeln.

Das zwei Jahre jüngere Mädchen war bildhübsch, ihr dunkelblondes Haar war hochgesteckt, kleine Löckchen fielen neben den zierlichen Ohren bis auf ihre Schultern hinab.

Emily trug ein kurzärmeliges, hellblaues Baumwollkleid im gleichen Farbton ihrer Augen. Es war, wie in *Maroc* üblich, bodenlang und auf dem Mieder und dem Abschluss mit rosa Röschen bestickt. Sie sah reizend aus.

Nell spürte, wie das altbekannte Gefühl der Unscheinbarkeit in ihr emporstieg.

Ihr eigenes Kleid war beige, einfach nur beige, als sei jede Farbe an sie verschwendet gewesen.

Und als hätte sie die Gedanken des jungen Mädchens gelesen, sagte Maggie diesem Augenblick:

»Du hast wundervolles Haar, Nell. Hat dir das schon einmal jemand gesagt? Dieses volle glänzende Braun! Man möchte es berühren, so seidig sieht es aus. Du hast auch unglaubliches Glück, dass deine Locken so leicht fallen. Andere müssen lange flechten und drehen, um so auszusehen.«

Nach einer kurzen Pause und einem dankbaren Lächeln von Nell fügte sie hinzu:

»Wenn du soweit bist, könnten wir frühstücken. Die Männer werden inzwischen fertig sein und ihren Arbeiten nachgehen, aber wir dürfen uns heute schon einmal Zeit lassen, an deinem ersten Tag bei uns!«

Nell errötete leicht bei Maggies Lob.

Sie hatte ihre Haarfarbe stets als langweilig empfunden.

Shanes Mutter hingegen strahlte neben ihrer schwarzhaarigen Schönheit, die sich mit derer Valeskas messen konnte, eine unglaubliche Wärme aus.

Auch Emily wirkte gutmütig und sanft.

Nell wusste, sie könnte sich hier wohlfühlen, wenn Shane nicht wäre. Endlich gab sie Antwort auf Maggies Worte.

»Guten Morgen, Mrs. Donovan. Guten Morgen, Emily. Ja, ich fühle mich sehr gut heute und ich bin bereit!«

»Na dann komm, Kind. Wir haben schon einen Bärenhunger.«

Nur eine leichte Berührung der älteren Frau an Nells Schulter und das junge Mädchen fühlte sich unglaublich getröstet.

Sie stiegen die Treppe hinunter und gingen unter den Arkaden entlang hinüber zum Frühstückstisch, wo Shane und David gerade aufstanden, beide mit dem Rücken zu ihnen gewandt.

Nell glaubte sich verhört zu haben, als David in diesem Augenblick sagte:

»Wir warten ab, bis Dad von Jim zurück ist, Shane. Du musst einfach etwas Geduld haben! Aber pass auf, was du ab jetzt hier in deiner Wut von dir gibst.

Valeska Ransom wird nicht nur wegen ihrer eisblauen Augen Eishexe genannt! Sie ist zur gleichen Zeit in *Maroc* aufgetaucht, als der erste angebliche Diebstahl in den Minen stattfand und, für meinen Geschmack, verdammt kurz nach dem Tod der ersten Mrs. Ransom.

Sie ist auf jeder Feier zu finden. Und ihr Diener Mical taucht überall sonst in der Stadt auf. Mr. Ransom selbst ist seit vielen Wochen nicht mehr in *Maroc* gesehen worden; meiner Meinung nach wird er irgendwo beschäftigt, damit sie an seiner Statt auf alle Ereignisse gehen kann und Gerede und Getuschel mitbekommt.«

»Du glaubst, sie ist ein Spitzel des Eiskönigs, David? Ist das dein Ernst?«, war Shanes kritische Antwort.

Nell war so abrupt stehen geblieben, dass Emily auf sie aufprallte und erschrocken quietschte.

»Nell, was ist denn? Entschuldige, ich habe nicht rechtzeitig bemerkt, dass du nicht weitergegangen bist.«

Shane und David fuhren herum und sahen Nell entsetzt an.

Ihnen schienen die Worte zu fehlen, ganz im Gegensatz zu ihrer Mutter.

Offensichtlich empört über die Taktlosigkeit ihrer Söhne, sagte sie scharf: »Ich verbiete euch, in diesem Haus solche unausgegorenen Schlussfolgerungen laut auszusprechen.

Das ist Unsinn und sehr unhöflich gegenüber Nell!«

Shane grinste unbeeindruckt.

»Du meinst, weil Nell zurzeit von ihrer Stiefmutter so eingenommen ist?«

Er zwinkerte ihr frech zu.

Nell war sprachlos, aber David trat einen Schritt auf sie zu und nahm ihre Hand:

»Nell, wie schön dich zu sehen. Offensichtlich geht es dir wieder besser?«

Nell brachte außer einem Nicken nichts zustande, als sie in seine lachenden, warmen, blauen Augen sah.

David sah unglaublich gut aus und er war so einfühlsam. Sie spürte, wie ihr Schock über das Gehörte verflog und sie war verlegen, weil er immer noch ihre Hand hielt.

»Du darfst uns beide nicht so ernst nehmen. Wir sind etwas überdreht nach der langen Nachtwache!«

Shane warf seinem Bruder einen verachtungsvollen Blick zu. David gab ihm einen ermahnenden Rempler mit dem Ellenbogen, als Nell gerade Platz am Tisch nahm und nicht hinsah.

Shane sah David fragend an, was von dem Jüngeren mit einer auffordernden Kopfbewegung Richtung Nell beantwortet wurde.

Shane verdrehte die Augen.

Dann gab er nach und setzte sich neben Nell. Er tat es seinem gewandteren Bruder nach und ergriff ihre Hand. Er spürte weiche Haut unter seiner schwieligen und dachte erneut, wie es angegangen war, dass ausgerechnet er ein so lebensuntüchtiges Wesen als Verlobte bekommen hatte.

»Entschuldige, Nell. Erst einmal guten Morgen. Wie geht es dir heute?«

Nell sah ihn an und erkannte den schlecht verborgenen Spott in seinen dunklen Augen.

Sie spürte, wie sich unbekannter Zorn in ihr regte.

»Warum fragst du etwas, was dich doch gar nicht interessiert, Shane? Glaubst du, ich weiß nicht, was du von mir hältst? Aber es ist mir egal, ich heirate dich sowieso nicht!

Was ich wissen möchte, ist, was ihr über meinen Vater wisst! Wo ist er?«

»Was hat er dir gesagt, Nell, wo er hingeht?«, war Davids sanfte Frage. Er hatte sich eingeschaltet, bevor das berüchtigte Temperament Shanes wieder überkochen würde. Denn genau danach sah sein Bruder aus: Wie jemand, der kurz vor der Explosion steht.

»Er sollte die Bücher in den Minen überprüfen; dies war seine Aufgabe. Aber es dauert diesmal schon sehr lange!«

Die Brüder sahen sich an, Shanes Zorn war verpufft.

Von Bryce Ransom hatte er gestern keinen Hemdzipfel gesehen, als er mit Jared in den Minen gewesen war.

Gut, die Minen waren sehr weitläufig, und die Überwachungszentrale, wo Nells Vater beschäftigt war, befand sich in der Nähe des Tors. Aber nach dem furchtbaren Vorfall, der Jagd durch einen großen Teil der Minen, hätte man den Verwalter wohl einmal zu Gesicht bekommen müssen. Schließlich wäre ja von ihm vermutlich der Hinweis auf den Diebstahl gekommen. War Nells Vater auch ein Spitzel des Eiskönigs?

»Wunderbar«, war Shanes nächster zynischer Gedanke.

»Diese Verlobung wird immer verlockender. Gut, dass sie mich nicht will.«

David dachte das Gleiche, schaffte es aber, Nell zu beruhigen.

»Vielleicht muss er eine aufwändigere Abrechnung machen. Wir hatten gestern eine Lieferung abzuholen, die in Kürze von hier weitertransportiert wird. Das ist viel Arbeit, und man muss sehr genau sein. Mach dir keine Sorgen, Nell.«

Nell lächelte ihn unwillkürlich an, und Shane ballte die Fäuste, weil sie zu David nett war und zu ihm so biestig.

David war noch nicht fertig.

»Nell, bitte sei vorsichtig, was du sagst, wenn du wieder auf deine Stiefmutter triffst. Du darfst unser Gerede von eben nicht so ernst nehmen, aber Valeska könnte dennoch ärgerlich werden und es möglicherweise an dir auslassen. Versprichst du mir, dass du das Gesprochene für dich behältst?«

Nell runzelte die Stirn.

War dies das wahre Gesicht des gutaussehenden jungen Mannes vor ihr?

Versuchte er sie mit Charme einzuwickeln, damit sie nichts weitergab?

Sie wollte gerade ihrer Enttäuschung Ausdruck verleihen, als sie hinter David eine Bewegung in den Bäumen blitzen sah:

Ein weißer Rabe saß dort auf einem Ast hinter der verschwenderischen Blütenfülle.

Erstaunt sagte sie: »Ein weißer Rabe in den Bäumen, das ist ja seltsam. Bei uns sieht man sie nur auf den Zinnen.«

Shane stand lässig auf und schlenderte ins Haus, während David mit angestrengtem Gesichtsausdruck sagte:

»Schau nicht hinüber, Nell. Sieh mich an und sprich leise weiter, als hättest du ihn nicht bemerkt!«

Sie sah ihn mit großen Augen an und nickte.

Ein unverfängliches Gesprächsthema wollte ihr jedoch nicht einfallen.

David lenkte sie bewusst ab.

»Was machst du denn zuhause, wenn du so oft alleine bist, Nell? Stickst du oder malst du gerne?«

Nell zwang sich zu antworten, aber sie empfand ihre Stimme als blechern und unecht.

»Ich sticke gerne, am liebsten an großen Bildern.«

»Was für Motive?«

Nell sah über seine Schulter und erkannte Shane, wie er auf der anderen Seite des Innenhofs im Schatten des Torbogens stand. Nun hob er einen Bogen und spannte einen Pfeil ein.

»Nell, sieh mich an!«, mahnte David sie.

Aber Nell konnte ihren Blick nicht von Shane lösen.

Ihr Verlobter stand breitbeinig da, regungslos verschmolzen mit dem Schatten. Dann hob er in einer ruhigen Bewegung den Bogen, zielte und ließ den Pfeil losschnellen.

Ein kurzer Kreischton war zu vernehmen, und der weiße Rabe platschte am Fuß des Baumes zu Boden.

David sprang auf und war zeitgleich mit seinem Bruder dort.

Emily und Nell folgten schaudernd und neugierig zugleich.

Shane drehte den großen Vogel langsam um.

Die eisblauen Augen des Raben blickten starr.

David sah sich wachsam um, als seine Mutter von hinten herantrat und ein Tuch über das tote Tier warf.

»Lasst ihn sofort verschwinden! Wenn uns ein Kustode damit sieht, nicht auszudenken!«

Nell fragte leise:

»Was bedeutet das? Was ist an diesem Raben so gefährlich, dass Shane ihn abschießen musste?«

Vier Augenpaare sahen sie ungläubig an, dann antwortete David ganz ruhig:

»Diese Raben sind die Späher des Eiskönigs Shahatego, sie erkennen sehr viel von oben. Wenn du darauf achtest,

Nell, wirst du sehen, dass sich alle paar Stunden einer Richtung Wald und Eissee davon macht.«

Das Mädchen sah ihn entsetzt an:

»Vor unserem Haus auf der Mauer und auf den Zinnen, sogar auf meinem Balkon sitzen immer welche.«

Shane stand entschlossen auf, den in das Tuch eingewickelten Raben hielt er in Händen.

»Nun, bei uns sind es nicht so viele, weil ich sie regelmäßig vom Himmel hole«, sagte er zynisch grinsend.

Nell riss die Augen auf.

»Hast du keine Angst, dass du deshalb Probleme mit dem Eiskönig bekommst?«

»Dann müsste er zugeben, dass sie zu ihm gehören. Bis jetzt habe ich noch nichts in dieser Richtung gehört«, war seine knappe Antwort, bevor er sich umdrehte und ins Haus ging.

Kurz darauf stiegen Rauchwolken zum Himmel und Nell ahnte, was soeben dort im Feuer verbrannt wurde.

David hatte gerade wieder die Wache vor dem Lagerraum mit den Edelsteinen des Eiskönigs übernommen, als Jared Donovan zurückkehrte.

Tiefe Sorgenfalten standen auf seiner Stirn, und David fragte sogleich nach dem Grund.

Der Vater antwortete sehr nachdenklich:

»Jim ist nicht zuhause. Niemand hat ihn gesehen, seit wir ihn letzte Nacht nach Hause brachten.

Er hat auch noch nichts wegen Alans Feuerbestattung veranlasst. Das habe ich gemacht. Aber was tun wir, wenn Jim bis heute Abend nicht wieder da ist? Ich kann doch nicht seinen Sohn verbrennen lassen ohne ihn!«

»Du kannst seinen Sohn bei der Hitze nicht dort liegen lassen, wo er jetzt ist, Vater!«, gab David bedrückt zu bedenken, und sein Vater nickte.

Während er seinen Vater über den Vorfall mit dem Raben informierte, traten die Mädchen wieder aus dem Haus.

Jared winkte ihnen zu, und sie winkten zurück.
Dann nahmen sie Kurs auf den Brunnen und setzten sich dort plaudernd auf die Bank.

Nur wenige Augenblicke waren vergangen, als sie die Kutsche des Eiskönigs hörten. Sie verhielt vor dem Tor und ein Hämmern auf dem massiven Holz als Bitte um Einlass wurde laut.
Jared öffnete das Tor, und die Kutsche fuhr in rasantem Tempo in den Hof.
Aber sie war nicht das einzige Fahrzeug.
Direkt hinter ihr folgte ein offener Ladewagen, wie er für Holz- oder Getreidetransporte benutzt wurde. Etwas Großes lag darauf, zugedeckt von einem stabilen Tuch.
Die beiden Männer warfen sich fragende Blicke zu, als auch Shane aus dem Haus zu ihnen trat.
Dieser ging hinüber zu den Mädchen und bat sie in kurzen, barschen Worten ins Haus zu gehen. Emily zog Nell hinter sich her, gefolgt von den Augen des Kutschers.
Drinnen huschten sie durch die Zimmer bis zum gegenüberliegenden Raum und beobachteten von dort aus, verborgen hinter den dicken Vorhängen, gespannt das Geschehen im Hof.

Nell war entsetzt über diese Wesen, die die Fahrzeuge lenkten.
»Was sind das, die beiden Fahrer, Emily? Ich habe so etwas noch nie gesehen.«
Emily zog die Nase kraus.
»Da hast du nichts verpasst. Das sind Sitai, die Wächter des Eiskönigs, die unsere Grenzen bewachen und die Feinde aus *Lilas*, *Boscano* und *Djamila* abwehren. Sie machen auch die Warentransporte unter Aufsicht der Kustoden. Ich mag sie nicht. Sie stinken fürchterlich und sollen das Blut der getöteten Feinde trinken, um noch stärker zu werden.«
Nell wurde blass.

»Das ist ja furchtbar! Und was sind die Kustoden?«
Emily sah sie kopfschüttelnd an.

»Du bist wirklich nie außerhalb eures Hauses gewesen, nicht wahr?«

Nell fühlte sich wie ein unmündiges Kleinkind. Doch sie konnte Emilys Schluss nicht viel entgegensetzen.

»Na ja, ein-, zweimal durfte ich auf Einladungen mitgehen. Und ich kann mich erinnern, dass ich mit meiner Mutter auf den Markt durfte. Aber seit Valeska meine Stiefmutter ist, da hast du Recht, bin ich nicht mehr vor die Tür gekommen. Sie meinte, es sei zu gefährlich, und mein Vater pflichtete ihr bei. Einen Verlobten hätte ich ja schon, also sei es auch nicht nötig, mich unter Menschen zu bringen!«

Emily schwieg mitleidig, dann versprach sie:

»Gleich morgen gehen wir mit meiner Mutter auf den Markt. Es ist so schön dort, ich liebe es, die vielen Menschen zu sehen und an den Ständen zu stöbern.«

Nell strahlte: »Ja, das wäre toll, Emily!«

Diese sah nun wieder in den Hof, dann packte sie Nells Arm.

»Was mag auf dem Wagen sein? Sie sind sonst immer nur mit der Kutsche gekommen!«

Die beiden beobachteten schweigend, wie Shane und David die Säckchen mit den Edelsteinen zur Kutsche trugen.

Dort wurden sie von einem überdurchschnittlich großen, hageren Mann entgegengenommen. Sie wurden gewogen und das Gewicht in einem Buch vermerkt.

Als die Säcke in der Kutsche waren, unterzeichneten der Hagere und Jared in dem Buch.

»Das ist ein Kustode, Nell! Sie sind die Abgesandten des Eiskönigs in *Maroc*. Sie vermerken und überwachen alles.

Sie sprechen nicht sehr viel und sind echt hässlich. Ich habe noch keinen Kustoden mit weißen, sauberen Zähnen gesehen. Sie sind alle gleich alt, fällt mir da gerade ein.

Junge oder alte Kustoden sind mir noch nie aufgefallen.«

Die beiden Mädchen überlegten, was wohl der Grund dafür sei, kamen aber zu keinem vernünftigen Schluss.

Emily sprach schnell weiter:

»Sie krächzen beinahe wie Raben, wenn sie sprechen. Shane sagt, er hat mal einen kämpfen sehen und sie wären wahnsinnig schnell mit ihren Säbeln!«

Sie packte Nell aufgeregt am Ärmel.

»Sieh nur! Was passiert denn jetzt?«

Der Kustode winkte die drei Donovan-Männer zum Ladewagen.

Shane sah erstaunt, dass unter dem Tuch etwas herausfloss und zu Boden tropfte. Es war Wasser und … Blut?

Auch Jared und David hatten es gesehen, und Jared sprach den Kustoden darauf zornig an:

»Was soll das? Warum verteilt ihr Blut in meinem Hof, und wo kommt es her?«

In diesem Moment zog der Kustode das Tuch vom Wagen, und die Mädchen unterdrückten mit Mühe Schreie des Entsetzens.

Auf dem Wagen lag ein Eisblock und in diesem war ein Mann zu erkennen – ein toter Mann!

Der Eisblock hatte in den Minuten der Edelsteinübergabe begonnen zu schmelzen und nun floss nicht nur Wasser über das Holz des Wagens und tropfte auf den Steinboden des Hofes, sondern auch Blut aus einer großen Wunde am Bein des Toten.

Jared polterte unbedacht los:

»Mein Gott! Was habt ihr mit Jim gemacht?«

Der Kustode sah ihn scharf an, aber Jared war zu wütend, um es zu bemerken. Nun war es ausnahmsweise Shane, der seinen Vater warnend am Arm packte.

Man konnte Jareds Zähne beinahe knirschen hören, so stark presste er die Kiefer zusammen, um seiner Wut nicht nachzugeben.

»Er wurde gestellt, als er über den Eissee lief. Ladet ihn ab und verfahrt mit ihm, wie es bei euch üblich ist. Der Wagen wird bei der Lieferung nächste Woche wieder abgeholt!«

Kurz und knapp war die Aussage und erzählte den Männern alles, was sie wissen mussten.

Jim hatte den Tod seines Sohnes rächen wollen, und nun würden sie ihn mit ihm zusammen verbrennen müssen!

Der Kustode schwang sich, sehr leichtfüßig für einen so großen Mann, in den Innenraum der Kutsche zu den Edelsteinsäcken. Der Fahrer des Ladewagens war auf den Kutschbock neben den anderen Sitai aufgestiegen.

David lief zum Tor und das Gefährt fuhr hinaus.

Direkt hinter ihm ließ er das Tor wieder zufallen und verriegelte es. Langsam trat er zu Bruder und Vater.

Shane sagte nachdenklich:
»Jim ist weit gekommen, bis auf den See!«
Jared sah seinen Sohn entsetzt an.

Er verstand nicht, wie Shane über den Tod eines guten Freundes der Familie ohne jede Emotion sprechen konnte. Es schien beinahe, als hätte er es nicht anders erwartet.

Barsch befahl er:
»Lasst uns den Wagen in die Remise schieben und drinnen weiter reden.«

Jared hob mit David die Deichsel an und zog, während Shane anschob. Sorgsam schloss er die Türen hinter sich.

Im nächsten Augenblick hatte der Vater ihn am Arm gepackt und riss ihn zu sich herum.

Shanes Hand zuckte, als wolle er in einer automatischen Reaktion zuschlagen, dann hatte er sich wieder in der Gewalt.

David legte seinem Vater die Hand auf die Schulter und sagte sanft:

»Dad, Shane ist darüber nicht weniger entsetzt als wir beide.«

»Das sieht mir aber gar nicht so aus, David.

Was ist los mit dir, Shane? Hast du gar keine Gefühle mehr, bist nur noch auf Ärger aus? Ich kenne dich nicht mehr wieder, Junge. Mit deiner Verlobten bist du grob und Jims und Alans Tod …, mein Gott, unsere besten Freunde, scheint dir nicht nahezugehen!«

Shane sah seinem Vater trotzig in die Augen und schwieg.

Jared sagte drohend:

»Ich will eine Antwort, Shane!«

David versuchte zu vermitteln, erkannte aber, dass der Vater am Ende seiner Geduld angelangt war.

Nun wandte er sich an seinen Bruder:

»Shane, sprich mit Dad! Er wird es verstehen.«

Shane schüttelte resigniert den Kopf, während er sich mit der Hand mehrmals nervös durch die Haare fuhr.

»Nein, wird er nicht, David. Du hast seine Meinung doch heute früh erst gehört.«

Jared kniff die Augen zusammen.

»Was meinst du, Shane? Was verstehe ich nicht?«

Aber Shane war nicht bereit mehr zu sagen, also übernahm es David.

»Jim war der Anführer der Schwarzen Reiter, Dad!«

Jared taumelte einen Schritt zurück, und Shane griff instinktiv nach ihm, dass er nicht gegen den weit herausragenden Torriegel fallen konnte.

»Nein«, flüsterte der Ältere entsetzt. »Das glaub ich nicht. Jim war kein Mörder und kein Dieb!«

Shane sah ihn beinahe mitleidig an.

»Nein, genauso wenig wie Alan oder die anderen Mitglieder der Truppe!

Die Gewalt, die Ausbeutung und die Ungerechtigkeit in unserem Land muss bekämpft werden. Und weil der Eiskönig weiß, dass die Schwarzen Reiter dies vorhaben und teilweise begonnen haben, lässt er ihnen diesen Ruf andichten. Wahrscheinlich sind auch unsere Nachbarvölker lange nicht so grausam, wie man uns immer weismacht.«

Jared schien mit beiden Händen die Worte Shanes abwehren zu wollen. Doch seine Söhne hatten den ersten Zweifel gesät.

»Woher wisst ihr das? Warum hat er es mir nicht erzählt? Verdammt, was wollte er beim Eiskönig – Alan alleine rächen? Was für ein Wahnsinn!«

Shane nickte.

»So sieht es für alle aus. Jim war ein guter Anführer, ein hervorragender Planer und eigentlich sehr vorsichtig. Sicher hatte er einen weiteren Grund dorthin zu gehen. Aber wegen Alans Tod war ihm die Gefahr gleichgültig. Lasst ihn uns untersuchen!«

Etwas unsicher wartete er auf die Reaktion seines Vaters. Jared war stets ein freundlicher Mann gewesen, jedoch mit einer deutlichen Ausstrahlung von Autorität, die respektiert wurde.

Noch nie hatte Shane so offen gegen ihn aufbegehrt, und er empfand beinahe Scham, als er in den blauen Augen seines Vaters Tränen entdeckte.

»Dad?«, fragte er leise.

Jared gab sich einen Ruck.

»So schnell wird's wohl nicht gehen, Shane! Noch steckt er in einem Eisblock fest und ich hacke nicht mit einem Beil auf meinen Freund ein«, sagte er drohend.

Shane schüttelte erneut den Kopf und verkniff sich ein Grinsen über die widersinnige Situation und des Vaters Worte. Wäre ihm diese Regung anzusehen gewesen, hätte sein Vater ihn vermutlich niedergeschlagen und dies zu Recht, wie er ihm zugestand.

Er lenkte sich ab, indem er auf die Leiche zutrat und sie genauer in Augenschein nahm.

David holte in der Zwischenzeit zwei Eimer und stellte sie an den hinteren Ecken des Wagens auf, wo Wasser und Blut sich sammelten und durch die Ritzen immer schneller werdend hinabtropften.

Dann legte er den Boden rundum mit Stroh aus, damit dieser möglichst wenig verunreinigt würde. Schließlich wollten sie keine Ratten oder ähnliches Getier in ihrer Remise oder an der Leiche haben. Der Geruch würde schlimm genug werden.

»Die Wunde an seinem Bein, was mag diese verursacht haben?«, fragte David nach einigen Minuten des Schweigens.

»Eiswölfe!«, war Shanes kurzangebundene Antwort.

»Sie müssen riesig sein«, erwiderte Jared mit einem Wackeln in der Stimme, als er sich vorstellte, wie sein Freund solchen Untieren allein gegenübergestanden war.

»Ja, aber daran ist er nicht gestorben. Ich sehe zumindest keine weiteren Verletzungen. Ihr?«, wunderte sich David.

In diesem Augenblick knarzte das Tor, und sie hörten Maggies Stimme.

»Was ist denn hier los? Was macht ihr hier drin? Es ist fast dunkel. Die Mädchen haben etwas von einem Toten auf einem Wagen erzählt – in einem Eisblock. Ist das wahr?«

Sie schrie leise auf, als sie zum Wagen sah und den Toten sah. Sie konnte ihn im Dunklen nicht erkennen.

»Jared, mein Gott! Wer ist das?«

Jared nahm sie in den Arm, dennoch schien es seinen Söhnen eher, als suche er Halt bei seiner Frau.

»Es ist Jim, Liebes, es ist Jim!«

Maggie sah entsetzt zu Shane hinüber, als erwarte sie den gewohnten, in dieser Situation erhofften Widerspruch.

Aber Shane nickte langsam.

David ging zu seinen Eltern und schlug ihnen vor:

»Sollten wir nicht dem Priester Bescheid geben, dass es zwei Verbrennungen gibt? Geht doch, und wir halten hier Wache!«

Maggie war jedoch noch nicht so weit.

»Was ist mit ihm passiert, Shane? Und warum ist er in einem Eisblock?«

David registrierte erstaunt, dass die Eltern plötzlich Shane als Zuständigen und Handelnden ansahen. Dies war neu!

Sie schienen sogar darauf zu hoffen, dass er etwas unternahm, so sehr hatte sie dieser erneute Todesfall aus dem Gleichgewicht gebracht.

Shane gab sich einen Ruck und antwortete leise:

»Er wurde von Eiswölfen angefallen, Mum, aber das muss unter uns bleiben. Wir müssen uns etwas anderes für die Leute einfallen lassen, damit es kein Gerede gibt!«

Jared sah ihn scharf an.

Shane erwiderte den Blick ohne ein Zucken, und der Vater akzeptierte es. Shane wollte nicht preisgeben, was er vorhin auf Davids Druck hin dem Vater erzählt hatte.

Nur sie drei wussten, dass Jim der Anführer der Schwarzen Reiter gewesen war und sich in streng verbotenes Gebiet gewagt hatte.

David schob die Eltern aus der Remise und sagte zu Shane gewandt:

»Ich hole Tücher und Wasser. Dad, bringst du uns eine von Jims Hosen und eine Jacke mit, damit wir ihn ordentlich kleiden können?«

Jared nickte und gab auf.

Das Tor fiel hinter allen dreien zu, und Shane ließ sich erschöpft auf einen Schemel sinken.

Mutlos stützte er den Kopf in beide Hände und versank in trübselige Gedanken, während die Geschwindigkeit der Tropfen in die Eimer stetig zu nahm und schließlich in ein fließendes Geräusch überging.

So fand David den Bruder vor, als er nach etwa zehn Minuten zurückkam. Er kniete sich vor ihn auf den Boden und sah ihn mitleidig an.

»Niemand wird ihn so sehr vermissen wie du, nicht wahr, Shane?«

Shane sah nicht auf, aber seine leicht zitternde Stimme verriet, wie furchtbar ihm zumute war.

»Er war ein tapferer Mann. Der Beste!
Er hat mir so viel beigebracht. Wer kann ihn je ersetzen?
Die Schwarzen Reiter werden verschwinden, wenn keiner sie führt!«

»Berufe heute Nacht eine Versammlung ein. Wir müssen alle informieren und dann einen neuen Anführer wählen!«

Shane erhob sich mühsam. Seine Glieder schienen ihm bleischwer.

»Wer sollte es werden, David? Die Alten sind zu vorsichtig, und die Jungen werden nicht anerkannt! Jemanden wie Jim gibt es in unseren Reihen nicht mehr!«

»Warte es ab, Shane, es wird sich einer finden. Soll ich gehen und sie informieren oder hierbleiben?«

»Geh du bitte, David. Ich weiß nicht, was ich ihnen sagen soll. Aber von mir werden sie alles genau wissen wollen. Berichte ihnen einstweilen nur das Gleiche, was ich Mum gesagt habe, und richte ihnen aus, dass sie heute Nacht mehr erfahren werden. Danke!«

Eine knappe Stunde später war David zurück, und auch Jared erschien wieder in der Remise.

Der Vater hatte sich etwas vom Schock erholt und war ihnen nun eine tatkräftige Hilfe, als sie begannen, die letzten Eisstücke zu lösen und mit weiteren Eimern hinauszutragen und auf den Misthaufen zu schütten.

Es war ihnen nicht wohl dabei, aber sie hatten keine bessere Möglichkeit gefunden, das blutige Wasser zu entsorgen. Denn es einfach in die Kanalisation zu spülen, könnte im schlimmsten Fall sogar Folgen für das Trinkwasser der Stadt haben.

Wortlos erledigten sie, was getan werden musste.

Jim Ferney war in der Zwischenzeit so weit aufgetaut, dass sie ihm die Kleidung wechseln und das Blut am Bein abwaschen konnten.

Beim Anheben der Leiche fiel etwas Faustgroßes aus den zerfetzten Taschen, und Shane fing es geistesgegenwärtig auf. Es war keine Zeit, es näher zu untersuchen, deshalb legte er es zur Seite.

Die drei schauderten beim Betrachten der herausgerissenen Fleischfetzen, und sie litten im Nachhinein mit Jim mit. Was sie allerdings nicht fanden, war eine tödliche Verletzung!

Als sie Jim beim Anziehen der Jacke drehten, kam ein Schwall Wasser aus seinem Mund, und Shane fasste den Gedanken aller in Worte.

»Er ist ertrunken! Er ist in dem verdammten See ertrunken!«, stieß er heftig hervor.

»Aber er konnte schwimmen. Haben sie ihn unter Wasser gedrückt?«

Jared betrachtete seinen wutschäumenden Sohn und fragte sich, warum dieser nun auf einmal doch so erregt war.

Alle Gleichgültigkeit war von Shane abgefallen, und nun erkannte er den Zwanzigjährigen wieder: aggressiv und zornig!

Und ausnahmsweise war der Vater darüber diesmal eher beruhigt als verärgert. Leise Eifersucht regte sich in ihm, weil Jim für Shane anscheinend ein größeres Vorbild gewesen war als der eigene Vater. Jared schob den jetzt so unwichtigen Gedanken energisch zur Seite.

Denn ihm war am Rücken des Toten noch etwas anderes aufgefallen. Eine Spur aufgerauter Haut zog sich den ganzen Körper hinunter, als wäre er geschliffen oder etwas wäre an ihm entlanggezogen worden.

Nachdenklich sagte er:

»Ich glaube, du hast Recht, Shane: Etwas hat ihn ins Wasser gedrückt und mitgeschleift. Etwas Großes – ein breites Brett oder mit einer rauen Haut.«

David sah ihn entgeistert an.

»Wie kommst du darauf, Dad, dass es ein Lebewesen gewesen sein könnte?«

Shane hatte sich den Rücken genau angesehen und gab Jared Recht.

»Weil es Schuppen hatte. Hier, sieh mal, David!

Hier sind ein paar in die Haut hineingedrückt. Das muss ja ein Riesenvieh gewesen sein.«

»Na toll, Riesenwölfe, Riesen-Seemonster. Was kommt als Nächstes?«, maulte David.

»Nichts! Auf jeden Fall nicht für euch. Wir betten Jim auf einen sauberen Wagen von uns, und dann fahren wir, holen Alan und verbrennen die beiden. Und anschließend möchte ich nichts mehr von alledem hören«, donnerte Jared auf einmal.

Er hatte panische Angst, dass sich die beiden Burschen an etwas viel zu Gefährliches wagen könnten.

Shane sah ihn schweigend an, wandte sich ab und betrachtete Jim.

»Freund!«, dachte er traurig.

»Bester Freund, du hast mich verstanden, mein Drängen nach Gerechtigkeit und Freiheit. Warum versteht es mein eigener Vater nicht?«

Er legte Jim zum Abschied die Hand auf die kalte Stirn. Dann verließ er die Remise schnellen Schrittes.

David klopfte dem Vater tröstend auf die Schulter und meinte gespielt leicht: »Mach dir keine Sorgen um uns, Dad.«

Aber Jared spürte, es war noch lange nicht vorbei. Und Shane, seinem eigenen Sohn, traute er in dieser Sache keinen Augenblick.

Am Abend versammelte sich die ganze Stadt draußen vor den Toren.

Die beiden Toten waren gemeinsam auf einem kunstvoll aufgetürmten Holzstapel aufgebahrt worden.

Die Trauer war spürbar, denn Vater und Sohn waren in der Gemeinschaft beliebt und geachtet gewesen.

Der Priester von *Maroc*, Jon Edwards, fand gefühlvolle Worte des Lobs und des Abschieds.

Schließlich steckten Jared und Shane gleichzeitig den Stapel von zwei Seiten in Brand, und viele Menschen der Gemeinde ließen ihren Tränen freien Lauf.

Maggie und die beiden Mädchen waren mitgekommen. Emily und ihre Mutter waren unter den Weinenden, während Nell zwar mit ihnen litt, aber etwas unkonzentriert war, da sie die Toten nicht gekannt hatte.

Sie sah neugierig umher, da sie sich noch nie vor den Toren der Stadt befunden hatte. Dies ging den meisten Maroconern so, denn nur diejenigen, die außerhalb der Stadt zu tun hatten wie die Transporteure zu den Minen oder den Salzstollen, verließen die sicheren Mauern.

Vor allem nicht abends, wenn es vor Wölfen auf der anderen Seite der weiten Ebene nur so wimmelte!

Es waren bis zum Wald einige Kilometer freie Fläche, und die Nacht war bis auf die hochlodernden Feuer stockdunkel. Dennoch konnte man die großen Schatten vor dem Waldrand erkennen, wie sie hin und her tigerten – wachsam, dass keiner sich zu weit von *Maroc* entfernte.

Nell hatte das Gefühl sogar ihre Augen glühen zu sehen und wandte schnell den Blick ab.

Shane stand mit gesenktem Haupt vor dem Feuer, viel zu nahe für Nells Geschmack.

Jared war neben die Frauen getreten und nahm Maggie in den Arm, während sich David um Emily kümmerte.

Irgendetwas bewog Nell zu Shane hinüberzugehen. Er wirkte grenzenlos einsam, und Nell war erstaunt, dass sie so etwas wie Mitleid für ihn empfinden konnte, obwohl sie ihn nicht mochte.

Er zuckte zusammen, als sie ihn ansprach.

»Es tut mir Leid für dich, Shane! Waren sie beide deine Freunde?«, fragte sie schüchtern.

Er starrte in die Flammen, doch man sah, dass er in Erinnerungen versunken war.

Als sie schon dachte, er hätte sie nicht gehört, antwortete er mit so leiser Stimme, dass er nur mit Mühe das Prasseln der Flammen übertönte.

»Mit Alan bin ich aufgewachsen, aber er war mehr Davids Freund, weil sie das gleiche Alter hatten. Jim dagegen war mir ein Vorbild. Er war ein unglaublich tapferer Mann!«

Er schwieg, und Nell streckte instinktiv ihre Hand aus und nahm seine.

Nun sah er sie erstmals an, und sie spürte, dass er überrascht war. Als sie ihre Hand jedoch zurückziehen wollte, hielt er sie fest.

»Lass uns heimgehen, Nell, es ist spät!«, meinte er sanft.

Sie schlossen zu seiner Familie auf, die wortlos und ohne eine Miene zu verziehen, das Händchenhalten der beiden ignorierte.

Zuhause angekommen gingen die Mädchen und die Eltern zu Bett, und Shane fiel erschrocken auf, dass sein Vater an diesem Tag das erste Mal nicht mehr wie ein junger, starker Mann auf ihn wirkte.

Jims Tod hatte eine Lücke hinterlassen und Jared zu Tode erschreckt!

Shane und David trafen sich etwa eine Stunde vor Mitternacht in der Remise, um von dort aus zu den Schwarzen Reitern zu gehen. Jims Mitstreiter mussten über die Umstände seines Todes informiert werden.

Shane war außerdem eingefallen, dass er sich den Gegenstand, der aus Jims Tasche gefallen war, noch nicht genau angesehen hatte.

Nun standen die beiden jungen Männer im flackernden Licht einer Petroleumlampe und betrachteten den

Wachsbrocken, den Shane in seinen Händen hin und her drehte.

»Er hat von etwas einen Abdruck genommen und es dann in seiner Tasche versteckt. Anscheinend hat es niemand gemerkt, sonst hätten sie es ihm sicher abgenommen. Was es wohl sein mag? Die Form sieht aus wie ein Edelstein«, bemerkte David mit angespannter Stimme.

Shane nickte zustimmend.

»Weißt du, was ich glaube, David? Jim hat mir von der Brücke über den Eissee erzählt. Dort ist ein spezielles Schloss – nein, eigentlich sind es vier Schlösser – zu denen nur besondere Schlüssel passen. Hat man alle vier Schlüssel, kann man die Brückenglieder vervollständigen und der Weg zum Eiskönig ist frei.«

»Du meinst, er hat den Wachsklumpen in ein Schloss gesteckt, um einen Abdruck des Schlüssels anfertigen zu können?«

Shane lächelte über den Eifer in Davids Stimme.

»Ja, in etwa. Sieh dir die Größe und diese Facetten an. Diesen Stein nachzuschleifen ist eigentlich unmöglich. Sollten wir an einen Stein dieser Größe kommen, kostet es uns den Kopf wie Alan! Ich glaube, dass es irgendwo einen Stein geben muss, der passt!«

»Wo sollte der sein, wenn nicht beim Eiskönig?«

»Der wird ihn nicht brauchen. Seine Leute lässt er sicher von seiner Seite aus überqueren und macht vom Schloss aus die Brücke vollständig. Möglicherweise ist das irgendein Notfallplan: Shahatego ist zufällig ohne seinen Schlüssel ausgegangen …! Ich habe keine Ahnung, David. Aber nun lass uns gehen. Die anderen warten schon. Wir nehmen das Ding mit, vielleicht hat einer eine Idee.«

Vorsichtig löschten sie die Lampe und verließen die Remise. Dunkel gekleidet im Schatten der Mauern waren sie nicht zu erkennen.

Auf den Straßen war niemand zu sehen, und die weißen Raben flogen des Nachts nicht.

Nach einigen Querstraßen verschwanden sie hinter einer kleinen Tür, die in ein Kellergewölbe führte.

Dort wartete bereits ungeduldig eine Gruppe von schwarzgekleideten Männern, die den Ruf als »Mörder und Diebe« hatten.

Die Schwarzen Reiter

Die Tage flossen dahin, und Nell begann sich bei den Donovans einzugewöhnen. Sie und Emily gingen mit der Mutter mindestens jeden zweiten Tag auf den Markt, was Nell mit Begeisterung erfüllte. Sie konnte sich an den reich gefüllten Ständen nicht satt sehen.

Maggie drängte sie, ihre Wünsche zu äußern, aber Nell wollte nichts. Sie war glücklich mit dem Betrachten alles Neuen.

Sie kam endlich in Gegenden in der Stadt, die sie noch nie zuvor besucht hatte und sah so viele Menschen:

Maroconer, von denen sie auch nur wenige von früher erkannte, trafen sich zum Handeln und Schwatzen vom Morgen bis hin zur Mittagszeit.

Sie wussten: In einigen Wochen war der Sommer vorbei.

Aus war es dann wieder mit Sonne, Wärme und Geselligkeit an langen Tagen. Die Nächte und die Kälte waren dann an der Reihe in *Maroc* zu herrschen.

Mit Emily verstand sie sich prächtig, und die Mädchen hatten immer etwas zu lachen. Sie stickten und malten zusammen und halfen der Mutter gerne im Haus.

David war bei allen Mahlzeiten zugegen, genau wie Jared, denn die beiden kümmerten sich um alles rund um Haus, Hof und Garten.

Außerdem führte Jared seinen jüngeren Sohn in die Buchführung des Handels für den Eiskönig ein.

David stöhnte darüber, doch die Mädchen spürten, dass er gerne mit dem Vater arbeitete.

Shane hingegen sahen sie immer erst am Abend.

Nell erfuhr, dass er Lieferungen überwachte, in den Salzstollen die Leute zur Arbeit einteilte und diese auch häufig zu ihrem Arbeitsplatz und nach Hause beförderte.

Manchmal blieb er über Nacht weg, dann schien er länger in den Stollen zu tun zu haben.

Nell störte sich nicht dran.

Sie hatten sich nicht viel zu sagen, denn meistens unterhielten sich die Männer, gelegentlich warfen Maggie oder Emily Fragen in das Gespräch ein, aber Nell wusste nichts, was sie dazu zu sagen hätte.

Aber ihr wurde langsam ein Teil von Shanes Persönlichkeit klarer:

Er war zwar etwas mürrisch und aufbrausend, aber er hatte ganz sicher einen wachen Verstand, das konnte sie den Argumenten, die er in die Unterhaltungen einfließen ließ, entnehmen. Und für sein Alter bewältigte er eine Menge verantwortungsvoller Aufgaben.

Auch lag ihm das Wohl der Menschen am Herzen, und er bemühte sich Leid zu vermindern, wenn es in seiner Macht stand.

Gelegentlich schlenderte er mit ihr nach dem Essen durch den Garten, aber Nell wusste, dass dies auf Drängen von Maggie geschah.

Viele Worte fielen hier nicht, denn sie hatten keine Gemeinsamkeiten, und Nell war immer froh, wenn sie wieder zu Emily entfliehen konnte.

Die langen Gesprächspausen zerrten an ihren Nerven, wohingegen Shane mit den Gedanken weit weg zu sein schien.

Emily fragte sie eines Tages, geradeheraus, wie es ihre Art war:

»Wie sieht es mit deinen Gefühlen für Shane jetzt aus, Nell, wo du ihn ein bisschen besser kennst? Magst du ihn immer noch nicht?«

Nells Kopf ruckte hoch, und sie wurde rot vor Verlegenheit. Was sollte sie sagen?

Sie wollte Emily nicht verletzen, die ihre beiden Brüder liebte und Shane offensichtlich anbetete.

Behutsam sagte sie:

»Doch, er ist ganz nett, aber ich kann es mir nicht vorstellen, mit ihm verheiratet zu sein. Wir wissen ja nicht einmal, was wir miteinander reden sollen.«

Emily sah sie mit großen Augen an.

»Du bist kein bisschen in ihn verliebt?

Was willst du dann machen? Hoffentlich nicht die Verlobung lösen? Tu es nicht, Nell!

Die Liebe kommt noch, Shane ist ein toller Mann, und du wirst jeden Tag hübscher. Außerdem gewöhnt man sich doch so aneinander!«

Nell antwortete heftig:

»Ich will ihn nicht heiraten, nur weil ich mich an ihn gewöhnt habe! In einem halben Jahr bin ich volljährig, dann kann ich in mein eigenes Haus ziehen, und deshalb warte ich, bis einer kommt, der mich liebt und bei dem ich ein Prickeln unter der Haut spüre! Ein Leben lang Gewöhnung: Das ist wie lauwarme Suppe, man isst sie, weil man Hunger hat, aber sie schmeckt nicht besonders!«

Aber Emily war klug für ihr Alter.

»Besser lauwarme Suppe, als ein Leben lang hungern, Nell!«

Nells braune Augen blitzten nun zornig.

»Würdest du das für dich selbst wollen, Emily? Jemanden heiraten, dem du gleichgültig bist, und dich ein Leben lang langweilen?«

Emily versuchte, sich in Nells Situation zu versetzen. Und sie antwortete zögernd, aber ehrlich:

»Nein, da hast du Recht! Das würde ich für mich selbst auch nicht wollen. Tatsache ist, dass du mit achtzehn Jahren nicht allein in einem Haus wohnen kannst, es ist viel zu gefährlich!«

Nell nickte zustimmend, aber resigniert.

»Ich weiß. Und ich würde auch ungern von euch weggehen, denn ihr liegt mir so sehr am Herzen. Ich habe mich noch nie in meinem ganzen Leben so wohl gefühlt wie hier!«

Emily umarmte sie spontan.

»Wir würden dich auch nicht gehen lassen, wir haben dich auch sehr gern. Lass uns dieses Gespräch einfach vergessen und in den Garten gehen.«

»Ich hole das Papier und die Stifte. Wenn wieder so ein wunderschöner Schmetterling wie gestern auftaucht, will ich ihn gleich zeichnen.«

»Ja, ich gehe schon vor und besorge uns Zitronenwasser. Wir treffen uns unten!«

Nell war gerade in ihrem Zimmer und suchte ihre Malutensilien zusammen, als an der kleinen Gartentüre der Klopfer ganz zaghaft betätigt wurde.

Nach einigen Minuten ertönte das Geräusch von Neuem, und Nell ging neugierig auf ihren Balkon, um zu sehen, ob jemand zum Öffnen kam oder ob sie selbst hinuntergehen sollte.

In diesem Augenblick öffnete jedoch David schon die Tür und ließ den Ankömmling herein.

Nell sah eine junge Frau, Anfang zwanzig, mit wunderschönem, hellem Haar, welches in einer kunstvollen Frisur aufgetürmt war.

Nell beugte sich über das Balkongeländer, um die leise, melodische Stimme besser verstehen zu können.

Irritiert sah sie, dass David über das Erscheinen der Frau nicht erfreut war, und seine Worte bestätigten ihr dies.

»Hallo, Gillian. Was machst du denn hier?«

Diese lächelte ihn unbeeindruckt an und Nell dachte bewundernd, als Gillian zu sprechen begann: was für ein schönes Gesicht! Und was für eine Stimme – als sänge sie!

»Hallo, David. Keine Angst, ich gehe gleich wieder. Shane hat seinen Mantel vergessen, und er braucht ihn morgen sicher.«

David runzelte die Stirn und sagte mit gedämpfter Stimme, so dass Nell ihn gerade noch verstehen konnte:

»Er war bei dir? Das finde ich nicht gut, Gillian. Er ist verlobt, und seine Verlobte wohnt bei uns!«

»Das weiß ich, David. Aber ich werde ihn nicht abweisen, solange er kommen will. Er ist ein großartiger Mann, und seine Verlobte interessiert sich nicht für ihn. Er braucht eine Frau, kein kleines Kind, das malen und sticken möchte!«

Nell spürte, wie ihr die Malsachen beinahe entglitten und hielt sie krampfhaft fest. Ihr Herz schlug wie wild, und in ihrem Magen schien ein Felsbrocken zu liegen.

Deswegen hatte Shane kein Interesse an ihr und sei es nur ein Gespräch zu führen oder vielleicht auch ihr Komplimente zu machen.

Und warum sollte er, wenn er eine solch schöne Geliebte hatte.

Sie selbst war dagegen wieder nur die graue Maus.

Bittere Tränen standen in ihren dunklen Augen.

David packte Shanes Freundin zornig am Arm.

»Gillian, du bist ein nettes Mädchen, und du weißt genau, dass euer Handeln nicht in Ordnung ist. Würde Shane sich besser um Nell bemühen, könnte er sie um den kleinen Finger wickeln.«

»Nun, dann will er wohl nicht, würde ich sagen!«, entgegnete Gillian etwas spitz.

»Wenn du ihm, ohne Mühen seinerseits alles bietest, ist er dazu wohl zu abgelenkt. Das muss aufhören, Gillian! Sofort!«

Gillian warf ihm zornig den Mantel an die Brust und zischte:

»Das geht dich nichts an, David! Gar nichts!«

Daraufhin drehte sie sich um und eilte zurück auf die Straße.

Nell war sich nicht bewusst gewesen, einen Laut ausgestoßen zu haben, aber ein Wimmern hatte sich ihrer Kehle entrungen.

David blickte hinauf und sah sie dort stehen, die Augen voller Tränen, den Zeichenblock an die Brust gepresst.

Er fluchte leise und verschwand ins Haus.

Sogleich vernahm Nell seine eiligen Schritte auf der Treppe und rannte zur Tür, um abzuschließen.

Sie wollte einfach nur allein sein!

Aber sie kam zu spät, und David schob sie mit der Tür zurück, bevor sie den Schlüssel im Schloss hatte drehen können.

»Nell«, sagte er behutsam.

»Nimm es dir nicht zu Herzen! Es wird ein Ende haben, ich rede mit Shane!«

Nell schüttelte verzweifelt den Kopf.

Vorsichtig nahm er die Malsachen und legte sie auf den Tisch. Dann zog er Nell an seine Brust und sprach weiter:

»Das ist nichts Ernstes bei den beiden, Nell. Gillian ist gelangweilt. Ihre Eltern kümmert es nicht, was sie tut. Auch sie ist einem anderen versprochen.«

Nell unterdrückte ein Aufschluchzen und zwang sich zu sprechen:

»Es ist mir ganz egal, David. Ich liebe Shane ja nicht mal.

Aber es ist unfair. Was heißt denn versprochen, wenn beide machen, was sie wollen, ohne Rücksicht auf die, denen sie versprochen sind?

Ich will ihn auch nicht heiraten! Gehe ich herum und suche nach jemand anderem?«

David hielt sie etwas entfernt und sah ihr verwundert in die Augen.

»Du willst ihn nicht? Ich dachte, alle Frauen wollen Shane, den Draufgänger! Warum sucht dir dein Vater denn dann niemand anderen? Du bist sein einziges Kind!«

Nell schüttelte aufgebracht den Kopf, die Tränen waren versiegt, denn nun brach ihr Zorn durch.

»Siehst du meinen Vater irgendwo? Hat er mich in den letzten Wochen ein einziges Mal hier besucht? Es kümmert ihn nicht, was mit mir ist. Für ihn ist nur Valeska wichtig. Auch eine schöne Frau. Ich hässliches Entlein bin für alle nur eine Last.«

David lachte sie leise aus.

»Sei nicht albern, Nell. Du bist ein hübsches Mädchen, nur noch nicht ganz ausgewachsen. Gib dir ein, zwei Jahre und du fegst Gillian und Valeska in jedem Ballsaal zur Seite.«

Nell schniefte ein bisschen getröstet.

»Das ist Unsinn, David. Aber netter Unsinn.«

David packte sie und stellte sie energisch vor den Spiegel.

»Sieh hin, Nell sieh dich an: Du hast wunderschönes Haar und längere Wimpern habe ich nie gesehen. Du hast ein zartes Gesicht und einen hübschen Mund, der sich bestimmt gut küssen lässt.«

Nell wurde über und über rot, und David lächelte sie warm im Spiegel an.

»Und die Farbe von dem neuen Kleid, dieses warme Goldbraun, steht dir phantastisch. Du musst einfach nur noch etwas selbstbewusster werden. Aber das kommt mit jedem Tag mehr, du wirst sehen. Glaub an dich!«

Nell sah ihn an, direkt in die blitzenden, blauen Augen und dachte wie schon so oft: warum nicht er?

Sie hielt den Atem an, als sie bemerkte, dass sein Blick auf ihren Mund fiel. Langsam senkte er den Kopf, und ihre Lippen öffneten sich voller Erwartung.

Da hörten sie die Tür und vernahmen Shanes überraschte Stimme:

»Nell, Emily sucht nach dir.

Was genau macht ihr zwei da eigentlich, wenn ich fragen darf?«

Nells Gesicht stand in Flammen, wohingegen David ungerührt antwortete: »Nell war gerade etwas deprimiert!«

Shane fragte spöttisch, während er seinen Bruder und seine Verlobte beobachtete:

»Und da dachtest du, wenn ich nicht da bin, hilfst du ihr gegen ihre Depressionen?«

In Nells Herzen zerbrach etwas, und sie spürte die Explosion, als flögen alle Teilchen in verschiedene Richtungen.

Sie riss sich von David los, packte ihren Zeichenblock und schlug ihn heftig gegen Shanes Brust.

Dieser war so erstaunt über den unerwarteten Angriff, dass er noch einen zweiten Schlag abbekam, bevor er den Block beim dritten Schwung ergriff und Nell entriss.

Wütend brüllte er sie an:

»Nell, bist du verrückt? Du bändelst mit meinem Bruder an und dann schlägst du zu? Hör sofort auf!«

Er packte ihre Hand so fest, dass sie aufschrie.

David sagte mit ruhiger Stimme:

»Gillian war da und hat netterweise deinen Mantel geliefert. Und Nell hat dies und Gillians Erklärungen etwas aus der Fassung gebracht.«

Shane zuckte schuldbewusst zusammen und ließ Nells Hand los, als hätte er sich verbrannt.

Nell wich sofort zurück bis zum Balkon.

»Raus hier!«

Ihre Stimme brach und Shane stand das schlechte Gewissen ins Gesicht geschrieben. Seine dunklen Augen waren weit geöffnet und der sonst so oft vorhandene missgelaunte Ausdruck seiner Miene war verschwunden. Man sah ihm an, dass er nach Worten suchte:

»Nell, das ist eine alte Geschichte.«

Das war nicht gerade die klügste Aussage, so dass David seine Augen verdrehte, während Nell nur verächtlich schnaubte.

»Deswegen hast du auch heute Nacht den Mantel bei ihr vergessen? Sehr alte Geschichte!

Lüg mich nicht an, Shane! Geh jetzt endlich, ich will dich nicht mehr sehen. Ich kehre zurück zu Valeska, hier habe ich nichts mehr verloren!«

Beide Brüder fuhren zusammen.

»Nell, das kommt nicht in Frage. Das ist zu gefährlich. Selbst wenn du Shane nicht heiraten willst, ist hier immer Platz für dich«, versuchte David sie zu beruhigen.

Shane sah Nell mit einem Mal interessiert an, als hätte er genauere Studien mit einem neuartigen Exemplar aus der Tierwelt geplant.

»Du kannst tatsächlich schreien und toben, Nell? Das ist jetzt unterhaltsamer als jedes bisherige Gespräch, welches wir hatten.«

Nell wurde blass bei dieser erneuten Demütigung, und David sagte warnend:

»Shane, lass das sein und geh jetzt!«

Shane schien ihn zu ignorieren, doch als er sprach, wusste David, dass seine Worte oder auch Nells Verfassung zu ihm durchgedrungen waren.

»Nell, es tut mir leid. Ich gebe Gillian auf, versprochen! Aber du kannst nicht zurück, da hat David Recht. Valeska bringt dich um. Und wenn sie es nicht tut, dann stürzt du von irgendeiner Zinne. Seit du hier bist, bist du nicht mehr schlafgewandelt. Bleib bitte, ob du mich heiraten willst oder nicht!«

Nells Schultern sanken herab, sie sah müde zu Boden.

David schüttelte verächtlich den Kopf. Sein toller Bruder konnte so vieles, aber die richtigen Worte für eine verwundete Seele zu finden, das musste er erst noch lernen.

Shane spürte, dass er auf dem falschen Weg war, doch ihr die Liebe erklären wäre erstens gelogen gewesen, zweitens war Nell nicht so dumm, ihm das abzukaufen.

Sie war schüchtern, aber sie hatte Verstand.

Den Gillian eigentlich sonst auch besaß.

Was war ihr nur eingefallen hierherzukommen?

Ihm war bewusst, dass er derjenige war, der den tatsächlichen Fehler gemacht hatte. Er hätte Gillian spätestens aufgeben müssen, als Nell hier eingezogen war.

»Nell, gib uns noch eine Chance, bitte!«, war das Äußerste, was er sich abringen konnte.

Nell spürte ganz genau, wie viel Überwindung ihn diese Worte kosteten. Es stach wie ein Pfeil in ihr Herz, dass er sich zu solchen Worten durchringen musste, dass sie ihm nicht aus dem Herzen kamen.

»Ich muss nachdenken. Geht jetzt, ich will allein sein. David, bitte entschuldige mich bei Emily.«

Sie drehte ihnen den Rücken zu, stand starr am Fenster und wartete, bis sie gingen.

David stupste Shane, der Nell immer noch misstrauisch beobachtete, auffordernd an.

Langsam verließen die Brüder den Raum.

Kaum war die Tür hinter ihnen zugefallen, wandte sich Shane zu David.

»Du bist dir sicher, dass man sie alleine lassen kann? Ich will nicht, dass sie vom Balkon springt!«

David seufzte.

»Du kennst sie kein bisschen, Shane. Sie ist nicht feige. Sie hat auch fast keine Angst mehr, weil sie sich hier erstmals willkommen und sicher fühlt. Ich hoffe, das ist nun nicht wieder vorbei.«

Shane sah ihn böse an.

»Ja, du kennst sie offensichtlich näher«, betonte er das letzte Wort.

Jetzt verlor David das letzte Quäntchen Geduld, und er versetzte seinem großen Bruder einen Hieb ins Gesicht. Shane taumelte zurück und hielt sich gerade noch an einer Säule fest, bevor er zu Boden gegangen wäre.

»David, bist du verrückt?«, schrie er ihn an, während ihm das Blut aus einem Winkel des taub gewordenen Mundes lief.

In diesem Augenblick kam Maggie Donovan die Stufen heraufgelaufen, gefolgt von Emily.

»Was ist denn hier los? Hört sofort auf und runter mit euch zu eurem Vater! Wir reden gleich. Was ist mit Nell?«

Die beiden Streithähne sahen sich an, auf einmal nicht mehr böse.

David senkte betreten den Kopf und sagte leise zu Shane:

»Tut mir Leid, das hätte ich nicht tun dürfen. Es ist nichts zwischen mir und Nell, der Eindruck auf dich war sicher ein anderer.«

Shane schüttelte den Kopf und reichte seinem Bruder die Hand, der sie ergriff.

»Es ist meine Schuld. Ich habe das mit Gillian laufen lassen, weil es einfacher war. Aber es war unfair gegenüber Nell. Ich bringe das in Ordnung.«

Aber ob es noch etwas nützt? – dachte er beschämt bei sich. Er wusste, Nell war vermutlich nicht die Richtige für ihn, aber – verdammt noch mal – er hatte zu seinem Wort zu stehen!

Shane ließ die Tiraden seiner empörten Eltern über sich ergehen, verstand er doch, er hatte es nicht anders verdient.

Dann verließ er in der Abenddämmerung das Haus und verschwand in den Gassen, um seine Aufgabe zu erfüllen.

Nell hatte die Tür nicht geöffnet: nicht für Emily und auch nicht für Maggie und David.

Sie erbat sich Ruhe, und diese wurde ihr von den besorgten Familienmitgliedern widerwillig gewährt.

Lange saß sie auf dem Balkon, am Boden, den Kopf an die duftenden Blüten am Geländer gelehnt.

Eine Zeitlang waren stille Tränen der Enttäuschung geflossen, gefolgt von heißen Tränen der Wut.

Schließlich legte sie sich auf eine Decke auf dem Balkonboden und sah hinauf in den reichen Sternenhimmel. Dabei schlief sie, vom Weinen erschöpft, ein.

Irgendwann kurz vor Mitternacht wurde sie wach und setzte sich auf. Sie fühlte sich innerlich kalt und leer.

Aber andererseits seltsam lebendig, als hätte sie mit ihren Tränen die alte Nell zurückgelassen.

Ruhig überlegte sie, verwarf Ideen und Wünsche, kam immer wieder auf den einen Gedanken zurück.

Sie würde gehen.

Sie wollte morgen nicht in die mitleidigen Gesichter der Familie oder in Shanes reuevolles, unehrliches blicken.

Sie würde zu ihrem geerbten Haus gehen und dort heimlich wohnen.

Auf dem Markt würde sie Arbeit finden.

Sie wusste, sie musste schnell handeln, denn bis der Winter da war, musste sie genug verdient haben, um wenigstens einen Raum des großen Hauses heizen zu können und Nahrung für den Winter zu haben.

Sie schauderte etwas bei dem Gedanken daran, in dem Haus, in welchem sie seit dem Tod der Mutter nicht mehr gewesen war, ganz alleine zu sein.

Aber alles war besser, als hier mit Mitleid und Verachtung zu leben oder bei Valeska mit der ständigen Angst vor Misshandlungen.

Leise packte sie zusammen, was sie tragen konnte.

Die wärmsten Sachen nahm sie mit, die Sommerkleider ließ sie zurück. Nur das Notwendigste für das Wohlbefinden: eine Bürste und ein kleines Kissen.

Dann schlich sie die Treppe hinunter in die Kammer, in welcher die Kleidung der Dienstboten aufbewahrt wurde.

Sie entwendete zwei wollene schwarze Hosen, die vom Stallburschen getragen wurden, einen schwarzen wollenen Umhang mit einer weiten Kapuze, die das Gesicht verhüllte, und die kleinsten Lederstiefel, die sie finden konnte. Aus der Küche stibitzte sie sich einen Lederbeutel mit Wasser und ein Stück Brot.

Mit einem schlechten Gewissen huschte sie wieder in ihr Zimmer und zog die Kleidung dort an. Die zweite Hose steckte sie zu ihren gepackten Kleidern.

Die Abendmahlzeit, die für sie noch vor der Tür auf einem Tischchen stand, aß sie im Stehen.

Nicht weil sie hungrig war, sondern weil sie wusste, sie würde möglicherweise einige Zeit nichts zu essen und zu trinken bekommen.

Dann stand sie im flackernden Kerzenschein vor dem Spiegel und erinnerte sich an Davids schmeichelnde Worte über ihr Aussehen.

Ihre Haare hatte er gelobt.

Langsam ergriff sie die Schere, und ohne ein Zaudern schnitt sie die braune Flut kurz unterhalb der Ohren ab.

Mühsam arbeitete sich die Schneide durch das dicke Haar, und eine Flechte nach der anderen fiel.

Nell dachte erstaunt, dass es ihr nicht leid tat. Kein bisschen! Im Gegenteil – sie fühlte sich leicht und befreit.

Die abgeschnittenen Haare würde sie unterwegs auf einen der vielen Müllhaufen der Stadt werfen, wo sie nicht auffielen. Sie stopfte sie in eine kleine Tasche und säuberte den Boden vor dem Spiegel.

Dann sah sie sich prüfend an: Die Frisur wirkte etwas gerupft, aber sie sah aus wie ein Junge von etwa fünfzehn Jahren, was auch ihre Absicht gewesen war.

Nach kurzem Zögern schrieb sie eine Nachricht für die Donovans.

*Liebe Maggie, lieber Jared,
liebe Emily und lieber David,*

*seid mir nicht allzu böse, aber ich kann nicht bleiben.
Ich danke euch so sehr für die schönste Zeit der letzten Jahre. Bitte verzeiht mir und macht euch keine Sorgen. Ich habe ein Ziel und bin dort in Sicherheit. Ich habe mir etwas Kleidung aus der Kammer genommen. Entschuldigt bitte, doch so kann ich besser reisen. Mein Vater wird es euch sicher ersetzen.*

*In Liebe
Nell*

Sagt Shane, dass ich die Verlobung hiermit löse. Auch mein Vater und Valeska können an meinem Entschluss nichts mehr ändern. Ich bin nicht die Richtige für Shane.

Nell legte die Nachricht auf ihren Sekretär.
Sie fühlte sich wie eine Verräterin und das tat weh.
Und tief in ihrem Inneren nagte es, dass sie Shane zwar nicht mochte, ihn aber einer anderen überließ.

Sie sah sich noch einmal in dem wunderschönen Zimmer um, das für so viele Wochen ihre Heimat gewesen war, und schulterte entschlossen ihren Wäschesack mit ihren Habseligkeiten.
Leise huschte sie die Treppe hinunter, schlich den Gang unter den Arkaden entlang und war im nächsten Moment durch das Gartentor verschwunden.
Sie atmete tief die kalte Nachtluft ein und überlegte, wie der kürzeste Weg zum Haus ihrer Mutter sei. Sie musste zur Hauptstraße und dann die zweite Abbiegung links nehmen. Hoffentlich waren die Straßen leer und kein Kustode unterwegs, der auf Wachgang war.

Sie zog sich die Kapuze über den Kopf und verdeckte damit beinahe ihr ganzes Gesicht.

Gerade machte sie den ersten Schritt auf die Gasse, als sie auch schon das herannahende Hufgeräusch eines Pferdes vernahm. Sie drückte sich rasch in den Schatten des wilden Weines zurück, der die Mauer des Donovan-Besitzes überwucherte, und verschmolz mit der Dunkelheit.

Ein Mann in dunkler Kleidung bog um die Hausecke, sein Pferd führte er am Zügel, und Nell erkannte erstaunt, dass die Hufe mit Lumpen umwickelt waren, wohl um das Geräusch zu dämpfen.

Deshalb hatte sie ihn erst so spät gehört!

Ganz nah ging er an ihr vorbei, und als Nell schon erleichtert aufatmen wollte, weil er an ihr ohne Stocken vorübergegangen war, packte sie eine Hand am Ärmel, und sie spürte ein Messer an der Kehle.

»Ich habe es nicht mal richtig vor die Tür geschafft, was bin ich nur für ein Versager«, war ihr erster zorniger Gedanke und trotz der Klinge begann sie sich zu wehren.

»Hör auf, Kleiner. Was glaubst du, was du hier an deiner Kehle liegen hast? Das ist kein Löffel. Wie bist du in das Haus gekommen? Was hast du gestohlen? Sag schon, was ist in dem Sack?«, raunte eine tiefe Stimme in ihr Ohr.

»Nichts! Ich habe nichts gestohlen!«, keuchte sie.

Der Mann bewegte sich nicht.

Er schien nachzudenken, und Nell begann wieder zu zappeln.

Sie konnte kein Gesicht erkennen, alles war so dunkel.

»Lasst mich los, ich habe nichts getan, ich arbeite hier, und nun muss ich nach Hause!«

Die Klinge sank herab und verschwand. Nell atmete erleichtert auf, auch wenn sie erstaunt war, wie leicht er zu überzeugen gewesen war.

Im gleichen Augenblick kam seine Hand zurück, und riss die Kapuze aus ihrem Gesicht.

Sie zuckte erschrocken nach hinten.

Der Mann schwieg erneut. Dann fluchte er leise vor sich hin.

Er zog sie näher zu sich heran, und nun sah Nell, dass er ein schwarzes Tuch vor dem Gesicht trug, welches nur die Augen freiließ.

Diese lagen im Dunkel, eine Augenfarbe war nicht zu erkennen.

»Wo wohnst du denn? Du bist noch viel zu klein, um allein durch die Gassen zu laufen. Warum holt dich deine Mami nicht von der Arbeit ab, Kleiner?«, fragte er spöttisch.

Nell schlug die Hand beiseite und zog die Kapuze zurück an ihren Platz. Sie jubilierte innerlich, dass er sie nicht als Mädchen identifiziert hatte.

»Lasst mich los, Herr, meine Eltern warten schon auf mich. Es ist heute etwas später geworden. Und eigentlich geht Euch das auch gar nichts an, Herr!«

Nell hätte gerne ihre Stimme verstellt, aber sie war zu aufgeregt. Doch nachdem sie der Mann für einen kleinen Jungen hielt, war es wohl kein Problem.

Der Mann lachte heiser.

»So todesmutig, ja? Hat dir noch keiner beigebracht, dass man niemanden beleidigen sollte, der einem ein Messer an die Kehle hält?«

Nell war nun schlagartig ganz ruhig.

Er hatte Recht. War sie vollkommen närrisch den Fremden so herauszufordern?

Nun würde es eben nichts mit ihrer Flucht werden. Sie würde vermutlich in ihrem Blut vor dieser Tür sterben.

Hoffentlich fand sie Shane, wenn er von seiner Freundin zurückkam, das geschähe ihm Recht!

»Ich habe nichts zu verlieren, Herr. Schneidet meine Kehle durch, wenn Ihr Euch beleidigt fühlt!«, sagte sie mit klarer Stimme.

Der Mann lachte erneut, dann ergriff er Nells Tasche und befestigte sie an seinem Sattel. Als er sie kurz loslassen musste, versuchte sie, hinter dem Pferd vorbei zu verschwinden, aber er hatte sie gleich wieder erwischt.

Er packte sie und warf sie grob in den Sattel des Pferdes.

»Nun gewinne ich wenigstens etwas, wenn du nichts zu verlieren hast. Ich brauche einen Küchenjungen, wie sieht es aus mit dir? Sollen wir deinen Eltern noch Bescheid sagen?«

Nell schlug nach ihm, als er hinter ihr aufstieg.

Lachend legte er den Arm um sie und presste dabei ihre Arme fest an ihren Körper, so dass sie nicht mehr nach ihm schlagen konnte. Sie stieß zornbebend hervor:

»Ich werde nicht Euer Küchenjunge sein. Ich habe schon eine Arbeit hier!«

»Wir wissen beide, dass dies nicht stimmt, Kleiner. Aber ich habe wirklich Arbeit für dich. Du bekommst Essen und ein Bett und etwas Geld dafür, dass du beim Kochen hilfst! Wie sieht's aus?«

Nell überlegte schnell.

Hatte sie eine Wahl? Er würde sie nicht laufen lassen.

Wenn sie bei ihm Geld verdienen konnte, lief sie nicht Gefahr, dass die Donovans sie auf dem Markt beim Arbeiten erkannten.

Falls sie dort überhaupt eine Arbeit bekäme!

Sie nickte widerwillig zustimmend.

»Gut, jetzt kein Wort mehr, wir bekommen Gesellschaft!«

Nun bogen einige Reiter in schnellem Trab in die Gasse ein: Sie waren alle wie der Mann hinter ihr gekleidet und ebenfalls vermummt.

Der erste hielt neben ihrem neuen Arbeitgeber an und fragte:

»Ein neuer Reiter? Noch etwas klein für unseren Trupp, oder?«, fragte er leise, und Nell überlegte, wer er wohl war, denn ihr kam die Stimme bekannt vor.

Dann fiel es ihr wie Schuppen von den Augen:
Dies waren die »Schwarzen Reiter«!
Was wollten die mit einer Küchenhilfe?

Sie spürte, wie sich Angst breit machte, als der Mann hinter ihr ebenso leise erwiderte:

»Das ist unsere neue Küchenhilfe. Ich muss ihn mitnehmen, ich erkläre es später im Lager.«

»Es ist ein großes Risiko, einen Fremden aufzunehmen!«, warnte der andere.

»Nicht so groß, wie du glaubst! Er ist wirklich noch ziemlich klein«, antwortete ihr Mitreiter, und Nell hatte irgendwie den Eindruck, dass er lächelte.

»Gut, dann lass uns losreiten. Hier herumzustehen ist nicht besonders klug.«

Nell spürte, wie das Pferd sich mit einem Ruck in Bewegung setzte und sogleich in einen schnellen Trab fiel.

Sie wusste nicht, wie sie den Stößen ausweichen konnte, bis der Mann sagte:

»Du bist wohl noch nie auf einem Pferd gesessen, Kleiner? Lass den Rücken gerade und alles andere locker. Pass dich an, sonst hast du in einigen Stunden einen Muskelkater!«

Nell versuchte den Kopf zu drehen.

Entsetzt fragte sie:

»Einige Stunden? Ich will hier nicht weg. Ich muss in der Stadt bleiben. Lasst mich runter, ich kann nicht für Euch arbeiten!«

»Die Diskussion ist vorbei, und deine Meinung zählt nicht mehr.«

Doch Nell begann sich zu sträuben und wenden, als sie verzweifelt erkannte, dass sie sich dem großen Tor näherten. Sie drohte:

»Ich fange das Schreien an, wenn Ihr mich nicht runterlasst!«

Der Mann lachte wieder – er schien ein lustiger Vogel zu sein, dachte Nell erbost – und bevor sie sich versah, hatte er ihr während des Reitens einen Schal vor den Mund gebunden.

»Danke für die Warnung!«

Sein Griff wurde fester, und Nell spürte das Messer an ihrem Bauch.

Gut, dann würde sie wohl lieber nicht schreien.

Sie ritten auf das Tor zu, und Nell versteifte sich.

Was geschah, wenn der Wächter Alarm schlug?

Die Gruppe näherte sich langsam und leise, da trat der Wächter aus dem Schatten des Tores.

Nell kannte ihn, es war ein älterer Mann, der schon lange diesen Dienst versah.

Er nickte zu den Reitern hinüber und öffnete, zu Nells großem Erstaunen, lautlos das Tor einen Spalt, so dass einer nach dem anderen hindurchpasste.

Der Mann hinter ihr hob dankend den Arm, dann waren auch sie durch das Tor geritten.

Die Kälte außerhalb traf Nell wie eine Wand.

Nun gab es keinen Schutz mehr zwischen ihnen und den eisigen Winden der Ebene.

Nell dachte, sie würden nun Richtung Wald reiten, aber sie bewegten sich langsam im Schatten der Stadtmauern nordwärts in Richtung der Edelsteinminen von *Maroc*.

Als die Stadt etwa eine halbe Stunde zurücklag, beschleunigte der erste der Gruppe das Tempo und die anderen folgten.

Wie eine schwarze Wolke galoppierten sie mit flatternden Gewändern dahin, und Nell trieb die Geschwindigkeit die Tränen in die Augen.

Zudem machte es sie müde, hatte sie doch in dieser Nacht nicht wirklich viel Schlaf bekommen.

Das stetige Schaukeln schläferte sie immer mehr ein, bis sich ihre Augen schlossen und sie in einen unruhigen Schlaf versank.

Sie erwachte, als die Pferde die Gangart wechselten und das gemütliche Schaukeln ein Ende hatte.

Sie versuchte, um ihren Mitreiter herum, zurückzublicken, konnte *Maroc* aber nicht mehr erkennen.

»Na, ausgeschlafen?«, fragte der Mann. »Das war fast eine Stunde, aber in deinem Alter braucht man wohl noch viel Schlaf.«

Nell war zu müde, um sich ärgern zu lassen.

Sie erkundigte sich stattdessen:

»Wo sind wir jetzt, und wie lange müssen wir noch reiten?«

Der Mann ließ sie vorsichtig los und deutete nach vorne.

»Ein Stück durch diesen Wald, etwa eine halbe Stunde, dann sind wir da.«

Nell fuhr panisch hoch und keuchte entsetzt:

»Wir müssen durch einen Wald, da gibt es sicher Wölfe, oder?«

»In diesem Wald sind sie ganz klein! Fast wie du! Keine Eiswölfe des Eiskönigs!«

»Auch wenn man klein ist, kann man beißen!«, brummelte Nell vor sich hin.

Der Mann gluckste amüsiert.

»Muss ich mich jetzt vor dir fürchten?«

Nell hörte selbst, wie ihre Zähne vor Wut über diese Frechheiten knirschten.

Die Gruppe fiel in einen schnellen Schritt, und die Pferde reihten sich mühelos hintereinander ein.

Nell versuchte sie zu zählen und kam auf etwa sieben weitere Reiter. Sie hatte immer gedacht, dass es sich bei den Schwarzen Reitern um Hunderte mordlüsterner Gestalten handeln müsste.

Sie verschwanden einer nach dem anderen unter den Bäumen, dann ging es einen steilen Hang hinab, und Nell hielt sich krampfhaft am Sattelknauf fest, um nicht abzurutschen.

»Locker bleiben, du fällst nicht, ich halte dich schon!«, kam die ruhige dunkle Stimme von hinten, und sie entspannte sich wieder.

Beinahe wäre ihr ein Quietscher herausgerutscht, als das Pferd am Ende des Hangs einen gewaltigen Satz machte und sie sich in einem breiten Bach befanden, in welchem sie weiter entlangritten.

Das Wasser ging den Pferden bis zu den Sprunggelenken, daher spritzte es bei jedem Schritt bis zu ihren Oberschenkeln hinauf, und sie spürte, wie die Nässe die wollene Hose durchdrang. Sie konnte nur hoffen, dass sie sich am Ziel umziehen und ihre Sachen trocknen konnte.

»Das hält uns die kleinen Wölfe und mögliche Verfolger vom Hals!«, erklärte der Mann leichthin.

Nell verstand: keine Fährte, die ein Hund oder Wolf verfolgen kann, wenn die Spur im Wasser liegt.

Sie folgten dem Bach einige Minuten um zwei Biegungen herum und ritten auf eine Landspitze zu, an welcher sich der Bach teilte.

Der erste Reiter verhielt mitten im Bachbett und legte die Hände an den Mund. Es ertönte der Ruf einer Lerche, und nur einen Wimpernschlag später senkte sich aus den Bäumen vor ihnen ein etwa zwei Meter breites Floß hinab.

Nein, es handelte sich um eine steile, an der Böschung befestigte Brücke, die aus querverbundenen kleinen Stämmen bestand. Sie war mit Weidenästen so gut getarnt gewesen, dass sie Nell zwischen den Baumreihen nicht aufgefallen war, obwohl sie direkt darauf zu geritten waren.

Ein Pferd nach dem anderen kletterte die Brücke hinauf und fand Halt an den Stämmen.

Es war eine Höhe von etwa eineinhalb Metern zu überwinden, dann hatten die Pferde wieder Waldboden unter den Hufen.

War die Brücke hochgezogen und getarnt, käme keiner darauf, dass jemand hier hinaufgeritten sein könnte.

Neben der Landzunge reihten sich zu beiden Seiten des Baches entlang kleinere Felsbrocken soweit das Auge reichte.

Sah man nach links, erhob sich in etwa einem halben Kilometer eine Steilwand mit einem Überhang, nach rechts veränderte sich der Bach zu einem immer reißender werdenden Fluss mit Strudeln und Felsen darin.

Ein Verfolger würde an dieser Stelle gewiss unsicher und frustriert kehrt machen.

Hinter ihnen wurde nun die Zugbrücke wieder hochgezogen, und die Männer ritten an einem Jungen von etwa sechzehn Jahren vorbei, der grinsend mit beiden Armen grüßte. Der Reiter vor ihnen reichte ihm die Hand, und der Junge zog sich hinter ihm aufs Pferd.

Nells Augen wurden groß, als sie sich dem Felsüberhang näherten:

Dieser war mit Fischernetzen, die von Tannenzweigen bedeckt waren, dreißig Meter verlängert worden und ein gleichartiger Vorhang hatte diesen Bereich verschlossen.

Der Junge sprang ab, lief vor und öffnete den Vorhang, so dass sie nacheinander hindurchreiten konnten.

Die Reiter stiegen von den Pferden, und Nells Mitreiter hob sie aus dem Sattel und stellte sie neben dem Pferd ab. Dann drückte er ihr wortlos ihr Bündel in die Arme, doch Nell registrierte dies gar nicht.

Sie war zu sehr mit Schauen beschäftigt.

Das Tarnnetz verdunkelte am Tag den Bereich vermutlich deutlich, aber unter dem Felsüberhang war ein großes Feuer zu sehen.

Dahinter standen Bänke und Tische, auf welche der Junge nun geschwind Holzschüsseln und ein paar Laibe Brot legte.

An der rechten Seite war eine kleine Koppel abgetrennt, in die nun die Pferde, nachdem sie von Sattel und Zaumzeug befreit waren, hineingelassen wurden.

Zwei der Männer schoben einige Haufen Heu unter den Holzlatten durch, die Wassertröge waren bereits gefüllt.

Die Sättel wurden über den obersten Balken geworfen, die Zaumzeuge an Nägel daran gehängt.

Links standen drei mittelgroße Zelte in braungrüner Färbung; von außen durch das Netz waren sie vermutlich nicht einmal für die weißen Raben zu entdecken.

Klug und praktisch war das Lager der Schwarzen Reiter angelegt, das erkannte Nell trotz ihrer Unerfahrenheit.

Der Türvorhang des ersten Zelts war zur Seite aufgeschlagen, und Nell konnte in das Innere sehen.

Das Feuer erhellte das Zelt nur wenig, dennoch sah sie, dass auf festen Teppichen dicke, vermutlich mit Heu gefüllte Säcke lagen, bedeckt mit Fellen und Wolldecken. Das sah so kuschelig warm aus, dass Nell sich ihrer nassen Sachen wieder bewusst wurde.

Ihre Zähne klapperten inzwischen, und sie presste die Kiefer zusammen, dass es niemand hören konnte.

»Komm schon, du kannst dich morgen umsehen. Jetzt gibt es Essen und dann wird geschlafen«, sagte die raue Stimme, die sie nun spöttisch, belustigt und drohend kannte.

Er stand vor ihr, gut einen Kopf größer als Nell, und machte eine auffordernde Kopfbewegung zum Feuer.

Nell versuchte, das Zittern in ihrer Stimme zu unterdrücken, als sie antwortete:

»Kann ich kurz meine Kleidung wechseln? Sie ist so nass von dem Ritt durch das Wasser.«

Sie hasste sich für den bittenden Tonfall, doch sie wollte keinesfalls noch länger in dieser Hose bleiben oder sich etwa noch darin hinsetzen müssen.

Er nickte in Richtung des offenen Zeltes.

»Dort kannst du dich umziehen, das Lager rechts hinten ist deines. Es ist noch frei, da kannst du dein Bündel ablegen. Bring die nassen Sachen mit ans Feuer.

Wir müssen zusehen, dass du etwas anderes zum Darüber Anziehen bekommst, denn Wolle hält warm, aber keine Nässe ab. Und von der gibt es im Winter mehr als genug.«

Nell war schon auf das Zelt zugegangen, nun fuhr ihr Kopf herum.

»Muss ich den Winter über hierbleiben? Das überlebt doch niemand!«

Der Schwarze Reiter nickte zustimmend.

»Nein, hier draußen überlebt im Winter niemand außer Raben und Wölfen. Da sind wir woanders untergebracht. Ab und an muss man vor die Tür, und dann brauchst du vernünftige Kleidung. Wie heißt du eigentlich, Kleiner?«

Nell senkte den Kopf und biss sich auf die Lippen.

Jetzt hatte sie so viel Zeit zum Nachdenken gehabt, aber über einen Namen hatte sie nicht nachgedacht. Und Nell war für einen Jungen sicher nicht passend.

Sie sah auf dem Boden einen Ast, der durch das nahe lodernde Feuer einen seltsamen Schatten warf. Dieser erinnerte entfernt an die Form eines Drachens, und Nell behauptete spontan:

»Drake! Ich heiße Drake. Und ich weiß, ich bin zu klein für den Namen, aber ein Stückchen werde ich schon noch wachsen.«

Mit gesenktem Kopf erwartete sie neue Stichelei. Als sie ausblieb, blickte sie auf und sah in rätselhafte dunkle Augen.

Der Mann nickte und antwortete ohne eine Spur von Spott:

»Also dann Drake. Mich nennt man hier Wolf und ich bin der Anführer der Schwarzen Reiter.«

Nell riss die Augen auf.

Er war der Anführer? Sie dachte an die Geschichten über die Schwarzen Reiter und musste zugeben, dass außer der Kleidung bisher noch nichts von all den Legenden, die man sich erzählte, wahr gewesen war.

Wolf fuhr fort:

»Wir fragen hier sonst nicht nach den richtigen Namen, jeder hat einen Tarnnamen, und es sind alles Namen aus dem Tierreich, deshalb ist Drake eine gute Wahl.«

Nell war sich wegen des Tuchs vor seinem Gesicht nicht sicher, aber die Fältchen um seine Augen kräuselten sich, als lächelte er.

»Einen Drachen hatten wir bisher noch nicht. Eil dich jetzt, wenn du etwas zu essen möchtest!«

Er wandte sich um und schlenderte zu den anderen Männern, die bereits an den Tischen saßen und aßen.

Nell schlüpfte in das Zelt und war angenehm überrascht von der Größe und der Stehhöhe. Zumindest sie konnte stehen, ob dies bei Wolf ebenso der Fall war, bezweifelte sie allerdings.

In der Mitte stand ein kleiner Kohlenofen, der jedoch noch nicht angeheizt war. Vermutlich geschah dies erst kurz vor dem Schlafengehen.

Sie stellte ihr Bündel auf den Boden neben der ihr zugewiesenen Schlafstatt und kramte die trockene Wollhose heraus. Hoffentlich sah niemand in ihren Wäschesack hinein, denn die Frauenkleider könnte »Drake« nicht einleuchtend erklären.

Schnell zog sie sich um und verließ dann mit deutlich gesteigertem Wohlbefinden das Zelt. Hinter sich ließ sie den Türvorhang hinab.

Zaudernd näherte Nell sich den Schwarzen Reitern, die leise miteinander sprachen und lachten, und sie nicht weiter beachteten.

Bis auf Wolf, der den Kopf mit dem Reiter zusammensteckte, der ihn in *Maroc* auf das Risiko, Nell mitzunehmen, aufmerksam gemacht hatte.

Wolf sah ihr reglos zu, wie sie herankam, während der andere auf ihn einsprach.

Nell fühlte eine Gänsehaut über sich hinweggleiten, als drohe ihr von dem sie stetig beobachtenden Mann Gefahr.

Nun hob er eine Hand nur ein kleines Stück über den Tisch, der andere Mann verstummte und wandte ebenfalls den Kopf zu ihr. Dann nickte er, stand auf und kam auf sie zu.

Nell spürte, wie ihre Kehle trocken wurde. Was hatte er vor?

Er legte ihr eine Hand auf die Schulter und begann in die Runde zu sprechen:

»Männer, hört kurz zu. Wir haben einen Neuzugang hier: Das ist Drake. Er wird Tiger demnächst zur Hand gehen, was das Kochen und Aufräumen angeht. Aber jetzt, Junge, iss! Tiger erklärt dir nachher alles Weitere.«

Er schlug Nell so fest auf die Schulter, dass sie zusammenzuckte. Dann schob er sie in Richtung des Jungen.

»Tiger« stand etwas unschlüssig neben dem Feuer mit dem großen Topf, in welchem es brodelt. Wohlriechende Düfte zogen zu Nell hinüber, und sie erkannte, wie hungrig sie auf einmal war.

Sie versuchte ein zaghaftes Grinsen in Richtung des Jungen, und dieser lächelte zurück.

»Komm, Drake, setz dich hierher zum Feuer. Möchtest du deine nassen Sachen hier aufhängen? Wie alt bist du?«

Nell hing die Kleidung über eine Stange in sicherer Entfernung zum Feuer und setzte sich auf den ihr zugedachten Platz.

Dann betrachtete sie den redseligen Tiger. Er war etwas größer als sie, aber vermutlich jünger. Als Junge musste sie sich wohl etwas jünger machen, als sie war.

»Danke, Tiger. Ich bin fünfzehn Jahre alt und du?«

Tiger grinste.

»Ah, endlich bin ich nicht mehr der Jüngste! Ich bin sechzehn. Und du kannst kochen?«

Nell nickte langsam. Was sollte sie preisgeben, was nicht?

»Ja. Ich hoffe, es ist gut genug für euch.«

Tigers schwarzer Haarschopf stand nach allen Seiten ab, und die blauen Augen blitzten fröhlich.

»Wenn nicht, bringe ich es dir eben bei.«

Nells Magen schmerzte auf einmal vor Hunger. Bis gerade hatte sie keinerlei Hungergefühle verspürt; erst jetzt, da sie ruhig und einigermaßen geborgen dasaß.

Langsam versuchte sie einen Löffel des Eintopfes.

Es schmeckte gut, was Tiger gekocht hatte: Viele Kartoffeln, Fleisch und Gewürze in einer dicken Soße.

Nachdem sie den ganzen Teller leergegessen hatte, schob sie ihn von sich.

Tiger sah auf und lachte:

»Du warst wohl sehr hungrig. Möchtest du noch etwas?«

Nell schüttelte den Kopf.

»Nein, vielen Dank. Du kochst gut, Tiger.«

»Danke. Hilfst du mir? Ich muss jetzt abräumen und abspülen. Danach sind die Pferde an der Reihe.«

Nell sah ihn erstaunt an.

»Und was machen die anderen alle?«

Tiger zuckte erschrocken zusammen und beugte sich zu ihr hinüber.

»Vorsicht, Drake. Das ist unser Job. Die Männer planen ihr nächstes Vorgehen. Sie sind gute Strategen.«

Eine dunkle Stimme fügte grollend hinzu:

»Und eine ordentliche Planung erfordert Zeit und Ruhe, kleiner Drache. Hat dir das noch niemand beigebracht?«

Der Mann, der in der Mitte des rechten Tisches gesessen war, stand vor den beiden und sah Nell mit blitzenden blauen Augen an.

Auch er hatte ein schwarzes Tuch vor dem Gesicht, so dass Nell nicht mehr als die Augen erkennen konnte.

Er war breiter und voller gebaut als die anderen und schien ein Stück älter zu sein.

Nell sah erschrocken um sich und bemerkte, dass alle zu ihnen herübersahen.

Tiger sah betreten zu Boden, so dass Nell antworten musste.

»Nein, tut mir leid. Ich habe da keine Erfahrung.«

Die Stimme des Mannes wurde etwas lauter, und Nell zuckte zusammen.

»Und genau deswegen spülst du ab und wir planen, Freundchen. Und du spülst besser gut ab, weil wir eigentlich keinen Helfer außer Tiger brauchen, denn der macht seine Sache auch alleine sehr gut. Wolf hat dich mitgebracht, deshalb bist du uns willkommen. Aber jeder hier leistet seinen Teil. Den Teil, in dem er gut ist! Wenn du neben Hilfsdiensten was kannst, darfst du uns das gerne sagen und bekommst vielleicht eine andere Aufgabe zugewiesen. Klar soweit, Drake?«

Nell sah ihn mit aufgerissenen Augen an und nickte schnell.

Der Mann streckte ihr seine riesige Rechte hin und meinte:

»Dann schlag ein, Drake. Ich bin übrigens Lion.«

»Was man am Gebrüll gehört hat, Freund«, war Wolfs trockene Stimme zu vernehmen, und alle lachten.

Nell schüttelte die Hand, in welcher ihre kleine vollkommen verschwand.

Die Männer setzten sich wieder an den Tisch, und Wolf breitete eine große Landkarte aus.

Nell half Tiger beim Spülen und Aufräumen.

Es machte ihr Spaß, an der frischen Luft neben einem freundlichen Gefährten nicht allzu schwere Arbeit zu verrichten. Die Stimmen, die im Hintergrund murmelten, beruhigten sie, und sie entspannte sich.

Dann lernte sie in dieser Nacht noch, die Pferdeäpfel an einem Platz außerhalb des Tarnzeltes zu entsorgen.

»Du musst dich erst vorher immer genau umsehen, Drake. Die weißen Raben müsste man in den Bäumen eigentlich gut erkennen, und bisher war nie einer da. Sonst hätten wir vermutlich schon die Sitai hiergehabt. Aber Vorsicht ist besser, als in der Falle zu sitzen. Denn von diesem Ort hier unbemerkt zu fliehen ist unmöglich!«

Sie luden die Pferdeäpfel unter einem dichten Gestrüpp ab und kehrten zum Lager zurück.

Wolf wartete bereits auf sie und befahl ihnen:

»Geht jetzt zu Bett! Drake, du und Tiger habt auch die Frühstücksschicht. Das bedeutet, dass ihr vor den anderen aufstehen müsst. Falls Drake nicht wach ist, Tiger, weckst du ihn. Er ist es vielleicht nicht gewohnt so früh aufzustehen!«

Nell sah den Mann gespannt an und vermutete neuen Spott, aber in der Dunkelheit war seine Miene nicht zu erkennen.

»Gute Nacht«, waren seine letzten Worte, dann ging er zurück zu den anderen, während Nell und Tiger sich in das Zelt zurückzogen, in welchem beide ihr Lager hatten.

Sie sprachen nicht mehr, und Nell schlief ein, sobald ihr Kopf den Heusack berührte.

Am nächsten Morgen war sie bereits wach, als Tiger sich rührte, und leise verließen sie das Zelt.

Ohne große Worte bereiteten sie das Frühstück, kochten Kaffee in einem großen Topf und fütterten die Pferde.

Nach und nach tauchten die Schwarzen Reiter auf und nahmen in einhelligem Schweigen das Frühstück zu sich.

Die Sonne blitzte durch das Tarnnetz, und Wolf schlenderte zum Eingang und spähte vorsichtig hinaus. Dann kam er zurück und stellte sich zu Tiger und Nell.

»Wir sind ein paar Tage unterwegs. Ihr seid hier in Sicherheit und kümmert euch um das Lager. Seid nicht unvorsichtig oder zu laut, man weiß nie, ob nicht doch einmal ein weißer Rabe von den Minen auf dem Weg zum Eiskönig einen Schlenkerer hier herüberfliegt!«

Er sah Nell lange an, und ihr Herz begann zu rasen.

Was ging in diesem Mann vor? Hatte er erkannt, dass sie ein Mädchen war?

Dann sprach er langsam weiter, und was er sagte, klang bedrohlich.

»Wenn wir wiederkommen, reiten wir gleich zu den Edelsteinminen. Die Menschen, die dort arbeiten müssen, leiden große Not, denn sie werden nicht ausreichend mit Nahrung versorgt.«

Er schwieg, und Nell wagte eine Erkundigung:

»Woher bekommt ihr die Nahrung, und warum lässt der Eiskönig das zu?«

Tiger packte sie am Arm, und sie sah in ein leichenblasses Gesicht.

»Frag nicht so viel! Es ist wichtig, dass sie es tun, sonst sterben die Schwachen und Kranken dort bald.«

Nell erkannte, dass Tiger panische Angst empfand und nickte.

»Ja, du hast sicher Recht. Entschuldigt bitte meine vorlaute Frage.«

Wolf sah sie nicht an, er beobachtete Tiger mit eindringlichem Blick. Dieser atmete schnell und sah zu Boden. Wolf beugte sich etwas hinab, nahm ihn an beiden Oberarmen und sagte beschwörend:

»Tiger, du musst nicht mit, das weißt du. Du kannst bis zum Wintereinbruch hier warten. Dann aber müssen wir den Unterschlupf wechseln.«

Der Junge schüttelte heftig den Kopf und stieß mit halben Sätzen nach und nach hervor:

»Ich reite mit euch, Wolf. Es geht schon.«

»Du bleibst dort nicht zurück, niemals wieder, Tiger. Hab keine Furcht. Sei ein Tiger!«

Der Junge hob den Kopf und sah den Mann beinahe anbetend an.

»Ihr würdet mich dort nie zurücklassen, nicht wahr, Wolf?«

»Niemals!«, versprach der Mann.

»Und jetzt helft uns die Pferde zu satteln!«

Nell wusste nicht, was an ihren Worten so verkehrt gewesen war, vermutlich waren es Sicherheitsgründe, dass einfach nicht über alles gesprochen werden durfte. Aber Tiger hatte ausgesprochen übertrieben reagiert, und Nell vermutete, dass ein schreckliches Erlebnis in seiner Vergangenheit damit verbunden war.

Tiger und Wolf schienen eine vertraute Beziehung zu haben, wie zwei Brüder waren sie Nell bei dem Gespräch zuvor erschienen.

Sie sattelten die Pferde, dann begleiteten Nell und Tiger die Pferde bis zum Fluss, ließen die Zugbrücke hinunter und zogen sie anschließend wieder hinauf.

Tiger befestigte das Seil sorgsam an einem Baum, und sie sahen den Reitern nach, bis sie um die nächste Biegung verschwunden waren.

Viele Abschiedsworte waren nicht gewechselt worden, was für Nell sehr ungewohnt war. Aber so war das Leben unter Männern wohl, vor allem unter Geächteten.

Sie dachte verwundert, dass sie erst zwei Wochen von *Maroc* weg war und sich trotzdem in ein gänzlich anderes Leben eingefunden hatte.

Es war unbequem, kein Vergleich zum Leben im Haus der Donovans, und es bemühte sich niemand um sie. Aber irgendwie hatte es ihr eine Last von der Seele genommen. Sie war für sich selbst verantwortlich: Ihr Fleiß, ihre Nützlichkeit bestimmten nun ihr Leben, nicht mehr die Gnade und das Mitgefühl anderer.

Nell wusste, dass die Donovans, bis auf Shane, sie wirklich gerne aufgenommen hatten, doch es war nicht ihre Familie, und sie hatte für die freundliche Aufnahme und Behandlung nichts zurückgeben können.

So hatte sie immer mit einem leichten Gefühl der Schuld gelebt. Dies war hier nicht so, und sie wollte nützlich sein.

Auch wenn ihr die meisten der Männer Angst machten: Lion, mit seinem Gebrüll;

der hagere, schweigsame Snake, der sie nie beachtete;

der hochgewachsene Shark, der ab und zu an sie und Tiger Befehle richtete und sich nie bedankte;

Eagle, ein Mann normaler Statur, der immer plötzlich zwischen ihnen stand, ohne dass sie ihn herankommen gehört hatten,

Scorpion, ein eher kleiner Mann, welcher der große Planer der Gruppe zu sein schien und ständig über Karten gebeugt war;

der ruhige, leicht hinkende Owl, der offensichtlich der Älteste des Trupps war und oft mit klugen Ratschlägen weiterhalf, und natürlich

Wolf, der Anführer der Schwarzen Reiter.

Wolf war für sie der Rätselhafteste.

Er war nie ungeduldig oder laut, aber sehr entschieden, wenn er einen Entschluss gefasst hatte. Die anderen Männer erkannten seine Entscheidungen stets ohne Murren an, denn er fällte sie nie leichtfertig, sondern wog die Meinungen gegeneinander ab, berücksichtigte die Fähigkeiten und das Wissen jedes Einzelnen, bevor er etwas in die Tat umsetzte.

Es war beeindruckend, dass die Männer die Befehlsgewalt so anerkannten, obwohl Wolf offensichtlich einer der Jüngsten unter ihnen war.

Nell schauderte es dennoch, wenn sie wieder einmal bemerkte, dass sein Blick auf ihr ruhte. Sie verstand nicht, warum er sie so genau beobachtete.

Wusste er, dass sie ein Mädchen war, oder misstraute er ihr, weil sie auf ihn den Eindruck eines Diebes gemacht hatte?

Als hätte er ihre Unruhe gespürt, hatte er sie kurz darauf angesprochen, während sie in Gedanken versunken eines der Pferde gestreichelt hatte.

»Woran denkst du, Drake? Machst du dir Sorgen über irgendetwas?«

Sie war hochgefahren, weil sie ihn, mal wieder, nicht kommen gehört hatte. Der weiche Waldboden verschluckte jedes Geräusch, zudem bewegten sich die Männer wie Kämpfer, die sich anschleichen mussten.

Sie hatte, ohne zu überlegen, geantwortet:

»Ich dachte an mein bisheriges Leben und dass ich es seltsamerweise kein bisschen vermisse, obwohl es viel bequemer war!«

Er hatte die Augenbrauen hochgezogen und nachgehakt:

»Ist da niemand, den du vermisst?«

Nell schüttelte den Kopf.

»In meinem eigenen Zuhause bin ich nicht gut behandelt worden. Und dann habe ich in den letzten Monaten sehr nette Menschen kennengelernt, die mich liebevoll aufgenommen haben. Aber ich habe mich immer als Besuch gefühlt, und schließlich bin ich in einer wichtigen Sache belogen worden. Nein, es gibt niemanden, der mir wirklich fehlt!«

Wolf hatte nachdenklich zu den Pferden hinübergesehen, daraufhin hatte er ihr die Hand auf die Schulter gelegt, was einen plötzlichen Hitzestrom durch ihren Körper geschickt hatte.

»Das ist traurig, Drake, wenn man niemanden vermisst. Bei mir ist es anders und bei den meisten hier ebenso. Wir alle haben Familie, die wir lieben und beschützen möchten. Und dafür kämpfen wir. Es ist wichtig zu wissen, wofür man kämpft! Vor allem, wenn man ein so hohes Risiko trägt wie wir. Aber es gibt viele in unserem Land, denen es sehr schlecht geht, und wir, denen es besser geht, sind verpflichtet für sie einzutreten. Ich hoffe, dass diese Einstellung dir etwas Halt geben kann. Wir alle wissen, dass es auch für dich ein Risiko bedeutet, dass ich dich gegen deinen Willen mitgenommen habe, und wir werden dich genauso wie Tiger, so gut wir können, schützen. Ist das für dich in Ordnung?«

Nell sah ihn erstaunt an. Bereute er, sie entführt zu haben? Sanft sagte sie:

»Es war gut, dass du mich mitgenommen hast, Wolf. Ich fühle mich das erste Mal in meinem Leben nicht unnütz, und das ist ein schönes Gefühl.«

Er schien zu lächeln, was nur die Fältchen an den Augen verrieten:

»Ja, da hast du Recht. Das beste Gefühl überhaupt. Ich sage dir ehrlich, ich hatte meine Zweifel an dir, und ich bin froh, mich geirrt zu haben. Aber es wird anstrengender und gefährlicher werden, wenn wir von hier weg müssen.«

Sie hatte genickt und leise geantwortet:

»Wenn es sein muss, kann man darin nichts ändern, Wolf. Es wäre vielleicht gut, wenn ich besser reiten könnte!«

Er hatte gelacht:

»Das kommt von ganz allein. Du hast dich schon sehr gut gehalten, Drake!«

Nach einer kurzen Pause nahm sie ihren Mut zusammen und setzte hinzu:

»Das Einzige, was mir zu schaffen macht, ist ein schlechtes Gewissen, weil sie sich vermutlich um mich sorgen oder nach mir suchen!«

Er nickte verständnisvoll.

»Falls du die Donovans meinst: Ich lasse ihnen gerne eine Nachricht zukommen, damit sie beruhigt sind, wenn du möchtest.«

»Ja! Ja, das wäre schön!«

Dann hatte er ihr kurz wie einem kleinen Kind über den Kopf gestrichen und war gegangen.

In diesen zwei Wochen lernte sie viel von Tiger:
Kochen, waschen und die Betten auslüften.

Was sie erstaunte, war, dass sich Tiger nicht beschwerte oder ihr die »Frauen«-Arbeiten zuschob. Unverändert gutgelaunt zeigte er ihr alles, plauderte mit ihr und packte überall an.

So wurde sie auch in der Pferdepflege unterwiesen. Die zurückgebliebenen Pferde mussten geputzt und ihre Hufe auf Steine untersucht werden. Dann wurden sie gefüttert und getränkt.

Bevor Nell und Tiger an ihrem ersten gemeinsamen Tag bei den Schwarzen Reitern zum Lager zurückgewandert waren, wollte Nell noch etwas erfahren, was ihr beim Wegritt der Männer aufgefallen war.

»Wenn wir alle zusammen wegreiten, Tiger, bleibt die Brücke unten? Dann wäre das Versteck doch nicht mehr zu gebrauchen, oder?«

Tiger nickte und zeigte grinsend auf einen Baum auf der anderen Seite des Flusses.

»Ich bin gelegentlich mit ihnen mitgeritten, denn das wäre schön einsam gewesen, immer alleine hier zu warten.

Dort auf dem Baum ist ein Seil angebracht, es wird von Felsen, versteckt durch den Fluss, über zwei Flaschenzüge hier auf dieser Seite bis zur Brücke geführt.

Man kann also von drüben die Brücke auch heben und herunterlassen. Das Schwierigste ist, das Seil wieder gut zu verstecken. Und man muss es gelegentlich austauschen, bevor es das Wasser ausfranst. Aber Wolf und Scorpion haben an alles gedacht.«

»Sie sind sehr klug, nicht wahr?«, fragte Nell schüchtern.

Tiger nickte begeistert. »Ja, sie sind einfach toll!«

»Wolf hat mich gegen meinen Willen mitgenommen«, brach es aus ihr heraus, und Tiger sah sie entsetzt an.

Sie sprach schnell weiter.

»Ich weiß nicht warum, aber inzwischen bin ich froh darüber.«

Tiger sah sie verständnisvoll an.

»Du musst dir keine Sorgen machen, Drake. Sie kümmern sich um uns. Sie haben mich gerettet und sich um mich gekümmert, bis ich wieder gesund war. Es sind keine Mörder, es sind tapfere Männer, die das Richtige tun.«

Nell sah ihn an und bemerkte, dass er um seine Fassung rang. Deshalb schwieg sie, obwohl sie gerne Näheres erfahren hätte.

Im Lager räumten sie auf, misteten die Koppel ab, spülten das Geschirr und machten sich Abendessen.

Tiger meinte kauend:

»Morgen fangen wir an, die Vorräte einzupacken und die Zelte auszuräumen und abzubauen. Wir müssen alles bereit zum Aufladen haben, wenn sie in zwei Tagen zurückkommen. Die Zelte verstauen wir hier hinten in der Höhle, dort schlafen wir die letzte Nacht.«

»Wo gehen wir dann hin, Tiger?«

»Genau weiß ich es nicht, aber wir reiten bei den Minen vorbei und versorgen die Menschen mit Nahrung, das machen sie jeden Monat einmal.

Dann geht es irgendwohin, wo wir ein festes Winterquartier haben werden.

Ich vermute, sie haben einen verlassenen Stollen gefunden oder etwas in der Art.«

Es wurde dunkel, und die beiden waren müde von den vielen Arbeiten, die sie erledigt hatten.

Sie krabbelten in ihr Zelt, wünschten sich eine gute Nacht und waren in Sekunden eingeschlafen.

In den Minen

Es begann gerade zu dämmern, als Nell mühsam die Augen aufschlug. Irgendetwas hatte sie geweckt. Sie lauschte gespannt in die Dunkelheit, aber alles war leise. Dann ertönte direkt neben ihr ein heiserer Schrei, und sie fuhr erschrocken hoch. Es war Tiger, der offensichtlich einen furchtbaren Alptraum hatte.

Nell befreite sich hastig aus den Decken und rutschte zu ihm hinüber. Er schlug wild um sich, und Tränen rannen ihm über die Wangen.

Sie stupste ihn vorsichtig an der Schulter an, aber er spürte es wohl nicht. Daraufhin nahm sie fest seinen Arm und schüttelte ihn, während sie laut auf ihn einsprach:

»Tiger, wach auf. Tiger!«

Schließlich erwachte er und Nell duckte sich gerade noch rechtzeitig, um einem Schlag auszuweichen, als Tiger automatisch die Hand nach vorne stieß.

»Tiger, hör auf! Ich bin es, Drake!«

Endlich schien er sie zu erkennen und ließ den erhobenen Arm sinken. Er bekam nur mühsam Luft, und Nell sprach beruhigend auf ihn ein.

»Du hast schlecht geträumt. Es ist alles in Ordnung, Tiger, alles in Ordnung!«

Sie erkannte den Moment, als er die Umgebung wieder bewusst wahrnahm, weil er knallrot wurde.

Er setzte sich noch etwas verkrampft auf und schluckte:

»Entschuldige, dass ich dich geweckt habe, Drake. Mein Gott, da heule ich wie ein Baby.«

Nell schüttelte liebevoll den Kopf.

»Sei nicht dumm, Tiger. Du hattest einen furchtbaren Traum, das haben wir alle schon gehabt. Das ist nichts, weswegen man sich schämen müsste.«

Er schwieg, dann sagte er leise:

»Früher hatte ich ihn jede Nacht, jetzt nur noch, wenn die anderen mich alleine hier lassen.«

Nell sah ihn erschrocken an.

»Warum sagst du ihnen nicht, dass du nicht alleine hier bleiben willst? Sie würden dich doch bestimmt mitnehmen.«

Er lachte kurz auf, es klang unecht.

»Möchtest du Männern wie Wolf oder Lion sagen, dass du wie ein Mädchen heulst, sobald du alleine bist?«

Nell senkte den Kopf.

Sie verstand sofort, was er meinte.

»Nein, du hast Recht. Da würde ich mir auch lieber die Zunge abbeißen! Aber jetzt bin ich da, und wahrscheinlich werde ich dich irgendwann einmal wecken, weil ich ab und zu schlafwandele.«

Tiger sah sie überrascht an.

»Wirklich? Gehst du spazieren und weißt nichts davon?«

Nell schauderte, als sie daran dachte, wie sie das letzte Mal »spaziert« war.

»Na ja, irgendwie schon. Das Problem ist, dass ich nicht auf den normalen Wegen bleibe. Das letzte Mal bin ich über Burgzinnen spaziert und beinahe abgestürzt«.

»Das solltest du Wolf sagen, Drake.«

Sie lachte genauso wie er zuvor.

»Nein danke! Würdest du den Männern so etwas sagen wollen?«

Nun war er es, der betreten zu Boden sah.

»Ja, das ist wohl das Gleiche wie bei mir. Aber nicht ganz, Drake: Denn dein Schlafwandeln kann ja für dich gefährlich werden und für andere auch, wenn du aus dem Lager läufst und du gefasst wirst.«

»Und wenn du so laut schreist, dass es jemand hört, ist es genauso«, schoss Nell zurück.

»Ja, das ist wahr. Ich werde es ihnen sagen, denn ich will sie nicht gefährden. Denkst du, sie …«, er stockte, »… sie wollen mich dann loswerden?«

Nell dachte nach, dann erwiderte sie langsam:
»Nein, das glaube ich nicht. Sie wollen anderen helfen, das würde nicht zu ihnen passen, wenn sie uns loswerden wollten.«

Nell machte eine Pause und sah Tiger mit leicht geneigtem Kopf an.
»Willst du mir deinen Traum erzählen, Tiger?«
Er fuhr zurück und sah sie entsetzt an.
Aber als er das Mitgefühl in ihren Augen sah, nickte er langsam.
»Da gibt es nicht viel zu erzählen, Drake. Ich bin eines der Minenkinder.«
Sie sah ihn fragend an, und er begriff, dass sie die Bedeutung dieses Wortes nicht kannte.
»Minenkinder werden in den Minen geboren und leben dort ihr ganzes Leben.
Sie sehen niemals das Tageslicht, bis zu dem Tag, an welchem sie zu alt sind, um in den Minen zu arbeiten.
Dann werden sie geholt, und niemand weiß, wo sie hingebracht werden. Aber ich gehe davon aus, dass sie ihren Lebensabend nicht in einem hübschen kleinen Dorf verbringen.«
Er schluckte schwer.
»Meine Großeltern sind letztes Jahr verschwunden: Erst mein Großvater, dann meine Großmutter, nachdem sie tagelang nach ihm geschrien und geweint hat. Sie wurde wohl lästig für die Sitai, die uns bewachen. Seit sie geholt wurde, gibt es nur noch Schweigen in den Minen, alle sind total verängstigt.«
Nell zitterte, als sie sich ausmalte, was wohl mit den alten Leuten geschehen war. Sie würden vermutlich nicht lange überlebt haben!
»Wie bist du herausgekommen, Tiger?«

Er legte sich zurück auf seinen Heusack und verschränkte die Arme hinter dem Kopf. Nachdenklich sah er zum Zeltdach hinauf.

»Es kam wieder einmal eine der Lebensmittellieferungen aus *Maroc*. Dort gibt es eine Familie, die jede Woche einmal im Auftrag des Eiskönigs die Nahrungsmittel bringt.«

Shane und Jared, dachte Nell, und der Gedanke versetzte ihr einen schmerzhaften Stich ins Herz.

Shane! Was würden die Donovans gerade tun, war Shane bei seiner Freundin Gillian? Hatten sie Nell alle bereits vergessen?

Tiger sprach weiter.

»Eine Gruppe Frauen ist für die Zubereitung der Mahlzeiten zuständig, doch es ist nicht viel, was wir bekommen. Minenkinder sind immer hungrig, müssen aber schwer arbeiten.

Jede Familie hat einen Raum in einem der Schuppen, wo sie schläft. Dort fällt das einzige Licht von draußen durch kleine Oberlichter herein, man kann nicht erkennen, ob Bäume vor den Hütten stehen, oder ob Wiesen da sind.

Aber das macht nichts aus, denn keiner weiß überhaupt, was Wiesen und Bäume sind. Sie kennen nur Holz und nackten Stein!«

Nell sah ihn entsetzt an.

Und sie hatte gedacht, es wäre ihr schlecht gegangen. Dabei hatte sie wie in einem wunderschönen Traum gelebt, und wären Valeska und Shane nicht gewesen, wäre sie aus diesem Traum vermutlich nie erwacht.

»Alle essen zusammen in den Minen in einer großen, kalten Höhle ohne Tageslicht. Man sieht seine Familie während der Arbeit nicht, denn die Männer müssen tief unten arbeiten und das Gestein aufschlagen und sprengen. Den ganzen Tag hast du den Geruch des Schwarzpulvers in der Luft hängen. Die Kinder müssen das abgeschlagene

Gestein, das die Männer in die Loren laden, nach draußen befördern.«

»Was sind Loren, Tiger?«

»Kleine Wagen aus Holz, die auf Schienen bis ins tiefste Innere des Berges fahren. Von dort ziehen Ponys die gefüllten schweren Loren wieder nach oben, und weil die Kinder die einzigen sind, die in den Gängen stehen können, führen sie die Ponys von ganz unten nach oben. Es ist ein langer harter und sehr steiler Weg, anstrengend für die Kinder und die Tiere. Und man bekommt schwer Luft wegen des Staubs. Viele sind krank und husten gotterbärmlich. Die Ponys verkraften den Staub besser, haben aber oft Augenentzündungen, weil es in den Stollen so zieht.«

Nell konnte es nicht verhindern, dass Tränen in ihren Augen erschienen. Schnell wandte sie den Kopf zur Seite, damit Tiger es nicht sehen konnte.

Er sah sie nicht an, denn seine Erinnerungen waren es, die vor seinem inneren Auge auflebten.

»Wenn sie oben angekommen sind, leeren die Frauen die Loren aus. Das geschieht auf einem Felsen, unter welchem ein riesiges Gefährt steht. Wenn das voll ist – so etwa einmal die Woche – fährt es ein Sitai mit einem Gespann mit vier großen Kaltblutpferden weg.«

Er schwieg einen Moment, tief in düstere Gedanken versunken. Dann fuhr er fort:

»Eines Tages kam also erneut eine Nahrungsmittellieferung, und die beiden Männer luden die Sachen gerade hinten an der Küche ab, als ich mit meinem Pony nach oben kam. Mein Pony war unten in der Mine gestolpert, hatte sich verletzt und lahmte schwer. Ich besorgte Verbandssachen und wollte es kühlen und verbinden, als einer der Sitai erschien.

Er sah mich kurz an, holte aus und schlug mich so fest, dass ich an die Steinwand flog. Mein Kopf war auf dem Felsen aufgeprallt und ich konnte nicht richtig sehen, weil sich alles drehte. Aber ich sah, dass der Sitai meinem Pony die Kehle durchschnitt und es nach draußen schleifte. Ich war so zornig, dass ich mich hochrappelte und hinterherlief und den Sitai von hinten angriff. Der hat mein Gewicht vermutlich gerade einmal gespürt«, sagte er höhnisch.

Nell konnte sich vor lauter Entsetzen nicht mehr bewegen, sogar das Atemholen fiel ihr schwer.

Tiger schien es nicht zu bemerken, so war er in seine Geschichte vertieft.

»Er hat mich einfach gepackt, auf den Boden geworfen und angefangen, mich mit seiner Peitsche zu bearbeiten, als der jüngere der Maroconer dazwischen ging. Er hat nicht lange auf eine Reaktion des Sitai gewartet und ihn mit seinem Dolch erstochen.

Dann haben er und der ältere Mann den Sitai und mein armes Pony in den Wagen mit den Gesteinsbrocken geworfen und die nächste Lore darüber ausgeleert.

Der Ältere hob mich vorsichtig hoch und legte mich auf ihren Wagen. Er zog eine Plane über mich und im nächsten Moment rumpelten wir zur Tür hinaus. Sie haben mich gerettet, denn die anderen Sitai hätten mich umgebracht!«

»Aber du hast doch nichts getan, warum hätten sie dich umbringen sollen.«

»Wäre der tote Sitai und mein Pony dort liegen geblieben, glaubst du, die hätten lange gefragt oder die Maroconer etwas erklären lassen? Das kannst du vergessen! Ich bin nur froh, dass sie es nicht an meiner Familie ausgelassen haben.«

»Woher weißt du das? Und wie kam es, dass du zu den Schwarzen Reitern gekommen bist?«, bedrängte Nell ihn gespannt.

»Als ich erwacht bin, war ich bereits hier. Meine Wunden waren versorgt, und Wolf saß neben mir. Ich hatte leichte Tücher auf den Augen, weil ich mich erst langsam ans Licht gewöhnen musste.

Als ich dann sehen durfte, wie schön die Welt hier draußen ist, war ich sprachlos.

Ich hoffe, dass die Minenleute alle bald befreit werden können und dies auch sehen dürfen.

Wolf erklärte mir, dass die Maroconer ihn gebeten hätten, mich aufzunehmen, da meine Anwesenheit in *Maroc* zu gefährlich für mich und auch ihre Familie sei. Ein paar Wochen später hat er mir erzählt, dass er sich erkundigt hätte und dass mich meine Familie zwar vermisst, aber es allen gut ginge und sie sehr froh seien, dass ich in Freiheit wäre.«

Nell nickte und konnte erstmals wieder lächeln.

»Du hattest wahnsinniges Glück, Tiger!«

»Ich hatte Glück, aber das hätte mir ohne diese mutigen Männer nichts genutzt. Als meine Wunden einigermaßen verheilt waren, hat Wolf begonnen, mir das Kämpfen beizubringen. Neulich durfte ich auch schon einmal alleine reiten und er hat versprochen, dass er mir ein Pferd mitbringt«, strahlte er stolz.

In Nells Augen standen wieder Tränen der Rührung, und diesmal war sie nicht schnell genug.

Tiger packte sie am Arm und sah sie prüfend an.

»Drake, was ist? Kann das sein? Du bist ein Mädchen, nicht wahr?«, fragte er leise.

»Blödsinn! Lass uns frühstücken, ich habe Hunger!«

Nell entriss ihm ihren Arm und erhob sich hastig. Sie warf sich ihre Jacke über und verließ das Zelt.

Tiger folgte ihr und stellte bedächtig den Kochtopf für das heiße Wasser auf. Er ließ sie nicht aus den Augen, und Nell war sich dessen bewusst.

Sie zitterte am ganzen Leib.

Was würde mit ihr geschehen, wenn die Schwarzen Reiter dies herausfanden? Sie würden sie zurückschicken, wenn sie Glück hatte.

Nein, unmöglich, sie wäre eine Gefahr für ihr Geheimnis, schließlich kannte sie den Unterschlupf.

Sie würden sie vermutlich töten! Da fiel ihr ein, wie Tiger seine Befreiung geschildert hatte.

Demnach hatte Shane auch einfach getötet, ohne mit der Wimper zu zucken. Für so kaltblütig hatte sie ihren Verlobten – ehemaligen Verlobten – nicht gehalten!

Ein Holzteller glitt ihr aus der Hand und fiel leise scheppernd zu Boden.

»Drake, ich verrate es niemanden!«, sagte Tiger.

Er stand direkt hinter ihr, als sie herumfuhr.

Er strich ihr die Haarsträhne aus den Augen und sah sie freundlich an.

»Es gibt bestimmt auch Gründe, warum Wolf dich hergebracht hat, nicht wahr?«

Sie kämpfte wieder mit den Tränen und hasste sich dafür.

»Ich dachte, es wäre, weil er mich für einen Dieb gehalten hat. Aber wenn er Shane kennt, hat es vielleicht andere Gründe.«

»Wer ist Shane?«

»Der, der den Sitai erstochen hat und dich zu Wolf gebracht hat!«

Tiger riss die Augen auf.

»Du weißt, wer mein Retter ist?«

Sie lachte verzweifelt auf.

»Ja, er ist mein ehemaliger Verlobter. Ich habe die Verlobung gelöst, weil er mich betrogen und belogen hat.«

Tiger sah sie ungläubig an. Nell ahnte, dass sie ihm gerade das Bild seines Helden zerstörte.

»Tiger, dass Shane tapfer und bei vielen beliebt ist, das weiß ich. Aber für mich hat es nicht gereicht. Was soll's? Was ist schon eine zerbrochene Verlobung im Vergleich zu geretteten Menschen.«

Tiger schwieg verunsichert.

Was hätte er darauf sagen sollen. Sie hatte recht, aber ihren Schmerz darüber spürte er deutlich.

Nells Gedanken flogen jedoch weiter.

»Was geschieht, wenn Wolf bisher nicht ahnte, wer ich bin? Und wenn er es von Shane beim nächsten Treffen erfahren sollte?«

Sie wusste keine Antwort.

Bedrückt packten sie weiter, bauten die Zelte bis auf das Grundgerüst aus wetterfesten Holzstangen ab und verstauten alles ganz hinten in der Höhle.

Sie fertigten eine stabile Tür aus Weidenstangen, damit sich kein Tier dort einnisten und die Planen und Matratzen kaputtreißen konnte. So müssten die Sachen unbeschadet über den Winter kommen, vorausgesetzt, die Mäuse würde es nicht zuvor als gemütliches Winterquartier entdecken.

Diesen Abend schliefen sie nun in der Höhle, und am nächsten Morgen begann Tiger Nell das wenige über das Kämpfen beizubringen, was er bisher gelernt hatte.

Tiger musste feststellen, dass Nell unglaublich wendig war.

»Kommt das von deinen Kletteraktionen beim Schlafwandeln?«, neckte er sie, und sie lachte.

»Schon möglich.«

Sie kämpften ohne Waffen, und Nell lernte Schläge und Tritte, mit denen sie sich würde verteidigen können. Zumindest wenn sie nicht auf einen Sitai träfe!

Dann wäre ihr größter Vorteil vermutlich, dass sie schnell rennen konnte.

»Heute werden sie zurückkommen«, keuchte Tiger gegen Mittag.

»Wir fangen jetzt am besten an etwas zu kochen.«

Nell nickte zustimmend, zuvor bat sie ihn allerdings um seine Hilfe, um ihre Haare zu kürzen.

Tiger zögerte die Schere anzusetzen.

»Du hast eine wunderschöne Haarfarbe. Ich dachte, ein Mädchen würde eher sterben, als sich ihre Haare abzuschneiden.«

Nell sah ihn mit großen Augen verblüfft an.

»Gerade du müsstest verstehen, wie unwichtig das ist. Wenn sie entdecken, dass ich ein Mädchen bin, könnte es meinen Tod bedeuten, Tiger.«

Tiger schüttelte zweifelnd den Kopf.

»Das glaube ich nicht, Drake. Aber es ist deine Sache, solange sie es nicht merken.«

Nun schnitt er fleißig drauf los, und die Haare wurden nun zu einem richtigen Männerhaarschnitt. Nell sah zu, wie ihre restlichen Locken zu Boden fielen und empfand keinerlei Reue.

Sie wollte kein Mädchen mehr sein, sie wollte ein Schwarzer Reiter werden und misshandelte Menschen und Tiere aus Minen befreien!

Das Essen war beinahe fertig, als der bekannte Pfiff ertönte.

»Sie sind früher dran als sonst. Ich muss runter zum Fluss, Drake. Pass auf das Essen auf!«, rief Tiger und sprintete los.

Nell verspannte sich, als sie kurz darauf die gedämpften Hufschläge hörte. Dann zog sie ihr schwarzes Tuch wieder vor ihr Gesicht und lief zum Eingang des Tarnnetzes und öffnete diesen weit.

Nach und nach ritten sie hindurch.

Es waren diesmal nur sieben Männer, und in der Mitte von ihnen saß ein über beide Ohren strahlender Tiger auf einem eigenen Pferd.

Nell zwinkerte ihm zu, als er vorbeiritt.

Dann erstarrte sie, denn direkt hinter ihm folgte Wolf, der ihr kurz zunickte.

Er ließ mit keiner Regung erkennen, dass er wusste, wer sie in Wirklichkeit war.

Nell schloss den Eingang sorgfältig und eilte wieder zurück an den Topf.

Dann deckte sie flugs den Tisch.

Lion nickte beifällig.

»Du stellst dich wohl gut an, Drake. Ihr wart fleißig. So können wir gleich morgen früh weiterreiten.«

Nell freute sich so über das unerwartete Lob, dass sie beinahe einen Knicks gemacht hätte. Das wäre ein Spaß geworden!

Etwas ernüchtert konzentrierte sie sich auf ihre Aufgaben.

Schließlich legten sich alle zur Ruhe, und Nell lag am Boden der Höhle und sah mit weit geöffneten Augen unter dem Felsüberhang hervor hinauf in den Sternenhimmel.

Morgen würden sie bereits zu den Minen reiten und Vorräte hinbringen.

Angeblich sollte sich ihr Vater dort aufhalten.

Was würde sie tun, wenn sie ihn sehen sollte?

Würde er sie überhaupt erkennen?

Nein, morgen würde sie wieder ihr Tuch vors Gesicht legen. Sie war durch Tigers Vorbild, mit unbedecktem Gesicht herumzulaufen, unvorsichtig geworden. Ansonsten hätte er sie auch vermutlich nicht als Mädchen erkannt.

An Wolfs Verhalten hatte sich nichts geändert.

Ruhig und auf Abstand hatte er alles mit ihnen durchbesprochen.

Dann war er mit einem Bündel zu ihr gekommen und hatte es ihr in die Hand gedrückt.

»Damit bleibst du morgen trocken, zieh es über deine Wollhose.«

Sie hatte es gespannt geöffnet und eine Hose aus feinem, geschwärztem Kalbsleder vorgefunden. Sanft strich sie über das weiche Material.

Als sie den Kopf hob und ihm dankte, winkte er ab.

»Das war ich dir schuldig, schließlich habe ich dir keine Zeit gelassen, für deinen Ausflug das Richtige einzupacken.«

Nell spürte, dass er lächelte.

Sie würde wieder mit ihm reiten und freute sich darauf, denn Pferde gefielen ihr sehr und das Reiten hatte ihr, bis auf das Durchqueren des Flusses, großen Spaß gemacht.

Einzig die Nähe des rätselhaften Mannes war ihr nicht so angenehm, obwohl sie den Grund dafür nicht hätte sagen können.

Beinahe empfand Nell eine Art von Heimweh, als sie den Eingang des Tarnzeltes sorgsam verschlossen und mit Seilen zubanden, damit ihn kein eisiger Wind aufwehen konnte.

Wolf bildete mit seinen Händen einen Steigbügel und erklärte Nell, wie sie aufsteigen soll. Sie war froh, dass er sie nicht mehr auf das Pferd hob, auch wenn es sehr weit hinauf war, wie sie feststellen musste.

Aber sie schaffte es und fühlte sich für den kurzen Moment, in welchem sie alleine dort oben im Sattel saß, stolz und frei.

Dann saß Wolf hinter ihr auf und hob die Hand als Zeichen zum Aufbruch.

Sie ritten den bekannten Weg zum Fluss hinunter und verließen die Halbinsel über die Zugbrücke.

Nell musste sich mit den Beinen festklammern, weil es so steil bergab ging. Nun befanden sie sich wieder im Fluss, und das Wasser perlte von ihrer Hose ab. Sie spürte die Kälte etwas, aber es ging nichts durch und nach etwa zwanzig Minuten waren die Tropfen verschwunden und das Leder trocken.

Gleich nach der ersten Biegung hatten die Schwarzen Reiter gestern Abend die beiden Wagen mit den Vorräten versteckt.

Die zwei Reiter, deren Fehlen Nell aufgefallen waren, hielten Wache.

Wolf fragte ruhig: »War irgendetwas auffällig, Snake?«

Der hagere Mann schüttelte den Kopf.

»Kein Rabe war zu sehen und außer dir kein Wolf!«

Eagle und Lion lachten leise über den Wortwitz, und Nell stellte stolz fest, dass sie die Männer trotz ihrer Vermummung bereits unterscheiden gelernt hatte.

Auch diese zwei stiegen nun auf ihre Pferde.

Wortlos reihten sich die Reiter in eine Schlange vor und hinter den vollbepackten Wagen ein.

Nell und Wolf ritten hinter Scorpion und Eagle, Tiger dagegen hatte sich zwischen den Wagen eingeordnet und es war offensichtlich, dass Lion ein Auge auf den neuen Reiter hatte, falls ihm das Pferd doch Schwierigkeiten machen sollte.

Als sie den Wald verließen, ritten sie nicht wie auf dem Hinweg, über die Ebene nach *Maroc*, sondern hielten sich nah an der Felswand, um *Maroc* weiträumig zu umgehen.

Im Schatten der Felsen waren sie nicht zu entdecken, vor allem nicht auf diese Entfernung, denn auch sie sahen nicht bis zur Stadt.

Nur auf einer Strecke von etwa zwei Kilometern mussten sie wegen eines hervorspringenden Felsens etwas in Richtung *Maroc* ausweichen, aber auch jetzt flog kein Rabe in ihre Richtung. Nell spürte jedoch deutlich, dass etwas die Männer nervös machte.

»Wolf?«, fragte sie leise.

Er senkte den Kopf und raunte in ihr Ohr.

»Jetzt nicht, Drake. Ich erkläre es später.«

Sie nickte, und genau in diesem Moment erschollen die Feuerglocken von *Maroc*.

Lange, tiefdröhnende Schläge der riesigen Glocken in der Kathedrale meldeten Feuer irgendwo in der Stadt, und man sah im südlichen Teil Rauch aufsteigen.

Nell rutschte unruhig hin und her.

Dort im Süden wohnten die Donovans! Hoffentlich geschah ihnen nichts.

»Drake, du machst das Pferd nervös!«, mahnte Wolfs Stimme, und Nell saß wie in Stein gemeißelt da.

Die Männer sahen gelegentlich zur Stadt hinüber und Nell überlegte, dass vermutlich einige von ihnen dort Familie hatten. Aber sie ritten unbeirrt weiter, und alle atmeten auf, als die kritische Stelle gemeistert war.

Wolf sprach leise zu Nell:
»In etwa drei Stunden, kurz nachdem die Dunkelheit anbricht, sind wir bei den Minen. Da verstecken wir uns und bringen den Leuten dann die Lebensmittel. Willst du jetzt die Zügel halten, Drake?«
Nell fuhr herum und versuchte an seinen Augen zu erkennen, ob er scherzte.
Wolf setzte ruhig hinzu:
»Wie willst du dein Pferd beherrschen, ohne es zu lenken? Ich erkläre es dir: Du hast drei Möglichkeiten, dein Tier zu lenken. Ein guter Reiter beherrscht sie und setzt sie gleichzeitig ein, denn damit schont er sein Pferd.
Nummer eins sind die Zügel: Du hältst sie stets gleichlang, und nur durch einen leichten Zug an dem einen Zügel und dem Gegenzug an dem anderen, damit keiner durchhängt, erkennt dein Tier, wohin du willst. Nicht reißen, nur sanft ziehen!
Nummer zwei sind deine Unterschenkel: Sie sind das Wichtigste, um dich bei scharfen Wendungen oder einem bockigen Tier oben zu halten. Halte sie immer am Bauch des Tiers in stetem Kontakt und drücke die Knie an den Sattel. Du gewöhnst dich daran, auch wenn dir in der ersten Zeit ein Muskelkater gewiss ist. Wenn du, zum Beispiel nach links lenkst, ziehst du den linken Zügel leicht an, hältst mit dem rechten leicht dagegen und drückst das Tier gewissermaßen mit dem rechten Schenkel in die von dir gewünschte Richtung.
Das Dritte ist das Gewicht: Du verlagerst es im Sattel auf die Seite, ohne dich allerdings irgendwie zu biegen.
Das war es schon!«

Nell versuchte sich noch an dem ersten und schnaubte laut auf:

»Ja, einzeln ist das kein Problem, aber alle drei Möglichkeiten zusammen?«

»Du lernst es, du wirst sehen. Es ist alles nur Übung und so, wie du im Sattel sitzt, denke ich, wird es für dich ein Kinderspiel!«

Nell war sehr stolz, als sie diese Worte hörte und bevor sie noch überlegt hatte, flossen die Sätze aus ihrem Innersten hervor.

»Wolf, Tiger hat mir erzählt, wie er zu euch kam. Er sagte, Shane Donovan hat ihn gerettet und ihn euch übergeben.«

Wolf schwieg lange, dann meinte er ruhig:

»Wenn er es dir so erzählt hat, stimmt es auch. Tiger ist ein ehrlicher Kerl. Was willst du wissen, Drake?«

Nell schluckte und verfluchte sich selbst, dass sie gefragt hatte.

»Du kennst Shane Donovan?«

Wolf schwieg erneut, schließlich antwortete er doch noch, als Nell schon nicht mehr damit gerechnet hatte.

»Ja, ich kenne ihn.«

»Geht es den Donovans gut? Oder denkst du, das Feuer eben hat sie gefährdet?«

»Nein, ich glaube, es war zu weit südlich, um bis an deren Haus zu kommen, Drake. Ich kenne sie gut, habe sie aber seit unserer Abreise nicht mehr gesehen.«

Nell musste sich gewaltig zusammennehmen, um nicht laut aufzuatmen. Also konnte Wolf nichts von ihrer Flucht wissen!

»War es das, was du wissen wolltest, Drake? Dann schlage ich vor, du übst jetzt ein wenig reiten!«

Nell war froh über den Themawechsel und bemühte sich, das Erklärte umzusetzen, was ihr zu ihrem großen Erstaunen sehr gut gelang.

Sie ritten weiter nahe am Gebirge entlang, und als die Dämmerung einsetzte, konnte Nell in der Ferne das gewaltige Gebäude vor dem Mineneingang erkennen.

»Was ist in dem Gebäude, Wolf?«, fragte sie leise.

»Da sind die Büros und die Küche untergebracht, und die Sitai schlafen dort. Es hält keiner Wache, weil die Minenleute in der Nacht eingesperrt sind und es einen anderen Wächter gibt. Da sind die Sitai nicht nötig«, antwortete er finster.

Nell war erstaunt, wie ausführlich er es ihr erklärte. Bisher war er mehr als schweigsam gewesen.

»Was für ein Wächter, Wolf?«, fragte sie etwas eingeschüchtert.

Seine Stimme klang dunkler als gewöhnlich, und Nell rieselte es kalt den Rücken hinunter. Aber es war nicht nur aus Angst, die sie bei seinen Worten sicherlich verspürte. Was war es denn noch, was sie schaudern ließ?

»Ein riesiger, gefräßiger Wurm, der in einem Loch im Sand lebt und des Nachts alles frisst, was zum Mineneingang oder von dort hinaus möchte!«

Nell drehte sich etwas im Sattel und sah ihn entsetzt an.

»Ist das dein Ernst? Aber wie kommen wir dann hinein?«

Wolf deutet nach oben auf die Felszacken, die sich hoch vor ihnen auftürmten.

»Dort rasten wir, bis die Sitai sicher schlafen. Dann gehen zwei von uns vor und betäuben den Sandwurm. Der Rest ist ein Kinderspiel! Ich habe ein Bitte an dich: Weiche Tiger nicht von der Seite. Ich weiß nicht, ob er mit der Situation klar kommt, wieder im Dunkeln zu sein. Ich hätte ihn lieber draußen gelassen, aber er will natürlich seine Familie sehen.«

Nell dachte an den Alptraum des Gefährten und nickte mitfühlend.

»Ja, ich bleibe an seiner Seite.«

Nach einer halben Stunde, es war inzwischen tiefdunkel, waren sie in einer Senke hinter den Felsen, etwa fünfzehn Höhenmeter den Berg hinauf, angekommen.

Die Pferde wurden versorgt und bekamen Beinfesseln angelegt, so dass sie etwas von den kargen Gräsern fressen konnten, ohne sich aus dem Staub zu machen.

Die Männer luden sich die Sachen aus den Vorratswagen auf die Schultern und begannen einer nach dem anderen zwischen den Felsen zu verschwinden.

Tiger schulterte sich zwei große Säcke mit Kartoffeln, und Nell nahm zwei wesentlich leichtere Heusäcke für die Ponys huckepack.

Sie taten behutsam einzelne Schritte, um nicht zu stolpern und Lärm zu machen. Sie kamen auf dem Platz zwischen dem Gebäude und den Minen an, und Nell und Tiger fielen beinahe die Augen aus dem Kopf, als sie den riesigen reglosen Körper des Sandwurms sahen, der aus seinem Loch heraushing und sich etwa zehn Meter lang über den staubigen Boden erstreckte.

Langsam schlichen sie an ihm vorbei, konnten die Augen aber nicht abwenden.

Der Wurm sah aus wie eine beige dicke Wurst, also nicht unbedingt bedrohlich.

Die nun geschlossenen Augen saßen an den Seiten des Kopfes und waren in geöffnetem Zustand vermutlich groß und glubschig.

Sein Maul sah allerdings gefährlich aus. Es zog sich von einer Seite des Kopfes zur anderen und fünf Reihen scharfer, spitzer Zähne in jedem Kiefer zermalmten sicherlich alles, was dazwischengeriet.

Das Mondlicht erhellte den Platz und auch einen Teil der Wurmhöhle, und Nell zauderte kurz, als sie am Rand dieser Höhle, etwa einen halben Meter innerhalb, eine tiefe Mulde in Größe einer großen Kartoffel sah. Sie wusste nicht, warum diese Mulde sie irritierte, aber etwas war damit nicht in Ordnung.

Tiger zupfte an ihrem Ärmel, da sie stehengeblieben war, und sie setzte sich zögernd wieder in Bewegung.

Sie huschten einer nach dem anderen in den Mineneingang, wo viele Menschen hinter dem Eisenzaun versammelt waren.

Der Zaun war mit riesigen Eisenschlössern gesichert, und auf dem etwa vier Meter hohen Tor gab es scharfzackige Eisensporne. Ein Darüberklettern war unmöglich und die Schlösser zu zerstören, hätte aufgrund des Lärms sicher Alarm ausgelöst.

Wolf kletterte hinauf, und Snake war einen Meter unter ihm. Sie bildeten eine Kette, um die Sachen hinüberwerfen zu können.

Auf der anderen Seite wurde eine ebensolche Kette gebildet, um die empfindlicheren und auch die schwereren Lebensmittel anzunehmen und Lärm beim Aufprall auf dem Boden zu vermeiden.

Als Tiger nach vorne trat, und damit in den Lichtkegel einer Fackel, ertönte ein Schrei und eine etwa 35-jährige Frau, ein Mädchen in Nells Alter und ein kleiner Junge kamen herangestürmt. Tiger griff durch das Gitter nach ihren Händen, und die Frauen weinten.

Nell blieb, wie versprochen, dicht neben ihm und beobachtete gerührt die Wiedersehensfreude auf beiden Seiten.

»Ty, mein Gott, du lebst wirklich! Wie geht es dir, Liebling?«

Die Mutter klammerte sich an seine Hände, ebenso wie der kleine Junge. Das Mädchen, offensichtlich Tigers Schwester, lächelte unter Tränen und blieb hinter der Mutter stehen.

Sie war bildschön: Lange, dunkle Haare waren zu einem Dutt hochgebunden und blaue Augen leuchteten strahlend. Die gleichen blauen Augen, wie sie auch Tiger besaß.

Diese sahen nun Nell direkt in deren braune Augen und versuchten, das Dunkel der Vermummung zu durchdringen.

»Wer ist das, Ty?«, fragte sie nun leise und deutete auf Nell.

Tiger warf Nell einen Blick zu und erklärte:

»Das ist Drake, wir kümmern uns zusammen um die Versorgung der Schwarzen Reiter. Drake, das sind meine Mutter Ava, mein kleiner Bruder Stevie und meine Schwester Amy. Und das dort oben ist Wolf, unser Anführer, der sich sehr um mich gekümmert hat, als ich verletzt war. Wie geht es euch allen?«

Die Mutter ließ Tiger los und trat einen Schritt zurück, damit sie besser zu Wolf hinaufschauen konnte.

»Ich weiß nicht, was ich Euch anderes bieten könnte als meinen tiefen Dank, dass Ihr meinen Sohn aufgenommen und versorgt habt. Habt vielen Dank!«

Wolf sprang herunter und trat an das Gitter.

Kurz blieb sein Blick an der hübschen Amy hängen, und Nell spürte einen unsinnigen Stich ins Herz.

Dann verneigte er sich leicht und antwortete höflich:

»Er ist ein guter Junge, fleißig und tapfer. Er hatte es verdient, dass man ihm half. Euch allen hier wird in nicht allzu ferner Zukunft geholfen. Wir arbeiten daran, aber es braucht seine Zeit. Also verzeiht uns, dass wir euch hier nochmals zurücklassen müssen, wenn es uns auch das Herz bricht. Ich hoffe, ihr kommt in nächster Zeit besser über die Runden!«

Die Menschen hingen an seinen Lippen, als er solch hoffnungsvolle Worte sprach, und Nell sah die Tränen der Dankbarkeit in den Augen vieler.

Nell fiel auf, wie blass die Menschen waren, beinahe weiß und durchscheinend.

Dies war durch das Fehlen der Sonne natürlich klar, viele schienen aber darüber hinaus durch den Staub in den Stollen unter einem trockenen Husten zu leiden, und manch einem tränten entzündete Augen.

Nell war entsetzt, wie abgemagert alle waren. Gerade die Kleinen wirkten richtig ausgemergelt, die Augen lagen in tiefen Höhlen. Sie hatten dem Mangel an Nahrung am wenigsten entgegenzusetzen.

Auch den Ponys, die an einem Rand der Eingangshöhle gierig das mitgebrachte Heu fraßen, standen die Rippen hervor.

»Das müssen Shane und Jared jede Woche mitansehen, wenn sie das Essen bringen, und sie wissen, sie können nicht mehr tun«, dachte Nell niedergeschlagen.

Ihr Blick blieb an Wolf hängen, der seine Hand auf Tigers Schulter liegen hatte, wohl, um ihn auf den baldigen Abschied vorzubereiten.

»Aber er, Wolf, er tut etwas dagegen. Er lässt es nicht wie es ist!«

Nell empfand Stolz, dass sie mit diesem mutigen Mann reiten durfte und hoffte wieder einmal, dass niemand herausfinden würde, dass sie ein Mädchen ist.

Da sah Wolf zu ihr herüber, und sie wusste, was er wollte.

»Komm, Tiger!«, sagte sie leise und ergriff dessen Hand.

»Wir müssen weiter.«

Ein letztes Mal streichelte Ava dem Jungen über die Wange, dann nahm sie Stevie auf den Arm.

»Sei vorsichtig, Junge, wir möchten dich wiedersehen! Und mach dir keine Sorgen um uns, wir halten weiter durch.«

Tiger nickte und ließ sich von Nell ohne Widerstand aus der Höhle führen. Er ging wie in Trance, und Nell befürchtete, er könne über irgendeinen Stein stolpern. Sie zwickte ihn leicht in die Hand und spürte seine Gegenwehr.

»Hey, was soll das, Drake?«

»Sei vorsichtig, dass du nicht stolperst«, sagte sie nur.

Ihr Blick wanderte hinüber zu dem Gebäude, wo sich vermutlich auch ihr Vater befand.

Wenn sie zum Nachsehen hinüberschliche, würde Wolf es merken?

Aber wenn sie erwischt würde, wäre sie schuld, wenn die Schwarzen Reiter geschnappt würden und die Minenleute dort nie herauskämen. Sie wusste, das Risiko war zu groß.

»Geht etwas schneller, sonst sind wir noch hier, wenn der Sandwurm aufwacht!«, hörte Nell Wolfs dunkle Stimme hinter sich und zuckte erschrocken zusammen.

Hatte er ihre Gedanken gelesen und war deshalb in ihrer Nähe?

Rasch kletterten sie hinauf zu den Pferden, banden diese los und folgten dem Pfad weiter ins Gebirge.

Nell war todmüde, als sie etwa nach einer Stunde Wandern in der Finsternis stehen blieben. Ihre Zehen schmerzten, so oft hatte sie sich an irgendwelchen Steinen gestoßen, die sie im Dunklen nicht hatte erkennen können.

»Wir rasten hier. So hoch herauf fliegen die Raben nicht, und von unten sind wir nicht zu sehen. Morgen tarnen wir die Wagen und ziehen ohne sie weiter bis *Boscano*«, erklang Wolfs Stimme in der Nachtschwärze.

Nell und Tiger waren mit einem Schlag hellwach.
Boscano – die Waldstadt.
Heimat der grausamen Bogenschützen! Dies war ihr Ziel?

Aber die beiden wagten keine Fragen, denn den Schwarzen Reitern war der Plan offensichtlich nicht neu.

Folgsam wickelten sie sich in Decken, und Nell versuchte auf dem felsigen Untergrund einen angenehmen Platz für ihren Kopf zu finden. Schließlich legte sie sich auf die Seite und bettete ihren Kopf auf ihren angewinkelten Ellenbogen.

Wehmütig dachte sie daran, dass sie die letzte Nacht auf einem weichen Heusack verbracht hatte.

Im nächsten Moment schämte sie sich ihrer Gedanken.

Es ging ihr doch gut, fantastisch sogar im Vergleich zu den armen Menschen in der Mine, die noch nie Tageslicht, Blumen oder Bäume gesehen hatten.

Dann schlief sie ein, und die Träume übernahmen ihren Geist und kurz darauf auch ihren Körper.

Wolf lag noch wach, die Arme unter dem Kopf verschränkt, und ging in Gedanken den Weg voraus, den er bereits einmal ausprobiert hatte:

Sie würden morgen Abend nur wenige hundert Meter westlich vor dem Wald von *Boscano* aus den Bergen herunterkommen.

Im Süden lag ein kleines Wäldchen, hinter welchem sich die Grenzposten befanden: Sitai, die den Weg zur Hängebrücke nach *Maroc* bewachten und in diesem Wäldchen gab es Eiswölfe, die abends patrouillierten und keinen an den Wald heranließen.

Tagsüber hielten die Raben Ausschau nach allem, was sich zwischen *Boscano* und ihrem Wäldchen bewegte. Die Dämmerung, wenn die Raben nicht mehr so gut sahen und die Wölfe erst langsam hervorkamen, war die beste Zeit, diese Strecke zu überqueren. Denn um zu den Riesenbäumen und damit in den Bereich zu kommen, wo die Boscaner ihnen zu Hilfe eilen konnten, würden sie leider auf der Lichtung kurz zu sehen sein.

Ein hohes, aber unvermeidbares Risiko!

Wolf allein hatte es bereits einmal unbemerkt geschafft und die Verhandlungen mit *Boscano* begonnen. Er machte sich keine Illusionen, dass er mit dreizehn Pferden heimlich hinüberkäme.

Sie mussten mit Raben und im schlimmsten Fall mit Wölfen rechnen.

Aber dies war nicht zu ändern.

Das Wichtigste war, dass die Bogenschützen zu ihrem Wort standen und sie in den schützenden Wald hereinließen.

Er lauschte konzentriert:
War da nicht ein Geräusch gewesen, das weder zur Natur um sie herum passte noch von den schlafenden Männern herrührte. Ein kleiner Stein rollte über den Weg zur Mine, von wo sie hergekommen waren.
Leise erhob er sich und sah sich vorsichtig um.
Die Männer schliefen, sie schienen nichts gehört zu haben.
Er strengte seine Augen an, um zu Tiger und Drake hinübersehen zu können und erstarrte:
Drake war nicht mehr da!

Da hörte er das Geräusch rollender Steinchen erneut und begann mit großen Schritten auszuschreiten.
Und nun erblickte er Drake:
Ganz oben auf einem der Felsbrocken, die sich einige hundert Höhenmeter über der Schlucht erhoben und etwa gute zwei Meter über dem Weg – ein schwarzer Schatten, in blaues Mondlicht getaucht. Die Arme zum Himmel gestreckt, als wollte er etwas herunterholen.
Was hatte Drake vor, wollte er sich hinunterstürzen?
Wolf begann zu rennen und als er hinter Drake ankam, kletterte er geübt den Felsen hinauf, packte ihn und sprang mit ihm auf den Boden, wo er sich unsanft abrollte.

Nell stand in ihrem Traum ganz alleine dem Sandwurm gegenüber.
Er wand sich langsam auf sie zu, hartes Glitzern erhellte die Fratze mit dem Maul, aus welchem ekliger Schleim tropfte.
Woher kam das Glitzern nur?
Plötzlich sah sie es: Es war ein riesiger Diamant, der in der Mulde, die sie heute gesehen hatte, steckte.
Nell versuchte zurückzuweichen, obwohl sie wusste, dass sie den Stein holen musste.

Aber sie konnte sich nicht bewegen. Wie angewurzelt stand sie da und rang nach Luft, während der Wurm sich auf sie zuschob.

Bevor er Nell erreichen konnte, fiel der Kopf des Ungetüms plötzlich zur Seite, das Maul mit den scharfen Zahnreihen blieb jedoch geöffnet.

Valeska, ihre Stiefmutter, trat aus dem Schatten hervor und zog einen kurzen Pfeil mit schmalem Schaft aus der Seite des Sandwurms.

Dann bückte sie sich und zog vorsichtig ohne jede Mühe den kostbaren Stein aus dem Felsen.

Kalt lächelte sie zu Nell hinüber:

»Möchtest du wissen, was das hier in meiner Hand ist, Nell? Das ist nicht nur ein lupenreiner hochkarätiger Diamant, nein. Das ist Macht, eine gewaltige Macht! Sie beherrscht alles und vermag mir Wege zu öffnen, die allen anderen verwehrt sind.

Und ich bin eine von vieren, die diese Macht besitzt. Alle vier zusammen, wir sind die Pförtner der Brücke.

Du kleines, dummes Ding hättest dich bei den Donovans in Sicherheit bringen können, aber du wolltest nicht. Dein wacher Verstand wird dir nichts nützen, er hat selbst deinem Vater nichts genützt. Er ist misstrauisch geworden, der liebe Bryce, hat mir nachspioniert in seinen Träumen.

Traumwandler sterben schnell, schneller als alle anderen Menschen. Denn ihre Träume darf niemand hören! Niemand!

Eine Traumwandlerin bist auch du und sterben wirst auch du bald: Weder die Donovans können dies ändern noch die Schwarzen Reiter.

Nur einer hat Macht über mich, nur der Eine!«

»Valeska, was hast du mit meinem Vater gemacht?«, wollte sie die eiskalte Frau anschreien, aber sie brachte die Worte nicht über die Lippen; hatte nicht die Luft, diese hinauszustoßen.

Und der Traum verschwand jäh mit dem ungeheuren Schmerz, den Nell nun empfand.

Nell wollte vor Schreck aufschreien, aber sie vermochte es nicht, denn eine Hand lag fest über ihrem Mund.

Sie konnte nichts erkennen, denn aus ihren Augen strömten Tränen über den plötzlich aufgetretenen Schmerz, den sie sich nicht erklären konnte.

In ihren Rücken bohrte sich ein Stein, ihr Kopf dröhnte von dem Aufprall, und ein schwerer Körper drückte sie zu Boden und nahm ihr die Luft zum Atmen.

»Was, um Himmels Willen, machst du da, Drake? Wolltest du dich hinunterstürzen? Sag schon!«

Nell erkannte auf einmal Wolfs Stimme.

Was war geschehen, warum riss er sie aus dem Schlaf und tat ihr so weh?

Sie bemühte sich ein Schluchzen zu unterdrücken, und ihre Stimme zitterte, als sie endlich antworten konnte:

»Lass mich los. Du tust mir weh! Lass mich los! Warum hast du mich geweckt?«

Sie schlug wild um sich, um sich von seinem Gewicht und seinen Händen zu befreien und traf ihn voll an der Lippe. Der Schmerz war durch das Tuch gedämpft, aber er spürte, wie seine Lippe taub wurde.

Vorsichtig verlagerte er das Gewicht und setzte sich neben sie. Ihre Hände ließ er zur Sicherheit nicht los.

»Drake, warum bist du weggelaufen?«

Nell verstand zuerst nicht, wovon er sprach, dann brach die Erkenntnis zu ihr durch. Sie war nicht mehr in ihrer Decke im Lager; sie war wieder einmal schlafgewandelt.

Nell stöhnte leise über ihre eigene Dummheit.

Warum hatte sie es Wolf nicht auf dem Ritt heute gesagt? Die Wahrheit war: Sie hatte es einfach vergessen, das Reiten zu lernen war so schön gewesen!

»Wolf, ich wollte es dir sagen, aber ich habe heute nicht daran gedacht. Es ist schon lange nicht mehr vorgekommen. Ich habe so sehr gehofft, es sei vorüber.«

»Was wolltest du mir sagen, Drake?«, kam die Erwiderung in einem erstaunlich sanften Ton.

»Dass ich schlafwandle, Wolf. Es tut mir leid. Ich bin dadurch eine Gefahr für euch.«

»Du träumst anscheinend schauderhafte Sachen, so wie du um dich geschlagen hast?«, fragte er ruhig nach, und Nell spürte, wie auch sie sich langsam beruhigte.

»Ich suche etwas in meinen Träumen, einen Schlüssel zu einer Brücke. Das war schon immer so.«

»Einen Schlüssel zu einer Brücke? Was für eine Brücke?«

Nell schluckte mühsam und überwand sich weiterzusprechen. Sie kam sich so lächerlich vor, ausgerechnet Wolf von ihrem Traum zu erzählen.

»Ich weiß es nicht. Aber heute habe ich den Schlüssel kurz gesehen. Er ist in Wirklichkeit ein riesiger Diamant.

Er war in der Höhle des Sandwurms versteckt, und Valeska hat ihn rausgeholt und mitgenommen. Sie hat gesagt, ich bin ein Traumwandler wie mein Vater. Und Traumwandler sterben früh, weil keiner die Träume hören darf. Das hört sich unsinnig an, nicht wahr. Doch es wirkt so logisch und real, wenn ich es träume«, flüsterte sie leicht verzweifelt.

Sie erschrak, als Owl, der Weiseste der Schwarzen Reiter, zu ihnen trat. Er setzte sich neben sie auf einen Felsen, und Wolf half Nell, sich ebenfalls aufzusetzen.

Sie wischte sich schnell über die nassen Wangen. Was mussten die Männer von ihr denken?

Nun sprach Owl leise, aber mit großem Nachdruck und Nell lief es kalt den Rücken hinunter.

»Traumwandler sind mächtige Leute. Es gibt sie seit vielen Jahrhunderten, und du hast leider recht: Meist sterben sie früh; nämlich dann, wenn der Eiskönig erfährt, dass sie den Schlüsseln zu seiner Brücke auf der Spur sind. Das ist die Brücke, um die es geht, Drake.

Die steinerne Brücke über den See zum Schloss des Eiskönigs. Niemand kann hinüber, weil ein Stück fehlt, und nur die vier Schlüssel können sie vollständig machen.

Wir dachten immer, es handelt sich um herkömmliche Schlüssel, wie wir sie kennen, aber da lagen wir wohl falsch. Deine Träume sind nicht unsinnig, sondern für uns alle von großer Bedeutung, Drake. Zeig ihm den Klumpen, Wolf!«

Wolf fuhr hoch.

»Du denkst, das ist der Abdruck?«

»Möglich, ja. Sogar wahrscheinlich. Zeig ihn her!«

Wolf öffnete seine Jacke und zog eine unförmige Masse hervor.

Der Mond schien mit seinem bläulichen Licht darauf, so dass Nell nicht gleich erkannte, dass es Wachs war.

Der Anführer der Schwarzen Reiter gab ihn ihr vorsichtig in die Hand, das Material war weich und glatt.

»Gib Acht, dass du ihn nicht verformst«, mahnte er sie.

Nell erstarrte, als sie die Größe und Form registrierte.

»Das ist der Abdruck dieses Steins, Wolf, den ich zuvor in meinem Traum sah!«

»Und jetzt hat ihn diese Valeska? Wer ist sie?«

Nell schwieg verunsichert.

Musste sie offenlegen, wer und was sie ist? War sie vielleicht durch diesen Traum nicht mehr so unwichtig, so dass man sie nicht töten oder zurücklassen würde?

Die beiden Männer blickten sich an, und Wolf schüttelte leicht den Kopf. Owl nickte zustimmend.

»Nicht mehr heute, Kleiner. Jetzt nehmen wir drei noch eine Mütze voll Schlaf. Der morgige Weg ist gefährlich und sein Ende nicht weniger!«

Sie schlichen zurück zum Lager.

Nell hinkte leicht und die Kopfschmerzen pochten fürchterlich.

Wolf half ihr, sich hinzulegen, holte seine Decke und ließ sich neben ihr nieder.

»Es tut mir leid, dass ich so grob war und dir wehgetan habe, Drake«, meinte er leise.

Nell kuschelte sich tief in ihre Decke.

»Ich bin selbst schuld, weil ich es nicht erzählt habe. Es geht schon wieder, aber der Boden hier könnte ruhig etwas weicher sein.«

Wortlos zog er aus den Satteltaschen, die neben ihm lagen, einen dicken Pullover. Er hob ihren Kopf vorsichtig an und legte den Pullover darunter.

Nell war sprachlos über diese Freundlichkeit. Hatte er so ein schlechtes Gewissen?

»Danke«, murmelte sie, leicht benommen vor Müdigkeit und Kopfschmerz, dann schlief sie ein.

Wolf sah, dass Owl aufrecht saß und zu ihm herüber sah. Er wollte ihm noch etwas mitteilen, das war Wolf klar, und so ging er leise zu dem Gefährten.

Dieser sah ihn ruhig an, und Wolf fragte besorgt:

»Was ist, Owl? Was behagt dir nicht?«

Der ältere Mann flüsterte leise:

»Drake! Ich habe gehört, Traumwandler seien meist weiblich, Wolf.«

Sein Anführer sah ihn mit ausdrucksloser Miene an, dann nickte er und machte sich auf den Rückweg zu seinem Lager.

Er sah zum Mond hinauf und dachte einige Minuten nach. Wolf legte seine Hand an Drakes Rücken, damit er gleich wach würde, falls dieser nochmal aufstehen würde.

Aber Drake rührte sich nicht mehr, und nun fiel auch Wolf endlich in einen erholsamen Schlaf.

Über die Grenzen

Am nächsten Morgen ging gerade erst die Sonne auf, als Nell erwachte. Sie setzte sich schnell auf und bereute es sogleich, denn der Kopf schmerzte immer noch und in der Schulter, auf welcher sie in der Nacht gelandet war, pochte es.

Sie war die Einzige, die bis jetzt geschlafen hatte. Die Pferde waren bereits gesattelt und fraßen an kleinen Heuhäufchen.

Die Schwarzen Reiter saßen um Wolf und Scorpion herum, die offensichtlich Anweisungen für den Ritt gaben.

Nell stand vorsichtig auf, und Wolfs Blick fiel sofort auf sie. Er nickte ihr zu, sprach aber weiter mit den anderen.

Sie nutzte die Gelegenheit, um hinter den Büschen zu verschwinden, danach säuberte sie ihr Gesicht in einem kleinen Bach, der vom Berg herabkam.

Sie überlegte kurz, dann zog sie trotz des kalten Morgens ihre Jacke und ihr Hemd aus und wusch ihren Oberkörper.

Wer wusste schon, wann sie wieder ein Plätzchen für sich hatte.

Als sie gerade das Hemd wieder über den Kopf zog, hörte sie Tigers Stimme hinter sich.

»Guten Morgen, Drake. Geht es dir besser?«

Nell zog ihre Jacke über das Hemd und drehte sich zu Tiger um.

Dessen Ohren waren etwas rot angelaufen, vermutlich war ihm gerade aufgegangen, dass er ein Mädchen bei der Morgentoilette gestört hatte.

Nell lächelte ihm liebevoll zu.

»Guten Morgen, Tiger. Ja, es geht mir gut und dir?«

Er senkte den Kopf, und Nell spürte seine Zerrissenheit.

»Es war schwer für dich gestern, nicht wahr?«

Tiger seufzte tief auf.

»Sie sind alle so blass und Stevie hat gehustet. Das ist bei einem kleinen Kind ein schlechtes Zeichen. Meistens halten sie dann nur noch einige Monate durch.«

Er schwieg bedrückt, und Nell tat er sehr leid.

»Ich hätte ihn am liebsten über den Zaun geholt. Sie dort zurücklassen, das war furchtbar für mich.«

Nell nickte und legte ihm den Arm um die Schultern.

»Ja, das geht mir selbst schon so, und ich kenne sie gar nicht. Ich habe durch deine Erzählung einen kleinen Einblick in ihr hartes Leben bekommen, und ich hoffe, dass wir sie bald befreien können, wie Wolf es gesagt hat.«

»Das wird nicht so schnell gehen, Drake. Es reicht nicht, die Schlösser zu öffnen und die Leute herauszulassen. Sie fangen sie wieder ein oder stecken einfach andere dort hinunter. Es wird erst ein Ende haben, wenn der Eiskönig keine Edelsteine mehr braucht. Und das wird nicht geschehen!«

In Nell stieg eine furchtbare Wut auf. Weil einer so gierig war, mussten andere leiden.

»Also muss der Eiskönig weg!«

Tiger lachte.

»Ja, das ist das Ziel, Drake. Aber wie das geschehen soll, das weiß niemand. An den Sitai und den Eiswölfen kommt keiner vorbei. Und selbst wenn, kann man nicht zum König hinüberspazieren und ihn töten, denn die Brücke ist unterbrochen. Über das Eis kann man zwar gehen, aber es geht das Gerücht, dass ein Ungeheuer unter dem Eis lebt. Es ist eine Art Riesenhai, der das Eis durchbricht und sich den unvorsichtigen Wanderer holt.«

»Dann muss man die Brücke vervollständigen!«, sagte Nell entschlossen.

Tiger lachte nun etwas spöttisch.

»Tja, das Problem ist, dass man dazu Schlüssel braucht, von denen keiner weiß, wo sie sind!«

»Ich kann sie finden!«, rutschte es Nell heraus.

»Genau diese Worte könnten deinen Tod bedeuten, Drake«, ertönte Wolfs Stimme hinter ihnen.

Er hatte nach Drake gesucht und einen kurzen, unerklärlichen Zorn verspürt, als er ihn mit dem Arm um Tigers Schultern dastehen sah.

Drake fuhr herum und blickte ihn mit aufgerissenen Augen an.

Wolf kam näher und fixierte Tiger mit strengem Blick.

»Diese Worte und was sie bedeuten, wissen nur wir Schwarzen Reiter und Drake. Und es ist für Drake überlebenswichtig, dass es niemand sonst erfährt!«

Tiger nickte eifrig und starrte Nell fasziniert an.

»Ich sage kein Wort, Wolf. Aber warum kann Drake die Schlüssel finden?«

Wolf schwieg, doch Nell antwortete zögernd, nach einen Seitenblick zu ihm:

»Das hat mit meinem Schlafwandeln zu tun, Tiger. Wolf, wenn mein Traum von heute Nacht Wahres zeigt, dann weiß Valeska davon!«

Wolf sah über die Schlucht Richtung *Maroc*.

An seiner Miene war nichts abzulesen.

»Ich weiß, Drake. Sie ist die größte Gefahr für dich! Ich bin mir sicher, sie hat irgendeine Verbindung zum Eiskönig.«

»Was denkst du, was sie mit meinem Vater gemacht hat?«, fragte sie unbedacht.

Wolf sah sie reglos an und Nell überlegte entsetzt, dass er nun fragen würde, wer ihr Vater sei.

Und wusste er bereits, ohne dass sie es ihm gesagt hatte, wer Valeska ist? War ihr Geheimnis über ihre Identität gar kein Geheimnis mehr?

Doch Wolf fragte nichts. Nach einem Moment der unbehaglichen Stille meinte er nur:

»Ich werde mich erkundigen, Drake. Das lässt sich rausfinden, ob er noch in dem Gebäude da unten bei der

Mine ist. Aber jetzt müssen wir zusehen, dass wir weiterkommen!«

Er wandte sich ab und ging zurück zum Lager, und die beiden jungen Leute folgten ihm.

»Er weiß, wer ich bin, er weiß es!«

Da war sich Nell nun absolut sicher.

»Sonst wüsste er gar nicht, nach wem er sich erkundigen muss. Woher weiß er es nur?«

Aber es war jetzt nicht der Zeitpunkt, um nachzufragen.

Nell durfte reiten, und Wolf ging neben ihr her, ohne jedoch nach den Zügeln zu greifen. Dies gab Nell das Gefühl ganz allein verantwortlich zu sein. Sie genoss es in vollen Zügen.

Die meisten der Schwarzen Reiter führten ihre Pferde, denn der Gebirgspfad war eng und steinig. Oft stieg er steil an und fiel dann wieder ab, was den Tieren mit einem schweren Reiter sehr viel abverlangt hätte.

Am späten Nachmittag machten sie noch einmal eine kurze Pause und nahmen eine leichte Mahlzeit zu sich, da sie nicht wussten, was in *Boscano* auf sie zukäme.

Nell und Tiger wurde klar, dass die Schwarzen Reiter unsicher waren. Wolf war wohl der einzige, der bisher Kontakt zu dem Volk, welches in *Maroc* für seine Grausamkeit berüchtigt war, gehabt hatte.

»Denkt daran, sie sind wie wir: Sklaven des Eiskönigs.

Auch sie haben diese Gerüchte über uns erzählt bekommen. Wären wir alle zugleich bei ihnen erschienen, ohne dass sie uns gekannt hätten, hätten sie schon allein aus Angst auf uns geschossen«, erklärte Wolf eindringlich.

»Und du bist dir sicher, dass sie durch deinen Besuch diese Angst verloren haben?«, fragte Lion zweifelnd.

»Also, wenn ich in einem Wald voller Eiswölfe wohnen müsste und es käme einer und stellte sich mir als Wolf vor, wäre er für mich nicht unbedingt Nummer Eins auf meiner Liste der Vertrauenspersonen.«

Die Männer lachten, und Wolf grinste.

»Deswegen habe ich mich auch mit meinem richtigen Namen vorgestellt!«

Die Männer wurden still.

»Wird das von uns erwartet, Wolf? Unsere Namen zu nennen?«, fragte Shark angespannt.

Wolf nickte.

»Ich habe bisher nicht darüber gesprochen, aber die anderen haben mir ebenfalls ihre Namen gesagt, und ich habe ihre Gesichter gesehen. Also wäre es nur fair, wenn wir das gleiche Risiko trügen. Oder seht ihr das anders?«

Nun schwiegen die Männer, und Nell überlief ein Schauder.

Würde sie nun endlich sehen, wer hinter den Vermummungen steckt?

Owl ergriff das Wort und stimmte Wolf zu.

»Für meinen Teil ist das in Ordnung. Wie soll Vertrauen entstehen, wenn man nicht weiß, wem man ins Gesicht sieht?«

»Es ging bei uns bisher doch auch, Owl«, wandte Scorpion ein.

»Wir tragen die Verantwortung für unsere Familien zuhause. Wenn ein neugieriger Rabe unsere Gesichter zum Eiskönig trägt, sind sie dran, und wir sind zu weit weg, um ihnen zu helfen. Das begeistert mich nicht, Wolf!«

»Ich verstehe dich, Scorpion, bei mir ist es nicht anders. Außer meinem Bruder weiß keiner in meiner Familie, dass ich bei den Schwarzen Reitern bin. Der Anführer der *Boscaner*, Matteo, hat mir versichert, dass es bei ihnen keine Raben gibt, und ich durfte mein Tuch auch, bis wir unter den Bäumen waren, anbehalten.

Ich bin mir sicher, dass er es diesmal genauso hält. Matteo ist misstrauisch, aber ein kluger Kopf. Er wird nichts Unsinniges fordern. Ist das für euch in Ordnung?«

Die Männer nickten zögernd.

Wolf erhob sich und kam zu Nell und Tiger.

»Ihr habt es gehört? Für euch ist eure Vermummung nicht von der gleichen Notwendigkeit wie für uns, da eure Gesichter sicherlich unbekannter sind als die unseren.

Ihr werdet möglicherweise den einen oder anderen von uns erkennen. Es wäre wichtig, dass ihr euch das nicht anmerken lasst. Es sähe seltsam aus, wenn unsere Mitreiter über unsere Identitäten erschrecken würden.«

»Warum lasst ihr uns eure Gesichter nicht jetzt schon sehen, damit wir uns daran gewöhnen können?«, fragte Tiger eifrig.

Nell kam Wolf bei der Antwort zuvor.

»Wegen der weißen Raben, Tiger. Die Männer können die Tücher erst im Wald abnehmen, wo keine Raben sind!«

Tiger senkte betreten den Kopf, weil er so wenig nachgedacht hatte.

»Natürlich, wie dumm von mir. Entschuldigt!«

Wolf klopfte ihm lachend auf die Schulter.

»Schon in Ordnung, Tiger. Aber jetzt auf die Pferde. Es geht einen langen Hang hinunter zwischen den Felsen hindurch, dann kommt ein karg bewachsenes Feld ohne viel Deckung, ein paar Bäume und die kleine Ebene.«

Er machte eine kurze Pause und fuhr eindringlich fort.

»Kann sein, dass dort Wölfe auftauchen, dann müssen wir Tempo machen und was das Zeug hält bis zu den *Boscaner*n reiten. Ich hoffe, dass wir genau den Zeitpunkt des Wachwechsels zwischen Raben und Wölfen erwischen, aber es ist knapp, sehr knapp! Also kommt!«

In flottem Schritt ging es nun bergab, der Weg wurde breiter und weicher, und alle saßen wieder auf ihren Pferden.

Es dämmerte bereits, wie geplant, als sie im Tal ankamen.

Neben einem großen Felsblock hielten sie an und stiegen ab. Wolf gab ihnen Zeichen sich ruhig zu verhalten.

So blieb jeder neben seinem Pferd stehen, bereit, eine Hand auf die Nüstern zu legen, um es am Schnauben und Wiehern zu hindern.

Wolf hatte eine Fackel aus seinen Satteltaschen gezogen, welche er nun anzündete.

Nervös sah sich Nell um, aber das Einzige, was zu sehen war, war der dunkle Wald der *Boscaner* nur wenige hundert Meter entfernt.

Der große Felsen verhinderte, dass der Fackelschein bis zu dem Wald mit den Eiswölfen zu sehen war.

Sie warteten ruhig ab, keiner sprach, kein Pferd bewegte einen Muskel.

Da flackerte der Schein einer Fackel im Wald auf der anderen Seite auf.

Wolf gab den leisen Befehl:

»Steigt auf, es ist so weit! Wir reiten in schnellem Schritt, kein Trab, kein Galopp; das hören die Wölfe sofort. Aber ich sage euch ehrlich: Ich glaube nicht, dass sie dreizehn Pferde im Schritt überhören werden.

Scorpion und Shark gehen vorne, Lion und Tiger dahinter. Wir bilden Zweierreihen, dann können sie nicht genau erkennen, wie viele wir sind. Ich mache das Schlusslicht und achte auf den Wald links von uns.

Wenn ich es sage, müsst ihr sofort in voller Geschwindigkeit bis in den Wald hineinreiten. Bei der Fackel beginnt ein Weg, auf welchem ihr runterbremsen könnt, dort passen zwei Pferde nebeneinander. Die Wölfe gehen nur bis an den Rand, danach sind wir also sicher! Bereit?«

Einer nach dem anderen erhob die Hand, und Wolf schwang sich hinter Nell in den Sattel und übernahm die Zügel.

»Lockerbleiben, Drake, lockerbleiben«, mahnte er leise.

Sie reihten sich, wie von Wolf befohlen, auf und ritten los.

Wolf und Nell waren ganz hinten.

Nell blickte ebenso wie Wolf immer wieder nach links zurück, hinüber zum Wald der Eiswölfe.

Sie sah nur Dunkelheit, und sie hatten die Hälfte der Strecke bereits hinter sich gebracht.

Dann erkannte sie kleine rote Lichter, die sich rasch näherten: Die Augen der Eiswölfe!

»Wolf, sie kommen!«, brachte sie mit Mühe heraus.

»Ja, ich sehe sie. Ganz ruhig und die Knie ans Pferd, Drake! Leute, reitet wie der Teufel, die Wölfe kommen!«

Er hatte seinen Schrei noch nicht beendet, da brachen die Wölfe aus dem Wald und Nell holte tief Luft.

Waren das riesige Biester! Die Augen glühten, und sie näherten sich mit durchdringendem Geheul in hohem Tempo.

Sie zwang sich nach vorne zu sehen, als Wolf das Pferd zu einem rasenden Galopp antrieb. So schnell war Nell noch nie geritten, ihre Augen tränten vom Wind, und die Muskeln des Pferdes bebten unter ihren Knien.

Gleichzeitig mit dem Auftauchen der Wölfe hatten Scorpion und Shark ihre Pferde beschleunigt, und die andern schlossen sofort auf. Wie eine große schwarze Wolke jagten sie dahin in Richtung des rettenden Waldes von *Boscano*.

Die Eiswölfe fielen zurück und bevor sie den Wald erreichten, drosselten die Schwarzen Reiter das Tempo, schossen aber dennoch in den Waldweg hinein.

Hier mussten sie die Tiere sehr schnell abbremsen und sahen sich nach ihrem Halt etwa zwanzig Bogenschützen mit gespannten Bögen gegenüber.

Wolf und Nell hatten noch fünfzig Meter vor sich, da blickte Nell zurück, und sah, dass sich die Wölfe zurückzogen.

Wolf ließ das Pferd in einen ruhigen Trab fallen, und sie hatten beinahe den Waldrand erreicht, als ihnen mit einem Satz ein Eiswolf in den Weg sprang.

Wo war er plötzlich hergekommen?

Geduckt, mit fletschenden Zähnen stand er sprungbereit zwischen ihnen und dem sicheren Unterschlupf.

Wolf fluchte, sprang ab und zog sein Schwert.

Auf dem Pferd hätte er nicht ausholen können, weil Nell im Weg saß. Nell kämpfte dagegen mit dem vor Angst zurückweichenden Pferd.

Wolf rief ihr zu:

»Reite in den Wald, treib ihn an, los mach schon!«

Nell war unschlüssig. Sie sah, wie die anderen Wölfe kehrtmachten und zurück auf sie zuliefen.

Wolf versetzte dem Pferd einen Schlag, so dass es in Richtung Wald sprang, und Nell konnte es nicht schnell genug unter Kontrolle bekommen. Sie war froh, dass sie bei diesem Riesensatz überhaupt oben geblieben war.

Da liefen ihr zwei Bogenschützen entgegen und riefen ebenso:

»Reite weiter! Wir übernehmen das, wir helfen ihm!«

Nell ritt in den Weg hinein und wendete sofort das Pferd, um sehen zu können, was mit Wolf geschah.

Der Eiswolf sprang gerade ab, um sich auf Wolf zu stürzen, als dieser mit seinem gestreckten Schwert das riesige Tier in die Brust stieß. Das Raubtier fiel mit einem abgehackten Jaulen zu Boden, zuckte kurz und blieb leblos liegen.

Die beiden Bogenschützen hatten sich neben Wolf postiert und schossen ihre Pfeile treffsicher auf die herannahenden Eiswölfe ab.

Einer nach dem anderen ging zu Boden, der letzte drehte ab und lief unverletzt Richtung Wald davon.

Wolf fluchte. Die Bogenschützen lachten, und der eine schlug Wolf auf die Schulter.

»Na komm, Freund, lass den einen sausen. Das war doch ein guter Schnitt.«

Wolf schüttelte den Kopf.

»Er wird zu Shahatego laufen und es melden.«

»Können die Viecher sprechen?«, fragte der zweite Bogenschütze spöttisch.

Wolf seufzte.

»Hört sich verrückt an, aber ich weiß, dass sie ihm Mitteilungen bringen können. Ich muss eine Taube nach *Maroc* schicken. Vielleicht kann ihn mein Bruder abfangen, wenn er vorbeikommt.«

»Kann er diesen Wolf von anderen unterscheiden?«

»Ja, unsere Wölfe wagen sich aus gutem Grund nicht auf die Ebene. Und dort muss er vorbei, wenn er auf diesem Weg über die Furt zum Eiskönig will.«

Die beiden sahen ihn abschätzend an.

»Dann komm erst einmal weiter. Deine Taube kannst du in fünf Minuten auch noch schicken, sie ist weitaus schneller als der Wolf!«

Wolf nickte und folgte den beiden Bogenschützen auf dem Weg hinein in den Wald.

Nell stand ganz vorne auf dem Weg, das Pferd am Zügel, und Wolf konnte sehen, wie die Hand, die den Zügel hielt, zitterte.

»Alles in Ordnung?«, fragte sie leise.

Er nickte und wandte sich den beiden Männern zu.

»Einen kleinen Moment, wir folgen euch gleich.«

Die beiden nickten und gingen auf die Schwarzen Reiter und ihre Freunde zu.

Nell sah Wolf mit großen Augen an.

Er blickte an ihr vorbei zu seiner Kampftruppe, dann sah er Nell in die Augen.

»Es ist Zeit, die Tücher abzunehmen, und mir ist lieber, die Boscaner sehen deine Reaktion an deinem Gesicht nicht, wenn ich es tue!«

Nell schluckte. Ihre Kehle war wie ausgedörrt.

Was meinte er damit? Sah er so furchterregend aus?

Er zögerte kurz, als hätte er Angst vor ihrer Reaktion.

»Wir hatten keinen guten Start, und ich wollte dir Zeit geben, das in *Maroc* Geschehene zu verarbeiten, deswegen habe ich dir mein Gesicht bisher nicht gezeigt. Es hat nichts, rein gar nichts, mit mangelndem Vertrauen zu tun oder mit Betrug. Ich möchte, dass du das weißt, Nell!«

Und während Nell noch versuchte, das Gesagte zu begreifen und zu registrieren, dass er sie mit ihrem richtigen Namen angesprochen hatte, fiel das Tuch und sie sah in Shanes gutaussehendes dunkles Gesicht.

Ihr Gehirn fühlte sich an wie leergefegt! Ihre Augen waren weit aufgerissen, und der Mund stand ihr offen.

Shane strich ihr mit der Hand über die Wange und sagte sanft, mit einem leichten Lächeln:

»Ungefähr so habe ich mir deine Reaktion vorgestellt. Es tut mir leid, dass es so ein Schock für dich ist. Wir sprechen später in Ruhe darüber, aber jetzt würde ich dich bitten, dich zusammenzunehmen, wenn wir zu den anderen gehen. Sie warten auf uns, Nell. Komm!«

Er legte ihr die Hand auf die Schulter und sah ihr eindringlich in die Augen.

»Wird es gehen? Schaffst du es, Nell?«

Nell nickte langsam, während ihr Herz raste.

»Gut, dann komm!«

Er drehte sich um, und sie folgte ihm wie ferngesteuert zu den anderen.

Diese begannen im gleichen Augenblick die Tücher abzunehmen und sich vorzustellen.

Nell jedoch bemerkte das fassungslose Gesicht von Tiger, der Shane erkannte: seinen Lebensretter!

Und als sie selbst ihr Tuch abnahm, bekam der eine oder andere der Schwarzen Reiter große Augen.

Owl sah Shane mit hochgezogenen Augenbrauen an, dieser grinste zurück und sagte leichthin:

»Später!«

Der Ältere nickte, dann schüttelte er kurz darauf ungläubig den Kopf.

Nell nahm allmählich ihre Umgebung wieder richtig wahr und verdrängte jeden Gedanken an Shane und seine Tarnung.

Owl und Scorpion hatte sie in *Maroc* schon auf der Straße getroffen, auch wenn sie ihre Namen nicht kannte.

Lion und Python hatte sie auf dem Markt gesehen:

Lion war ein Schmied und Python hatte einen Stand mit Lederwaren mit einem jungen Mann zusammen, der vermutlich sein Sohn war.

Eagle hatte mit Jim Ferney in der Bank gearbeitet.

Die anderen Gesichter waren ihr unbekannt, doch sie hatte von *Maroc* ja noch nicht allzu viel gesehen.

Man merkte den Männern ihre Sorge an, und der Bogenschütze, der Shane zu Hilfe geeilt war, sprach sie darauf an.

»Männer der Schwarzen Reiter, ich verstehe Euer Unbehagen, Eure Tarnung hier bei uns aufgeben zu müssen. Aber eine gute Zusammenarbeit ist nur möglich, wenn man sich dabei ins Gesicht schauen kann, besonders wenn man sich nicht kennt.

Ihr habt einen grausigen Ruf, so wie wir anscheinend bei Euch auch. Ein geschickter Schachzug des Eiskönigs, um Bündnisse gegen ihn zu verhindern.

Mein Name ist Matteo, und ich heiße Euch im Namen meines Volkes hier in *Boscano* willkommen. Wenn es Euch recht ist, essen wir jetzt etwas, und ich zeige Euch, wo Ihr ruhen könnt. Morgen führen wir Euch durch *Boscano,* und dann besprechen wir Weiteres.«

Er sah sie alle freundlich, aber abschätzend an.

Matteo war ein hochgewachsener Mann, nur wenig älter als Shane. Und er besaß ein gutaussehendes Gesicht mit scharfen Zügen.

Alle *Boscaner* hatten mehr oder weniger braunes Haar, etwas heller als Nells, zumeist glatt, waren schlank und nicht allzu klein.

Die Schwarzen Reiter folgten Matteo weit hinein in den Wald mit den riesigen Bäumen bis zu einem Lagerfeuer.

Dort war für ihre Pferde eine Koppel abgesteckt worden, und sie nahmen ihren Tieren Sättel und Zaumzeug ab und versorgten sie.

Dann ließen sie sich an großen Tischen am Feuer nieder und Nell sah hinauf, als sie Geräusche hörte.

Sie traute ihren Augen nicht, und ihren Gefährten erging es nicht anders.

»Das gibt es doch nicht, eine Stadt in den Bäumen!«, dachte sie sprachlos.

Als sie sich umsah, erkannte sie Treppen, die um die Baumstämme herum nach oben führten.

Nur auf den unteren vier Metern waren statt der Treppen Leitern aufgestellt, die man nach oben ziehen konnte. Damit konnten Eindringlinge nicht in die Bäume gelangen.

Allzu viel war nicht zu erkennen, denn von unten sah man hauptsächlich Bretter und Bohlen, große Plattformen und Hängebrücken zwischen den Bäumen.

Außerdem war es inzwischen beinahe dunkel geworden.

Nell hörte leises Kichern, und als sie noch einmal hinaufblickte, erkannte sie drei Kindergesichter, die neugierig zu ihr hinuntersahen.

Sie winkte, und die drei verschwanden blitzartig.

Nells Blick suchte Shane, fand ihn aber am Feuer nicht.

Sie blickte umher und sah ihn bei den Pferden stehen.

Er hielt eine Taube in den Händen und befestigte etwas an ihrem Bein. Daraufhin hob er sie vorsichtig hoch und ließ sie los. Sie flatterte hin und her, erhob sich und stieg rasch durch die Baumkronen hindurch und war verschwunden.

Shane sah ihr noch kurz nach, dann wanderte sein Blick durch diesen seltsamen Wald.

Die Bäume waren Riesen mit knorrigen Wurzeln, die sich am Waldboden über mehrere Meter erstreckten. Sie hatten unten keinerlei Laub, einen Stamm, der wie glatt poliert aussah und oben, in mindestens zwanzig Metern Höhe, dichte Kronen.

Viel Licht fiel wohl auch am Tag hier nicht bis zum Boden herein.

Shane kam zu Nell hinüber und setzte sich neben sie.
»Alles o.k.?«, fragte er sie leise.
Nell nickte und lächelte ihn mühsam an.

Es fiel ihr noch schwer, Wolf und Shane in Einklang zu bringen: der fürsorgliche, schweigsame Rebell und der egoistische, aufbrausende junge Mann, der ihr Verlobter gewesen war.

Siedend heiß fiel ihr ein, dass er nichts davon wusste, dass sie die Verlobung gelöst hatte. Sie hatte den Zettel auf das Bett gelegt, an dem Abend, an dem sie beide *Maroc* verlassen hatten.

Wie sollte sie ihm das sagen?

Jetzt, nachdem er sie gerettet hatte und sie beschützte!

Sie verschob ihre Entscheidung auf irgendwann und blickte neugierig umher, um sich abzulenken.

Es waren nur Männer zu sehen, die Essen, Wein und Wasser auf die Tische stellten; keine Frauen oder Kinder.

Nell sah Shane fragend an, ob ihm das auch aufgefallen war. Er grinste, und sie war erstaunt, dass er ihre Gedanken erraten hatte.

»Sie warten ab, was für Männer wir sind. Würde ich nicht anders machen, und ich hoffe, dass sie nicht gleich merken, dass du ein Mädchen bist!«

Shanes Hoffnung war umsonst, als sich Matteo neben ihm niederließ und mit seiner rauchenden Pfeife grinsend auf Nell zeigte:

»Ich hätte nicht gedacht, dass die Schwarzen Reiter so gefährliche Mitglieder wie junge Mädchen haben?«

Er lächelte sie an, und Nell lächelte spontan zurück und erwiderte schlagfertig: »Ich übe noch, aber Täuschung ist wichtig.«

Er lachte, und auch Shane musste grinsen.

Ehrlich antwortete er: »Es ging nicht anders: Nell ist meine Verlobte und war in *Maroc* in Gefahr!«

Nell versuchte ihre Überraschung zu verbergen.

Dass er dies so offen verkünden würde, hätte sie nicht gedacht. Tja, dann sollte sie den Inhalt ihres Briefes wohl momentan besser für sich behalten!

Matteo nickte beifällig und zog an seiner Pfeife.

Süß-würziger Duft schwebte zu Nell, und sie atmete ihn tief ein.

Matteo schob ihr einen Teller hinüber und sagte:

»Gute Idee, sie mitzunehmen und zu vermummen, da ist sie wohl bisher unauffällig mitgelaufen.

Esst jetzt etwas, und dann gehen wir nach oben.

Unser Leben spielt sich hauptsächlich in den Baumwipfeln ab, denn im Laufe der Nacht sind hier auch Wölfe unterwegs, keine Eiswölfe!«, fügte er schnell noch hinzu, als er Nells entsetzten Blick sah.

Diese dachte daran wie »Wolf« sie damals geneckt hatte, als sie in den Wald vor ihrem Sommerlager eingeritten waren. »Nur ganz kleine Wölfe« hatte er damals gemeint.

»Was ist mit den Pferden?«, fragte Nell besorgt.

»Wir haben Wächter für sie, seht nur!«

Nell wäre beinahe vom Stuhl gefallen und den anderen Schwarzen Reitern ging es genauso.

Nur Wolf zeigte keine Reaktion, vermutlich hatte er diese Kreaturen schon bei seiner letzten Anwesenheit hier gesehen.

Diese Wächter waren riesige Vögel:

Größer als Geier, mit Schnäbeln wie die eines Adlers und Klauen wie …

Nell konnte sich kein Tier mit solchen Klauen vorstellen. Sie schluckte. Es waren zwei von ihnen, und die Pferde schnaubten und wieherten ängstlich.

»Seid ihr sicher, dass diese Viecher unsere Pferde nicht vor den Wölfen zerfleischen oder einfach mit ihnen davon fliegen?«, fragte Lion beeindruckt.

Die Männer *Boscanos* lachten.

»Ganz sicher. Das sind Wolfsgeier, und der Name sagt Euch, was sie am liebsten fressen.

Wenn kein Wolf vorbeikommt, suchen sie sich einen. Deswegen wagen sich auch die Eiswölfe sonst nie so nahe an unseren Wald heran. Ich denke allerdings, dass die Wolfsgeier für heute satt sind, bei dem Festmahl, das wir ihnen da draußen vorgelegt haben«, erklärte ein breit gebauter Mann mit dichtem Bart, der sich als Bruneo vorgestellt hatte.

Außer ihm saßen nur noch fünf weitere *Boscaner* mit an den Tischen, die anderen waren inzwischen über eine Leiter nach oben verschwunden.

Nell versuchte die Namen, die zuvor genannt worden waren, zuzuordnen. Aber nachdem sie auch die Namen ihrer eigenen Leute neu lernen musste, fiel ihr das schwer.

Da gab es neben Matteo und Bruneo den kleineren Nardo, einen jungen, muskulösen Mann, dann Davos, den Ältesten in der Runde, der bisher kein Wort von sich gegeben hatte und alles ruhig beobachtete.

Nells Blick fiel auf zwei Männer, die sich glichen wie ein Ei dem anderen. Sie waren ganz anders wie die dunklen *Boscaner*; hellhäutig und blond. Sie hatten blaue Augen und hießen Ruvi und Molino. Nell hatte sie wohl zu deutlich angestarrt, denn sie grinsten sie an, standen auf und deuteten Verbeugungen an.

Nell wurde rot, und Shane runzelte die Stirn.

Matteo lachte, dies schien er seinen Augenfältchen nach, häufig zu tun.

»Ruvi, Molino: Die junge Dame hier ist Nell, sie ist Shanes Verlobte, also lenkt eure Aufmerksamkeit besser wieder aufs Essen!«

Zu Nell gewandt meinte er: »Sie wollten nicht aufdringlich sein, bitte entschuldigt ihr Benehmen. Aber wir haben außer Euch noch keine anderen Menschen gesehen, geschweige denn hübsche Mädchen mit solch großen Augen und langen Wimpern.«

Nell wurde noch röter, und Shane sah sie abschätzend an, als sähe er sie das erste Mal und bemesse ihren Wert.

Nell dachte an die blonde Gillian und spürte den Zorn heraufsteigen. Es hatte sich nichts geändert. Wolf hatte sich wieder in den überheblichen Shane zurückverwandelt.

Shane blickte ihr in die blitzenden Augen und überlegte überrascht, womit er ihre Wut erregt hatte.

Er hatte doch nur gedacht, dass es leider erst der Beachtung eines anderen Mannes bedurft hatte, dass ihm die schönen Augen und die langen Wimpern seiner Verlobten aufgefallen waren. Hatte sie dies tatsächlich gespürt?

Er legte ihr entschuldigend die Hand auf den Arm, aber sie riss ihn weg und murmelte wütend:

»Als vermummter Wolf warst du mir lieber!«

Shane erstarrte.

War das ihr Ernst? Wo war denn der Unterschied für sie? Er war der gleiche Mann, ob Shane oder Wolf, vermummt oder nicht.

Nell sah ihn nicht mehr an, sondern begann zu essen, und Shane folgte ihrem Beispiel, denn er war sich der beobachtenden Blicke der *Boscaner* bewusst.

Die Männer unterhielten sich über die verschiedenen Lebensweisen ihrer Völker, und Nell hörte mit gespitzten Ohren zu.

Sie konnte sich nicht vorstellen, wie man die kalten Winter in den Bäumen überleben konnte und war sehr gespannt auf die Wohnungen dort oben.

Kurz darauf war es soweit:

Die Männer räumten die Reste in einen Korb, der an einem Seil nach oben gezogen wurde.

Die Teller und Becher trugen die Zwillinge in einem Korb zu einem Bach, der sich gleich hinter der Pferdekoppel befand, und Nardo ging, wohl als Begleitschutz, mit.

Matteo zeigte auf die Leiter gleich am nächsten der Bäume und meinte höflich:

»Wenn jemand damit Probleme hat, hier hochzuklettern: Wir können eine kleine Plattform herablassen und denjenigen bis zur Treppe hochziehen. Wie sieht es mit Euch aus, Nell?«

Nell sah weniger ein Problem beim Klettern über die Leiter, als vielmehr in diese gewaltige Höhe hinaufzusteigen.

Sie schüttelte den Kopf.

»Danke, Matteo, es wird schon gehen.«

Shane war hinter ihr auf der Leiter, bereit sie aufzufangen, sollte sie abrutschen.

Sie kletterte jedoch ohne Probleme flink hinauf und ließ sich von Matteo auf die erste, etwas breitere Stufe der Treppe helfen.

Aber auch Owl, der sich durch sein Hinken beim Gehen schwer tat, verzichtete darauf, sich hochziehen zu lassen und schaffte es ebenfalls allein.

Die Treppe war einen halben Meter breit, und auch große Männerfüße fanden genügend Trittfläche auf jeder Stufe, um ganz auftreten zu können.

Etwa alle zwei Höhenmeter waren Laternen in einigem Abstand vom Stamm angebracht, die genug Licht gaben.

Daher stieg Nell ohne Zögern weiter nach oben, bis sie dummerweise dazwischen ein Blick rundum wagte. Stocksteif blieb sie stehen.

Sie waren kurz unterhalb der dichten Baumkronen.

Die Stämme waren von riesigem Durchmesser und ganz glatt, kein Ast befand sich zwischen den Stufen.

Sie erkannte, dass es noch zwei weitere Bäume in Sichtweite gab, an denen Treppen nach oben führten.

Was für eine Arbeit mochte dies gewesen sein?

Und die Gefahr dabei abzurutschen und so tief zu fallen!

Sie blickte nach unten und erschauderte.

Die Pferde wirkten wie Spielzeug und die Flammen des Feuers wie ein Kerzenflackern.

Im selben Augenblick fühlte sie Shanes Hand an ihrem Ellbogen.

»Mir ist nicht wohl dabei, dich in dieser Höhe zu haben, Nell, du turnst zu gerne herum. Sei bitte vorsichtig!«, spürte sie seinen Atem an ihrem Ohr.

Sie hob den Blick und sah ihn prüfend an.

Sein Gesichtsausdruck zeigte keinen Spott, nur seine Sorge um sie, und daher nickte Nell folgsam.

Dann tauchten sie in die Baumkronen ein und waren nach wenigen Metern ganz oben angekommen.

Nell traute ihren Augen nicht.

Es war, als stünden sie in einem Wald. Aber dieser Wald war nicht dunkel, feucht und unheimlich.

Holzhütten aus dicken Bohlen standen um eine Lichtung, die von bestimmt vierzig Kerzen erhellt war.

Schlingpflanzen wanden sich mit wunderschönen Blüten um die Äste der Baumriesen.

Aus Holztöpfen wuchsen neben bunten Blumen Dinge, die Nell noch nie gesehen hatte:

Kleine Rote, längliche Grüne, sowie große Kugeln in verschiedenen Farben, und sie nahm an, dass dies Gemüse ist.

In *Maroc* wuchs weder Obst noch Gemüse.

Gelegentlich konnte man auf dem Markt Mais und Kartoffeln aus *Lilas* oder Äpfel und Pflaumen aus *Djamila* kaufen, aber Gewächse wie diese waren auf dem Markt in *Maroc* unbekannt.

Dann erhob sie den Blick und sah die Menschen *Boscanos*.

Viele standen neben den Hütten: Männer, Frauen und Kinder.

Hinter der Lichtung führte eine Hängebrücke aus Holzbohlen an Stricken zu den nächsten Bäumen mit weiteren Hütten, und auch von dort sahen Menschen zu ihnen herüber.

Eine komplette Stadt war in diesen Baumkronen versteckt!

Matteo streckte eine Hand aus, und eine Frau trat auf ihn zu und reichte ihm die ihre. Lächelnd stellte er sie den Maroconern vor:

»Das sind meine Frau Grazia und meine Tochter Mandia, die noch etwas schüchtern ist. Komm, zeig dich, Süße.«

Hinter Matteos Frau lugte ein kleines Mädchen hinter dem Rock der Mutter hervor. Matteo packte sie und nahm sie auf den Arm. Sie versteckte ihr Gesicht scheu an der Brust des Vaters.

Grazia sah die Maroconer neugierig an und lächelte zurückhaltend. Sie war vermutlich vier bis fünf Jahre älter als Nell.

Das Mädchen dachte bewundernd: »Was für eine schöne Frau!«

Dunkle Locken waren kunstvoll hochgesteckt und mandelförmig geschnittene Augen strahlten in hellem Blau. Ein seltsamer Kontrast!

Das kleine Mädchen, Mandia, sah ihr unglaublich ähnlich und würde sicher auch bald eine Schönheit werden.

Shane trat einen Schritt nach vorne und verneigte sich vor Grazia.

»Ich freue mich, Euch kennenzulernen, Grazia. Mein Name ist Shane, das hier sind meine Verlobte Nell und meine Männer.«

Er zählte die Namen auf, und Nell versuchte wieder, diese mit den bekannten Tarnnamen in Einklang zu bringen.

Tiger hieß Tyler, Lion war Will, der listige Scorpion war Clinton, und der weise Owl hieß eigentlich Merlin.

Aus dem dünnen Snake wurde Josh und aus dem hochgewachsenen Shark Warrick.

Der grauäugige Eagle stellte sich als Kent vor, und Python hieß im normalen Leben Reed.

Nell seufzte innerlich. Das würde dauern, hatte sie doch gerade erst die anderen Namen gelernt.

Grazia neigte den Kopf und sagte mit leicht rauchiger Stimme:

»Wir heißen Euch von Herzen willkommen, Maroconer, und freuen uns, dass wir nun Verbündete haben werden. Ich hoffe, das Essen hat Euch geschmeckt? Dann werde ich Euch zu Euren Unterkünften bringen. Sie sind bequem und warm, Ihr werdet jedoch zusammenrücken müssen, denn wir hatten noch nie Gäste. Da uns Shane Eure Ankunft angekündigt hatte, konnten wir allerdings etwas vorbereiten. Kommt bitte hinüber zu den nächsten Bäumen.«

Nell war in Versuchung die Augen zu schließen, als sie die schwankende Hängebrücke betrat.

Aber die kleine Mandia wählte genau diesen Augenblick, um ihr Gesicht zu heben und über die Schulter ihrer Mutter hinweg direkt in Nells Augen zu schauen.

Nell konnte ihren Blick nicht von dem lieblichen Gesicht lassen, was sie von ihrer Angst vor der Brücke ablenkte.

Grazia schritt hinüber, als sei es eine Straße, sie hielt sich nicht einmal fest.

Es waren Seile in Hüfthöhe angebracht, aber Nell schauderte bei dem furchtbaren Gedanken, das Kind könne sich losreißen und hinunterfallen, zwischen den Stricken hindurch.

Shane ging knapp hinter ihr, jederzeit bereit sie zu stützen, sollte ihr schwindlig werden.

Nell hielt ihre Hände über den Seilen, nutzte die Möglichkeiten zum Festhalten jedoch nicht. Sie folgte Grazia ohne jedes Zögern bis zur nächsten Plattform.

Grazia drehte sich um und lächelte sie an.

»Jetzt weiß ich, warum du mit den Männern unterwegs bist, Nell. Du bist ein ausgesprochen mutiges Mädchen!«

»Das ausgesprochen gerne in unsicheren Höhen umherklettert«, dachte Shane bei sich, wagte es aber nicht dies auszusprechen.

Er spürte, dass der Waffenstillstand zwischen ihm und Nell auf sehr wackligen Füßen stand.

»Warum auch immer! Ich glaube nicht, dass es nur wegen Gillian ist. Was habe ich ihr sonst noch getan, außer sie aus *Maroc* mitzunehmen?«, sinnierte er grimmig.

Grazia teilte Josh, Warrick und Reed die eine Hütte und Will, Merlin und Kent die zweite Hütte zu.

Nun sah sie Shane fragend an.

»Von Eurer Verlobten habt Ihr damals nichts gesagt, Shane. Wie ist es Euch denn angenehm? Ist es bei Euch üblich, die Verlobten zusammen unterzubringen? Dann lasse ich eine weitere Matratze zu Euch und Tyler hineinlegen. Oder möchte Nell bei Mandia schlafen?«

Bevor Nell noch erleichtert erwidern konnte, dass sie gerne bei Mandia schlafen würde, kam ihr Shane zuvor.

»Eigentlich ist es nicht üblich, Grazia. Da Nell sehr unruhig schläft, wäre es mir lieber, sie in meiner Nähe zu haben. Auch für Mandia ist das sicher besser. Und Ty kann auf mich aufpassen, dass ich brav bleibe«, zwinkerte er dem

Jungen zu, der wieder einmal rote Ohren bekam, aber grinsend nickte.

Ohne darauf einzugehen, wandte sich Grazia erneut Nell zu.

»Ist das für dich in Ordnung, mein Kind?«

Nell wusste, sie kam nicht aus.

Und sie wusste ebenfalls, das Shane nicht Unrecht hatte. Nicht auszudenken, sie schlafwandelte und erschreckte die Kleine dabei.

Nell nickte und lächelte Grazia an.

»Es wäre sehr nett, wenn Ihr für mich noch eine Matratze in Shanes und Tylers Hütte legen könntet. Wobei es sicher bei Mandia viel schöner wäre. Oder schnarchst du auch schon, du süße Maus?«, schäkerte sie mit dem kleinen Mädchen, das sie mit großen, blauen Augen ansah und nun lachend den Kopf schüttelte.

Grazia lachte ebenfalls und meinte:

»Gut, ich organisiere das gleich, Nell. Aber du bist uns jederzeit willkommen, wenn es dir hier zu laut wird. Kommt bitte morgen früh alle einfach wieder hinüber. Wir essen normalerweise immer hier oben, das Abendessen heute war eine Ausnahme, damit wir hier in Ruhe für Euch herrichten konnten.«

Shane dankte ihr lächelnd und fügte hinzu: »Bitte entschuldigt, dass wir Euch solche Umstände machen, Grazia.«

Matteos Frau schüttelte abwehrend den Kopf.

»Das sind doch keine Umstände, Shane. Ihr nehmt die große Gefahr auf Euch, zu uns zu kommen. Das ist uns allen bewusst und wir hoffen und fürchten zugleich, dass dies die Zukunft verändern möge. Nun schlaft gut.«

»Gute Nacht«, erwiderten Nell, Ty und Shane. Nell stand wieder der Angriff der Wölfe vor Augen und sie konzentrierte sich auf *Boscano*, um sich abzulenken.

Sie konnte im Dunkeln die Ausmaße der Waldstadt nicht erkennen, doch etwa fünf Baumriesen oder fünfzig Meter weiter schien ein kleines Feuer zu lodern und sie sah eine Gestalt daneben sitzen.

»Ist das nicht sehr gefährlich, hier oben ein Feuer anzuzünden, Shane?«, fragte sie leise. Shane nickte nachdenklich.

»Ja, das würde ich auch so sehen. Aber sie sind die Waldspezialisten, sie werden wissen, was sie tun.«

Während sie umhersahen, kam die Matratze für Nell, und Grazia bot dem Mädchen am nächsten Morgen ein Bad an.

»Ein Bad? Wo kann man denn hier baden, Grazia?«, fragte Nell perplex.

»Wir haben eine Hütte, in welcher wir das Wasser, das wir hier überall in den Baumkronen sammeln, hinleiten. Dort gibt es Rohre und ein großes Behältnis. Wir können es aufwärmen und in eine Wanne leiten oder uns darunter stellen und es kalt über uns laufen lassen.

Was wir nicht benötigen, wird nach unten zu den Pferden geleitet oder zum Waschen verwendet, und alles verschmutzte Wasser fließt in einem anderen Rohr hinunter in eine Grube. Ebenso funktionieren die Toiletten. Trinkwasser zapfen wir aus einer Quelle aus den Felsen. Hier haben wir Rohre in einer Länge von mehreren hundert Metern verlegt.«

»Das ist unglaublich viel Arbeit, Grazia, so etwas zu schaffen«, meinte Shane bewundernd.

»Ja, aber dafür ist uns unser Wasser gewiss und es ist rein. In Euren Städten, sagtet Ihr, sind die Häuser aus Stein. Hausbau ist bei uns wieder einfacher, denn Holz ist leichter zu bearbeiten als Stein.«

Shane nickte zustimmend.

Ja, die Steinhäuser *Maroc*s zu bauen dauerte Jahre. Dafür sind sie feuerbeständig. Das Wasser von *Maroc* wurde ebenfalls durch Bambusrohre, die im Wüstensand eingegraben waren, um sie vor Verdunstung und Gefrieren zu schützen, in die Stadt geleitet. Es kam von einer nahegelegenen Oase, die nur von einem Wächter geschützt wurde.

Shane hatte sich schon oft gedacht, dass der Weg der Rohre von der Oase bis *Maroc* zu lang war, um das Wasser vor Angriffen oder Vergiftungen zu schützen. Hier konnte jedoch wegen der Eiswölfe keine Wache halten.

Die Nacht verlief ohne Störungen, sowohl Tyler als auch Nell schliefen ruhig und traumlos.

Am nächsten Morgen nach einen Frühstück mit allerlei Obst, das ihr von Grazia benannt wurde, genoss Nell ein warmes Bad in der Badehütte der *Boscaner*. Die Männer stellten sich anschließend kurz unter das kalte Wasser.

Tyler und Shane kletterten hinunter und versorgten die Pferde.

Als sie wiederkamen, führte sie Matteo durch die Waldstadt.

Nell und Shane gingen mit ihm voran, die anderen Mitglieder der Schwarzen Reiter folgten staunend.

Boscano war deutlich größer als sie vermutet hatten.

Es gab mindestens fünfzig Plattformen mit je drei bis vier Hütten. Auf jeder Plattform lebte eine Großfamilie.

Wenn es Zuwachs gab, wurde angebaut. Falls die angrenzenden Möglichkeiten bereits ausgeschöpft waren, musste sich die Familie zerstreuen.

Immer wieder blieben sie stehen, um zu schauen oder etwas zu berühren, was sie noch nie zuvor gesehen hatten.

Matteo erzählte stolz: »Wir sind hier 45 Familien und insgesamt 230 Personen. Jede Familie baut ihr eigenes Obst und Gemüse im Sommer an. Dann haben wir Plantagen mit Gewächsen, die man trocknen oder anders haltbar machen kann wie zum Beispiel Kürbisse, Bohnen, Tomaten. Denn im Winter erfriert hier natürlich auch alles.

Auf den Plantagen arbeiten hauptsächlich die Frauen. Die kleinen Kinder werden in einer großen Hütte betreut, die älteren haben eine Hütte, in der sie unterrichtet werden.

Das hier ist unser Gemeinschaftsraum, in dem wir uns bei schlechtem Wetter oder im Winter treffen.«

Nell hatte das Gefühl, nie wieder zu der Hütte von Grazia und Matteo zurückfinden zu können. So viele Hütten, Plattformen und Hängebrücken!

Sie war sich sicher, dass sie alle etwas Einzigartiges besaßen, war aber nicht imstande dies zu erkennen. Für sie sah alles gleich aus.

Nach der Gemeinschaftshütte, die zwischen etwa zehn engstehenden Bäumen hineingebaut worden war und sehr massiv und auch wärmegedämmt wirkte, besichtigten sie noch die Plantage, die sich ebenfalls auf einer riesigen Fläche befand.

Owl fragte fasziniert:

»Holt Ihr Euch Erde hierauf, Matteo? Wird das nicht alles viel zu schwer?«

Matteo nickte.

»Das war ein Problem zu Beginn. Wir haben geforscht und viele Versuche gemacht und nun einen Ersatz gefunden, der leichter ist und sogar Wasser speichern kann. Er beinhaltet Kokosfasern, die dafür sehr gut geeignet sind.«

Shane erkundigte sich neugierig:

»Und wo bekommt ihr die Kokosfasern her?«

Matteo sah ihn fragend an: »Habt ihr keine Tauschgeschäfte mit *Djamila*?«

Shane nickte verstehend: »Doch, wir beziehen Obst und Gemüse aus dem Dschungelland und Getreide, Fleisch und Kartoffeln aus *Lilas*. Dafür müssen wir Edelsteine und Salz an den Eiskönig geben. Davon geht vermutlich nur das Salz an die beiden Länder weiter. Und soweit wir informiert wurden, läuft es mit Holz und Kräutern von Euch genauso.«

Matteo bestätigte dies.

»Ja, Salz von Euch, Kartoffeln und Getreide von *Lilas* und Gewürze und Flechtwaren aus *Djamila*. Obst und Gemüse können wir ja selbst anbauen und Fleisch essen wir wenig. Ab und zu jagen wir ein Kaninchen oder Reh.

Das Holz ist unser großer Lieferposten, denn es wächst nur hier. In *Djamila* gibt es wohl Palmen und Lianen, aber die Hölzer der Urwälder sind schwer zu bearbeiten. Die Büsche von *Lilas* taugen nur zum Feuer machen, nicht um Häuser oder Möbel zu fertigen. Und *Maroc* hat nur Palmen, wenn ich mich nicht irre?«

Lion nickte mit gerunzelter Stirn.

»Ja, ohne unsere Stollen und Minen wären wir das Land mit den wenigsten Naturgaben. Erstaunlich, dass sich die Natur dies so aufgeteilt hat«, überlegte er.

Nell widersprach, ohne lange nachzudenken:

»Das soll der Natur eingefallen sein? Das glaube ich nicht! Was auch immer ich über die Natur gelesen und gelernt habe, zeigt, dass sie alles umfassend organisiert. Für jeden ist alles da: Nahrung, Wasser und was man zum Überleben braucht. Aufgeteilt in diese vier Länder hat dies nie und nimmer die Natur. So etwas fällt nur dem Menschen ein!«, redete sie sich in Rage.

Ihre Wangen glühten und die Augen blitzten, während sie die Hände bewegte, um das Gesagte zu unterstreichen.

Shane sah sie lächelnd an und dachte:

»Sie sieht aus wie ein niedlicher, kleiner Kobold mit diesen wuscheligen Haaren, und wie sie sich so ereifert.«

Matteo dagegen war das Lachen kurzzeitig vergangen. Nachdenklich blickte er Nell an.

»Wenn es nicht einem Menschen eingefallen ist, denn dafür haben wir viel zu wenig Bewegungsfreiheit, dann vielleicht einem Eiskönig! Du bist ein kluges Kind, Nell.«

Nell erwiderte hitzig: »Ich bin kein Kind, Matteo!«

Matteo verbeugte sich entschuldigend und Nell bemerkte, dass Shane sich wieder über sie amüsierte:

»Und du bist nicht immer so klug, wie du meinst, Shane. Also hör auf, dich über mich lustig zu machen!«

Sie schubste ihn wütend zur Seite und lief ihnen voraus zur nächsten Plattform.

Dann wandte sie sich nach links und rechts und überlegte: Links war noch eine Plattform, von welcher eine Treppe nach unten führte. Dort waren Axtschläge und Sägen zu hören.

Rechts ging es wieder zurück zu den Plattformen mit den Hütten der Boscaner.

Geradeaus führte ein schmaler Steg, gerade einen Fuß breit, aber mindestens fünf Meter lang, auf eine kleine Plattform mit einer Hütte, die nur Raum für eine Person bieten konnte.

Davor brannte ein Feuer und eine Gestalt saß daneben.

Nell blickte nach rechts zurück und sah, dass die Hütte, in der sie schliefen, in Sichtweite war. Also waren dies das Feuer und die Gestalt, die sie gestern Abend schon gesehen hatte.

»Die Person, die hier wohnt, musste sehr trittsicher sein, dass sie über diesen schmalen Übergang gehen kann«, dachte das Mädchen beindruckt.

Nell hörte Matteos erklärende Stimme von hinten nahen:

»Links geht es hinunter. Dort zeige ich Euch unsere Hauptarbeit: das Holzmachen.«

Die Schwarzen Reiter kletterten vorsichtig Stufe und Stufe hinab, Shane jedoch zögerte noch, da sich Nell nicht von der Stelle bewegte.

Das Mädchen sah wie gebannt zu der Gestalt am Feuer.

Es schien eine alte Frau zu sein, die, in ihren Umhang gekauert, in die Flammen blickte. Nun sah sie zu ihnen herüber und erhob sich mühsam.

Bis zu ihrem Ende des Stegs kam sie heran, dann blieb sie stehen, und Nell und Shane blickten in ein Paar eisig blauer

Augen, die zu dem Hutzelweibchen nicht recht passen wollten.

»Das ist Kera, unsere weise Frau. Sie gibt uns Rat, wenn wir zu ihr kommen, ansonsten bleibt sie lieber für sich«, erklärte Matteo leise.

Er verneigte sich vor Kera und seine Gäste taten es ihm nach.

»Kommt nun hinunter, die anderen warten schon.«

Aber Nell konnte sich nicht bewegen.

Keras Augen wurden größer und eisiger und Nell fing an zu zittern.

Die Alte begann meckernd zu lachen: »So, eine von diesen bist du! Ich erkenne dich, Traumwandlerin, weiß auch, was du suchst. Komm doch herüber und setz dich zu mir ans Feuer, wenn dir kalt ist!«

Nell sah in den Augen der Frau etwas aufblitzen: Genugtuung? Neugier? Oder Hass?

Und plötzlich sah sie Valeska hinter dem Äußeren der Alten. Wie konnte dies sein? Sie sahen sich nicht im Geringsten ähnlich.

Sie wich zurück, bis sie an Shanes Brust stieß.

Shane war bei den Worten der Frau zusammengezuckt und beobachtete Kera misstrauisch.

Woher kannte eine alte Frau, die auf einer Plattform im Wald lebte, die Legende der Traumwandler?

Nell schien keine Antwort geben zu können oder zu wollen. So sprang Shane für sie ein.

»Habt Dank für die Einladung, Kera. Gerne ein anderes Mal, aber heute sehen wir uns erst diese wunderbare Stadt an.«

Sie lachte wieder.

»Natürlich, natürlich, junger Maroconer. Sie kommt dann zu mir, wenn es sie danach verlangt! Und sie wird danach verlangen, denn es ist Vollmond!«

Sie wandte sich um und schlurfte zum Feuer zurück.

Shane spürte Nells Zittern.

»Was ist, Nell, ist dir so kalt? Oder ist es Kera?«, fragte er leise.

Nell atmete tief ein und keuchte.

Shane drehte sie zu sich herum und bückte sich, um in ihr Gesicht sehen zu können. Er erschrak, denn dieses Gesicht erinnerte ihn an die letzte Nacht, als sie schlafgewandelt war.

»Nell!«, sagte er drängend und auch Matteo war nun besorgt.

»Sie ist böse, abgrundtief böse! Sie hat die gleichen Augen wie Valeska und sie ist wie Valeska«, keuchte Nell entsetzt, als sie wieder genug Luft hatte um zu sprechen.

Matteo sah zweifelnd zu Kera hinüber, die in die Flammen ihres Feuers starrte.

»Hmm, sie ist etwas unheimlich, das ist richtig. Aber sie hat uns bisher immer geholfen«, versuchte er Nell zu beruhigen. Doch das Mädchen war noch zu sehr außer sich.

»Nein, nein, Matteo. Vielleicht hat sie es getan, damit sie hierbleiben und euch überwachen kann. Glaub mir, sie ist böse!«, beschwor sie den *Boscaner* und krallte sich mit beiden Händen in seine Lederweste.

Shane löste ihre Finger sanft.

»Nell, beruhige dich und lass Matteo los! Matteo, entschuldige die harten Worte. Nell wollte dich nicht kränken!«

Nell fuhr herum und sah ihn wild an.

»Du glaubst mir nicht?«

Shane hielt zur Sicherheit ihre Hände fest, da er fast befürchtete, dass sie ihm mit den Nägeln ins Gesicht führe.

Bevor er antworten konnte, tat es Matteo.

Er beobachtete Nell mit ruhigen Blick an, während er langsam sagte: »Ich will nicht widersprechen, Nell. Wir hatten bisher keinen Grund, ihr zu misstrauen. Aber ich verspreche dir, wir werden auf der Hut sein. Ich glaube dir, auch wenn ich nicht weiß, warum. Du wirkst gerade etwas unheimlich!«

Er grinste sie an und Nell kam zu sich. Sie senkte beschämt den Kopf.

»Entschuldigt, Matteo. Ich war wirklich unhöflich. Lasst uns weitergehen!«

Die beiden Männer nickten lächelnd, aber Shane war innerlich beunruhigt. Er vertraute Nells Worten weit mehr als sie glaubte.

Zu viele Zufälle, zu viele seltsame Geschehnisse!

Das roch nach Ärger!

Nach Besichtigung der riesigen Holzlager und der Arbeitshütten mit den gewaltigen Sägen und Äxten trafen sich alle wieder bei Matteos Hütte.

Die Männer setzten sich nach einem guten Mahl zusammen und begannen über die beiden so ungleichen Länder zu sprechen.

Nell hörte gespannt zu und fand es sehr interessant.

Dann winkte ihr Grazia, und Nell schlüpfte in die Hütte der jungen Mutter.

Sie verbrachten einige Stunden und spielten mit Mandia, während auch sie Wissen über ihre Völker austauschten.

Schließlich meinte Grazia:

»Mandia muss jetzt schlafen gehen, Nell. Du kannst dich aber gerne zum Feuer setzen und auf mich warten!«

Nell schüttelte lächelnd den Kopf.

»Ich habe dich schon genug aufgehalten, Grazia. Es war ein wunderschöner Nachmittag. Ich danke dir für die Zeit, und dass du deine süße Tochter mit mir geteilt hast.«

Grazia lachte, als Mandia im Hintergrund zu betteln anfing:

»Mama, kann mich heute nicht Nell zu Bett bringen? Bitte!«

Nell war geschmeichelt und gerührt und nickte begeistert, als Grazia sie fragend ansah.

Dann erhob sich die junge Frau und meinte:

»Na gut. Also schaue ich jetzt mal nach draußen, wie die Gespräche laufen, und ihr zwei macht das ohne mich. Gib mir noch einen Kuss, mein Schatz!«, sagte sie gespielt fordernd zu dem kleinen Engelchen, das sofort in ihre Arme sprang und der Aufforderung schmatzend nachkam.

Nun hüpfte Mandia zurück zu Nell, die mit ihr zum Bett hinüberging. Mandia kuschelte sich in ihr Bett und Nell steckte sorgsam die Decken um das Kind herum fest und sah die Kleine an.

»Und was macht ihr so, damit du einschläfst, Mandia?«

Die Kleine grinste glücklich.

»Geschichten erzählen oder singen!«, forderte sie.

»Hmm, Geschichten fallen mir leider nicht so lustige ein und im Singen bin ich nicht sehr geübt. Aber ich kann es ja mal versuchen.«

Und während sie noch überlegte, kam ihr ein Lied in den Sinn, das ihre Mutter für sie immer gesungen hatte. Zuerst summte sie es, denn ihr fielen nicht gleich die Worte ein; dann kamen sie eines um das andere, wie Tautropfen, die auf eine verdurstende Pflanze fallen.

Sie nahm weder die dunklen Stimmen der Männer draußen vor der Hütte wahr noch die zufallenden Augen des kleinen Mädchens. Sie sang nur für sich und für ihre Mutter, während die Tränen der Sehnsucht über ihre Wangen liefen.

Als sie dies registrierte, kam sie wieder zu sich und wischte sich über die Wangen. Mandia schlief bereits tief und fest.

Nell überwand sich aufzustehen, und nach draußen zu gehen.

Die Männer hatten einige Zeit geschwiegen, während sie der süßen Stimme aus der Hütte lauschten. Und nicht wenige von den Schwarzen Reitern packte die Wehmut, wenn sie an ihre Familie dachten.

Shane spürte den Schmerz aus Nells Gesang heraus, da er wusste, in welch liebloser Atmosphäre sie die letzten Jahre verbringen hatte müssen.

Zorn stieg in ihm auf, als er an die Narben auf ihrem Rücken dachte, die Valeskas Peitsche verursacht hatte.

Dann versuchte er diesen Gedanken beiseitezuschieben und sich auf das wichtige Gespräch zu konzentrieren.

Alle waren sich einig, dass die Vorherrschaft des Eiskönigs und seiner Helfer gebrochen werden muss.

Die *Boscaner* waren entsetzt über das Leid der Minenarbeiter in *Maroc* und erzählten von ihren Verlusten durch die Eiswölfe, bevor die Wolfsgeier aufgetaucht waren.

Auch dieses Volk hatte mühsam lernen müssen, sich gegen übermächtige Gegner zu schützen und eigene Wege zum Überleben zu finden.

Owl sagte in einer Gesprächspause nachdenklich:

»Was ich seltsam finde, ist, dass es bei euch keine Raben gibt, keine Kustoden. Niemanden, der euch überwacht und eure Taten dem Eiskönig mitteilt!«

Alle Schwarzen Reiter schwiegen und Shane hakte nach:

»Ist das so, Matteo? Oder gibt es bei euch andere Überwacher?«

Die Männer schüttelten voller Überzeugung den Kopf.

»Was sollten irgendwelche Überwacher schon melden?«

Matteo hob die Augenbrauen.

»Zum Beispiel unsere Besucher? Du hast Recht, Shane! Und wenn ich genau darüber nachdenke: Vor einigen Monaten wollten einige von uns die Felsen hinauf, auf dem gleichen Weg nach *Maroc* hinüberschauen, wie ihr hergekommen seid. Wir haben nach mehreren Wochen ihre Überreste gefunden. Wölfe waren es nicht, denn wir haben sie beobachtet, bis sie zu den Felsen gelangt waren. Kein Wolf hatte sie bemerkt, kein Rabe ist geflogen!«

Bruneo wandte abfällig ein:

»Aber was sollte es denn sonst sein? Hier gibt es keine anderen Tiere, außer vielleicht Holzwürmer!«

Einige lachten leise, aber in den Gesichtern der Männer stand ihre Verunsicherung.

Shane und Matteo sahen sich an und wussten, ihre Gedanken gingen den gleichen Weg.

Matteo schüttelte abwehrend den Kopf.

»Es ist nicht mehr als ein ungutes Gefühl, Shane, welches ich ohne Nell nicht mal verspürt hätte. Ich kann nichts beweisen!«

»Von wem sprecht ihr?«, fragte Grazia ruhig, die das Gespräch verfolgt hatte.

Matteo zögerte nur kurz, dann sagte er leise:

»Kera! Wir hatten da heute eine seltsame Begegnung zwischen ihr und Nell, und Nell sagte, sie könne das Böse in Kera erkennen.«

Bruneo und Nardo lachten ihn aus.

Grazia sah in die Ferne zum Feuer hinüber.

»Ich habe auch keinen Grund ihr zu misstrauen, aber du weißt, ich fand sie seit Längerem irgendwie anders, beinahe unheimlich!«, flüsterte sie.

Nun wagte nicht einmal Bruneo ein spöttisches Wort, denn man konnte sehen, dass jeder Einzelne der *Boscaner* die schöne Frau anbetete. Natürlich nur auf eine hochachtungsvolle Weise, denn vor Matteo hatten alle Respekt.

Grazia fuhr entschieden fort: »Ich habe eure Nell jetzt einige Stunden beobachtet. Dieses Mädchen ist besonders. Wenn sie bei Kera Böses spürt, dann ist da auch etwas!«

»Wir können momentan nur wachsam sein und versuchen herauszufinden, ob mit Kera etwas nicht stimmt oder irgendjemand anderes möglicherweise für den Eiskönig spitzelt!« schloss Matteo das Gespräch und da in diesem Augenblick Nell mit müden, rotgeweinten Augen aus der

Hütte trat, sagten sie einander verlegen »Gute Nacht« und verteilten sich auf ihre Hütten.

Shane fragte nicht nach, nahm aber Nells Hand, als sie über die Brücke zu ihrer Hütte schritten, und sie fühlte sich seltsamerweise getröstet.

Sie legten sich auf die Matratzen und während Shane noch Nells Hand hielt, war das vom Weinen erschöpfte Mädchen bereits eingeschlafen.

Es war stockdunkel in der Hütte, als Shane schlagartig wach wurde. Irgendetwas stimmte nicht!

Er tastete zu Nell hinüber und musste feststellen, dass ihr Schlafplatz verlassen war.

Er schoss hoch und zündete eine Kerze an. Sie war nicht da!

Tiger drehte sich herum und sah Shane verschlafen blinzelnd an:

»Was ist los, Shane?«, fragte er, dann wurden seine Augen groß, als er Nells leeres Bett bemerkt. Ihre Kleidung lag daneben, sie war also nur mit der langen Unterhose und dem dünnen langärmligen Hemd unterwegs.

Shane zog sich eilig die Jacke über und Tiger krabbelte aus seinen Decken.

Die beiden warfen sich einen Blick zu und Shane gab jeden Gedanken daran auf, dass der Junge besser in der Hütte bliebe.

Im Hinausgehen griff Shane noch nach Nells Jacke und einem Seil, welches innen an der Hüttenwand aufgerollt hing, und löschte die Kerze.

Er überlegte keinen Moment, sondern eilte die Holzwege entlang in die Richtung von Keras Hütte. Nur dieses Ziel war für Nell von Interesse! Dann sahen sie Nell, wie sie langsam, aber entschlossen auf dem letzten breiten Weg vor dem schmalen Steg zu Keras Hütte entlangschritt.

Tiger packte Shane am Arm: »Was willst du tun, wenn sie da hinüber will? Sie wird abstürzen!«

Shane erwiderte leise:

»Das glaube ich nicht, ich habe sie schon ähnlich gefährliche Strecken meistern gesehen. Aber wenn sie erschreckt oder abgelenkt wird, kann es natürlich passieren!«

»Dann halte sie einfach fest, Shane!«, forderte der Junge erregt.

Shane nickte, nicht ganz überzeugt.

»Ich versuche es. Bitte bleib du dicht hinter ihr, Tiger.«

Shane schob sich an Nell vorbei und sprach sie sanft an:

»Nell? Nell, hörst du mich? Bitte bleib stehen.«

Er fasste sie vorsichtig am Arm und hielt sie fest, doch sie blieb nicht stehen. Sie begann zu zerren, immer heftiger, dann schlug sie nach ihm.

Es war erschreckend zu beobachten, ihre Augen waren weit aufgerissen und das Weiße blitzte in der Dunkelheit.

Shane versuchte sie zu beruhigen, aber es gelang ihm nicht und er fürchtete, dass sie stürzen könnte, wenn er sie losließe.

Er reichte dem Jungen das Seil.

»Schnell, schling es ihr um die Taille, Tiger, und dann gib es mir!«, drängte er eilig.

Tiger gehorchte, während Nell sich wieder, als wäre nichts geschehen, in Richtung Steg wandte.

Shane ging an ihrer Seite und verknotete das Seil erst an der Taille, dann wand er es überkreuz wie ein Geschirr über Rücken und Brust. Sollte sie fallen, wäre eine einzige Schlinge um die Taille zu wenig und sie könnte herausrutschen. Sie schritt weiter dahin, anscheinend bemerkte sie überhaupt nicht, was Shane da tat.

Er fluchte innerlich, weil es schwierig war, die Knoten während des Gehens in seitlicher Haltung zu binden.

Gerade, als er damit fertig war, erreichten sie den schmalen Steg und Shane wusste, er war zu schwer für dieses Brett.

Er hielt Tiger zurück, der ihr folgen wollte.

»Nur im Notfall, Tiger. Das ist auch für dich gefährlich, wenn du wach bist! Und ich habe nur ein einziges Seil dabei.«

Der Junge beugte sich widerstrebend der Vernunft.

Shane warf das Ende des Seils über einen Ast schräg über ihnen und wickelte das Ende fest um die Hand.

Beide sahen sie gespannt, wie Nell trittsicher über den Steg balancierte und weiter bis zur Hütte ging.

Das Feuer war heruntergebrannt. Rote Glut knisterte vor sich hin. Kera war nicht zu sehen und befand sich wohl in der Hütte.

Shane überlegte fieberhaft. Was würde geschehen, wenn Nell die Hütte betrat – was sollte er dann tun?

Aber Nell dachte gar nicht daran. Sie trat an die Wand der Hütte und kniete sich vor den Holzstoß, der dort gelagert war.

Ganz gezielt steckte sie ihre Hand in eine Öffnung in dem Stapel und zog etwas heraus.

Jetzt stand sie auf und kam wieder auf den Steg zu.

Nun überschlugen sich die Ereignisse.

Von hinten kam Matteo heran und fragte scharf: »Was zum Teufel macht ihr da? Hat Nell Kera etwas weggenommen?«

Bevor Shane antworten konnte, ertönte ein schriller Schrei, ein beinahe unmenschlich hoher Ton.

Kera kam aus der Hütte, aber sie humpelte nicht wie am Nachmittag. Sie bewegte sich fließend hinter Nell her und dann sah Shane etwas aufblitzen: Kera hielt ein Messer in der Hand!

Soeben betrat Nell den Steg und Matteo rief entsetzt:
»Kera, was machst du? Lass das Messer sofort fallen!«
Die alte Frau lachte ihr unheimliches Lachen und krächzte:
»Das geht nicht, Matteo. Denn wenn sie den Steg überquert, sterbe ich! Mein Leben ist an diese Wurzel gebunden. Sagt ihr, sie soll sie loslassen!«
Shane wusste, dass es nicht funktionieren würde, dennoch versuchte er es, während er langsam und möglichst unauffällig das Seil aufwickelte.
»Nell, Nell, hör mir zu: Gib Kera ihre Wurzel zurück. Nell, hörst du mich?«
Kera lachte wieder; es klang als wenn zwei rostige Eimer aneinanderschlügen.
»Ja, das ist das Lästige an den Traumwandlern, sie hören nie zu!«
Sie holte ohne eine weitere Warnung aus und warf das Messer mit Wucht in Richtung des Mädchens.
Shane handelte instinktiv. Es gab keine andere Möglichkeit:
Er zog Nell mit einem Ruck seitlich vom Steg. Das Mädchen fiel haarscharf mit dem Kopf an den Holzbohlen vorbei.
Nell schrie auf, als Shane ihren Fall bremste, weil sich das Seil in ihre Haut grub und an den Rippen entlangschrammte. Nun hing sie heftig schwingend in dem von Shane geschlungenen Geschirr und sah, benommen den Kopf schüttelnd, um sich.
Das Messer klapperte über die Holzbohlen nach unten. Man hörte, wie es unterwegs noch ein-, zweimal an die Treppe schlug, dann war es still.
Shane gab dem Seil langsam etwas nach, während Tiger die Baumtreppe hinunterkletterte, bis er auf Nells Höhe war und sie zu sich hinüberzog. Shane ließ vorsichtig das Seil locker, bis er Gewissheit hatte, dass Nell sich auf festem Boden befindet und auch wieder voll bei Sinnen ist.

Matteo gab einen undefinierbaren Laut von sich und alle sahen zu Kera hinüber. Die alte Frau war in die Knie gesunken und gab fürchterliche Töne von sich.

Dann begann sie sich zu verwandeln: Sie wurde jünger, schlanker und größer. Die grauen, wirren Haare wurden zu einer langen, weißblonden Flut. Vor ihrer aller Augen war aus Kera Valeska oder deren Zwillingsschwester entstanden.

Nell war nun wieder zu sich gekommen und fing panisch an zu schreien, als sie nach oben sah.

»Valeska? Nein, das kann nicht sein! Was ist passiert? Wie kommt sie hierher?«

Von hinten näherten sich Schritte:

Bruneo, Nardo sowie Grazia und einige der Schwarzen Reiter kamen herangelaufen.

Grazia machte sich sofort auf den Weg zu Nell und nahm das Mädchen in die Arme.

Aber keiner sonst konnte den Blick von »Valeska« wenden.

Die Frau, wenn es denn eine war, kniete auf den Holzbohlen und streckte verzweifelt die Hände in Nells Richtung.

»Gib ihn mir!«, flehte sie mit klirrender Stimme.

»Mein Gebieter hat ihn mir gegeben, der Schlüssel darf nicht von dieser Plattform genommen werden. Gib ihn mir!«

Um sie herum stieg Nebel auf und die Menschen erkannten entsetzt, dass die Frau sich aufzulösen begann. Sie wimmerte und es war klar, dass sie nicht einfach verschwand. Nein, sie starb!

»Nein, mein König. Ich hole ihn zurück. Schickt mir Hilfe! Lasst mich leben! Aah!«

Mit einem Aufschrei war es zu Ende.

Der Nebel verzog sich und die Frau, die aussah wie Valeska, lag gekrümmt auf den Holzbohlen, die eisblauen Augen starrten in die Baumwipfel, reglos.

Einen langen Moment war es still. Keiner brachte ein Wort hervor.

»Was war denn das, verdammt noch mal?«, brach Bruneo das Schweigen.

Shane würdigte ihn keines Blickes, denn vor wenigen Stunden noch hatte der *Boscaner* Nells Ansichten über Kera für lächerlich befunden. Der junge Mann eilte zu seiner Verlobten und entfernte vorsichtig das Seil.

Nells Gesicht war schmerzverzerrt. Er sagte bedauernd: »Es tut mir Leid, Nell. Mal wieder! Irgendwie bekomme ich es nicht hin, dich ohne Schmerzen aus dem Schlamassel zu holen, das du immer so gerne beginnst!«

Sie lächelte mühsam über die nicht ganz ernstgemeinte Kritik und strich sich die kurzen Strähnen aus dem Gesicht.

Shane durchfuhr es plötzlich: »Wegen mir hat sie ihr Haar abgeschnitten, weil ich sie gekränkt habe!«

Für eine Frau war dies zu diesen Zeiten ein immenser Verlust – ihr Haar, ein Zeichen ihres Frauseins, ein Merkmal ihrer Attraktivität. Und Nell hatte wunderschönes Haar gehabt. Ob es ihr schwer gefallen war?

Nell sah ihn forschend an, als spürte sie seinen inneren Aufruhr. Dann fragte sie leichthin: »Wann hast du mir denn das Seil umgebunden, Shane? Ich habe es gar nicht mitbekommen.«

»Das haben wir gemerkt«, meinte Tiger fast stotternd. Der Junge stand immer noch unter Schock über die letzten Ereignisse.

Shane zerzauste freundschaftlich sein Haar.

»Gut gehalten, Tiger! Allein wäre es für mich schwierig geworden.«

»Ach, und so war es nicht schwierig?«, fragte Nell mit hochgezogenen Augenbrauen.

Matteo lachte. Er hatte den ersten Schreck wohl auch schon überwunden.

»Na, anscheinend geht es allen wieder gut. Lasst uns zurückgehen, es wird kalt.«

Grazia fügte besorgt hinzu: »Ich habe eine Salbe, die bei Abschürfungen hilft, Nell!«

Shane dachte bei sich, dass er froh wäre, wenn sie keine angeknacksten Rippen hat. Aber danach sah es, gottseidank, nicht aus.

Matteo fragte seine Frau: »Ist Mandia allein in der Hütte, Liebling?«

Diese schüttelte den Kopf und erklärte: »Natürlich nicht, Matteo. Deine Mutter sitzt neben ihr, bis wir zurück sind.«

Matteo war beruhigt und betrachtete seinen seltsamsten Gast.

Nell hielt immer noch die Wurzel umklammert.

Alle sahen gespannt darauf, als sie sie leicht hochhielt.

»Was ist das nur?«, fragte Nell verwundert.

»Wegen diesem Stück Holz dieser ganze Aufruhr und eine tote … Frau!«

Sie sah Shane bittend an.

»Lass mich noch einmal hinüber. Ich will sehen, ob es wirklich Valeska ist. Halte die Wurzel inzwischen.«

Er nickte, gab aber die Wurzel an Tiger weiter und folgte ihr zu der Plattform.

Die *Boscaner* hatte ein dickeres Brett über das schmale gelegt und durchsuchten nun gerade die Hütte Keras.

Nell kniete sich neben der Frau nieder, die wie ihre Stiefmutter aussah. Das gleiche weißblonde Haar, die gleichen eisblauen Augen und sogar das kleine Muttermal unterhalb des rechten Ohres waren da. Es musste Valeska sein.

Aber wie konnte sie gleichzeitig hier und in *Maroc* leben?

In diesem Moment kam ein Ruf aus der Hütte und einer der Boscaner streckte sein erschüttertes Gesicht zur Türöffnung heraus.

Alle eilten zu ihm, nur Nell folgte sehr zögerlich, denn sie wollte eigentlich nichts Furchterregendes mehr sehen. Das Erlebte reichte ihr durchaus.

Als sie an die Hütte kam, machte ihr Grazia Platz, damit sie hineinsehen konnte. In Grazias Augen standen Tränen und sie flüsterte: »Deshalb war sie seit einiger Zeit so seltsam. Es war nicht mehr Kera, die liegt hier und ist offensichtlich bereits seit Längerem tot.«

Nell zuckte zusammen, denn in einer Ecke der Hütte lag der geschrumpfte Körper der alten Kera. Sie sah aus wie eine mumifizierte Moorleiche.

Grazia war neben sie getreten und sagte leise:

»Man kann Kera gerade noch erkennen. Sie lebte seit vielen Generationen hier und half den Kranken.«

Sie schwieg einen Moment und sprach dann unsicher weiter:

»Ich kann mich an ein Gespräch zwischen meiner Mutter und meiner Großmutter vor einigen Jahren erinnern, in dem sie stritten, seit wann Kera so ungesellig und launisch geworden war. Damals verweigerte sie einem Kind ihre Heilmittel, bis es beinahe im Sterben lag. Erst als Matteos Vater ihr drohte, sie zu verstoßen, half sie dem Kind. Danach gab es nie wieder ein Problem mit ihr, aber sie hielt sich stets abseits. Und es dauerte lang, bis ihr die Menschen erneut vollständig vertrauten.«

Shane hatte eine Erklärung dafür.

»Sie wurde ausgetauscht! Shahatego hat die echte Kera durch seine Spionin ersetzt.«

Nell fragte leise: »Aber wie kann Valeska hier und in *Maroc* leben?«

Shane sah sie nachdenklich an.

»Vielleicht ist es gar nicht Valeska gewesen. Vielleicht gibt es mehrere von diesen Eishexen, die sich in den Körpern anderer niederlassen, um die Schlüssel zu bewachen.«

»Dann wird es schwer sie ausfindig zu machen!«, behauptete Matteo, aber Shane schüttelte den Kopf.

»Nell hat es heute auch geschafft. Sie träumt von den Schlüsseln, egal, wer diese bewacht!«

Seine Stimme klang neutral, doch alle spürten seinen Stolz auf Nells Fähigkeiten.

Bruneo und Nardo wickelten gerade den toten Körper in eine Decke.

Nell schluckte, fragte dennoch, was ihr zu denken gab:

»Riecht man normalerweise Leichen nicht sehr schnell? Warum hat es niemand gemerkt?«

Nardo sah sie nachdenklich an und meinte dann:

»Ich nehme an, sie wurde mumifiziert. Es riecht nach Zedernöl. Honig geht für so etwas auch, zieht aber natürlich alle möglichen Insekten an.«

Er lachte über Nells misstrauisches Gesicht.

»Keine Angst, wir machen das nicht mehr. Unsere Vorfahren waren darin sehr erfahren und es war durchaus üblich in *Boscano*. Seit es Eiswölfe und Wolfsgeier gibt, vergraben wir unsere Toten lieber so tief, dass kein Tier sie schänden kann.«

Nell nickte erleichtert und Shane schob sie in Richtung des Brettes.

Die beiden balancierten wieder zu Tiger hinüber, der Nell die Wurzel zurückgab.

Nell reichte sie an Shane weiter und blickte ihn fragend an, doch dieser schüttelte, nach einer eingehenden Betrachtung, den Kopf.

»Tut mir leid, ich habe so was auch noch nicht gesehen. Aber es wird wohl einer der vier Schlüssel sein, nach dem, was dieses Wesen gesagt hat!«

Nell runzelte die Stirn.

»Das sah niedlich aus«, fand Shane.

Und sofort war er über sich selbst verärgert: Seit wann achtete er denn auf so etwas?

Nell fragte neugierig weiter: »Aber ein Schlüssel aus Holz? Der vermodert doch irgendwann?«

Matteo streckte die Hand aus und bat:
»Darf ich mal sehen, Nell? Ich kenne mich ja doch ein bisschen mit Holzarten aus«, zwinkerte er ihr zu.
Sie gab ihm vertrauensvoll das Stück.

Matteo drehte es in der Hand und strich vorsichtig darüber. Dann sah er Grazia nickend an.
»Gesamholz! Das erklärt es!«
Zu den anderen gewandt, fuhr er fort: »Diese Holzart ist hart wie Stein, sie vermodert nicht. Und weil sie hart wie Stein oder Metall ist, kann man sie als Schlüssel verwenden und in einem Schloss drehen. Die Verarbeitung ist natürlich entsprechend mühsam. Die Form ist allerdings für einen Schlüssel – wenn es denn einer ist – ungewöhnlich. Wir fertigen gelegentlich selbst Dinge aus Gesamholz, die lange haltbar und robust sein müssen, wie die Befestigungen der Treppen an den Bäumen. Oder auch Waffen.«
Er nahm den Köcher von seinem Rücken und zeigte ihnen einen Pfeil, der sich von den anderen unterschied.
»Der hier ist aus Gesamholz. Er ist nicht zur Jagd geeignet, weil das Holz giftig ist. Würde ich mit diesem Pfeil ein Tier erlegen, könnte ich es nicht essen, weil es vergiftet wäre. Dieser Pfeil ist für Feinde gedacht!«
Shane fragte neugierig nach.
»Warum kann man ihn anfassen, wenn er giftig ist, Matteo?«
»Er ist durch eine Flüssigkeit versiegelt. Vielleicht ist Baumharz darunter, aber die oberste Schicht verschließt und glättet es. Sonst wäre es jetzt dein Ende, Nell, denn du hast es mit bloßen Händen angefasst! Wenn es in das Fleisch eindringt, reibt es die Versiegelung leicht herunter und das Gift tritt in die Wunde hinein.«
»Also nicht immer bei irgendwelchen unheimlichen Frauen Dinge mitgehen lassen!«, witzelte Lion und Nell musste grinsen, obwohl ihr alles wehtat.

Matteo gab ihr den Wurzelknoten zurück und winkte, ihm zu den Hütten zurück zu folgen.

Auf dem Rückweg sprach Shane noch etwas anderes aus, was ihm seit der ersten Begegnung mit Kera nicht mehr aus dem Kopf gegangen war:

»Sie redete vom Vollmond, Nell. Gestern und heute ist Vollmond! Als ich dich in *Maroc* von den Zinnen holte, war Vollmond. Kannst du dich erinnern, ob immer Vollmond war, wenn du schlafgewandelt bist?«

Nell sah ihn erstaunt an und dachte scharf nach. Dann musste sie verneinen.

»Ich weiß es nicht, Shane. Möglich ist es. Aber bin sicher nicht jeden Monat schlafgewandelt. Wodurch es ausgelöst wird, weiß ich nicht, ich habe allerdings auch nie darauf geachtet.«

Er nickte verständnisvoll, meinte jedoch:

»Das sollten wir ab jetzt tun. Ich dachte, deine Träume werden ausgelöst, wenn du dich in der Nähe der Schlüssel befindest. Wenn zudem ein Vollmond nötig ist, müssen wir demnächst besser darauf achten. Es könnte einmal sehr entscheidend sein!«

Nell sah ihn mit aufgerissenen Augen an.

Ja, natürlich. Sie könnte die Schlüssel vielleicht nicht finden, selbst wenn sie daneben stünde. Oder sie wäre bei Vollmond immer in Gefahr schlafzuwandeln und zu anderen Zeiten könnte sie es möglicherweise gar nicht. Shane hatte Recht: Sie musste sich besser beobachten.

Sie waren auf halber Strecke, als sich ein lautes Rauschen in der Luft erhob.

Grazia stieß einen Schrei aus.

»Schnell, wir müssen in die Hütten zurück. Lauft!«

Die Boscaner rannten geübt über die Holzplanken, wohingegen sich die Maroconer etwas schwer taten.

Die Bohlen schwankten unter dem Gewicht der vielen Menschen, die sich in hohem Tempo bewegten.

Nell wollte nach oben sehen, aber Shane schob sie weiter und befahl ihr:

»Lauf, nicht hinaufsehen, Nell, sonst wirst du langsamer! Los, mach schon!«

Tiger hetzte vor ihr her, und Nell folgte ihm auf den Fersen. Ihre Rippen schmerzten bei jedem Schritt und ihr Atem ging pfeifend.

Dann hörte sie einen neuen Befehl, vermutlich von Matteo:

»Duckt euch. Männer, spannt die Bögen!«

Die Maroconer kamen der Order, ohne zu überlegen, ebenso nach. Dies war nicht ihr Terrain; sie verließen sich auf jene, die hier zuhause waren und ihre Feinde kannten.

Geduckt saßen sie auf einigen Plattformen verteilt zwischen den Ästen eines Baumes und spähten erstmals nach oben.

Was sie sahen, ließ sie erstarren.

Was gab es in diesem Wald für fürchterliche Kreaturen: zuerst die Wolfsgeier, dann diese … Flugdrachen!

Sie waren nicht so groß wie die Geier, nur etwa wie ein großer Hund mit Flügeln. Aber ihre Klauen und die Reißzähne waren gewaltig. Sie besaßen ein schwarzes Schuppenkleid und einen langen gezackten Schwanz, mit dem sie die Richtungsänderungen steuerten.

Die Flügel waren lang und spitz zulaufend und konnten eingeknickt werden, wenn es zwischen den Bäumen eng wurde.

Nell und Tiger vermochten ihre gelb glühenden Augen zu erkennen, als die Flugdrachen an ihnen vorbeischossen und wieder in den Himmel aufstiegen.

Das zitternde Mädchen hörte die Pfeile zischen und sah einige der grausigen Wesen trudeln und abstürzen.

Die anderen flogen eine weitere Kurve in den Himmel hinauf und griffen erneut im Schwarm an.

Dann vernahmen sie den Schrei: »Mandia!«

Nell lief es kalt den Rücken hinunter, als sie sah, was geschehen war. Eine ältere Frau war ihnen wohl mit der Kleinen entgegen gekommen und Mandia hatte sich losgerissen, um zu ihren Eltern zu laufen und damit direkt in die Gefahrenzone.

Einer der Flugdrachen stieß herab und ergriff sie mit seinen Klauen. Nell sprang auf, aber Shane packte sie und zog sie wieder runter.

»Du kannst nichts tun, Nell. Du hast keine Waffe. Lass das die Leute mit den Waffen erledigen!«

Nell riss ihren Arm los, sah ihn wild an und schrie zornig: »Weißt du, was du da redest? Ich habe dieses süße Kind heute ins Bett gebracht, und ich bin vermutlich schuld, dass diese Viecher hier sind. Du kannst dich ja hier verstecken, aber ich nicht! Hier hast du deinen kostbaren Schlüssel und jetzt lass … mich … los!«

Shane war so überrascht von dem gehässigen Ton und den gemeinen Worten, dass er seinen Griff lockerte, so dass Nell aufspringen und davon laufen konnte. Er fing gerade noch den Wurzelknoten, den sie ihm entgegen geworfen hatte, bevor dieser durch die Pfosten der Brüstung springen konnte und steckte ihn rasch in seine Jackentasche.

Dann folgte er Nell wutschnaubend im Schatten der Hütten.

Nell rannte, ohne Deckung zu suchen, geradewegs auf den Drachen zu, der sich mit Mandia in die Luft erhob.

Matteo und die anderen konnten keine Pfeile abschießen; die Gefahr, das kleine Mädchen zu treffen, war zu groß.

Der Drache schlug mit den Flügeln, stieg aber nur langsam, denn das Kind war eine schwere Last für ihn.

Nell sah sich panisch um. Sie musste ihn daran hindern höher aufzusteigen.

Sie spürte den Luftzug und duckte sich gerade noch rechtzeitig. Ein anderer Drache schoss mit ausgestreckten

Klauen knapp über sie hinweg. Wütend schrie das Tier schrill auf.

Nell packte eine Holzlatte, die an einer Hütte lehnte und als das Tier erneut angriff, bekam es die Latte mit voller Wucht gegen die Brust. Im gleichen Augenblick traf ein Pfeil Nardos und der Drache stürzte ab.

Nell lief mit der Latte in der Hand weiter.

Sie kletterte auf die Begrenzung der Plattform und von da in die Krone des Baumes. Dann begann sie nach dem Drachen, der Mandia hielt, von oben einzuschlagen.

Das Tier konnte nicht weiter steigen, denn da war Nell mit ihrer Latte, und unten warteten die Bogenschützen.

Gefangen in diesem Dilemma, spürte es seine Kräfte erlahmen und tat das einzig mögliche: Es ließ Mandia los.

Das Mädchen schrie angsterfüllt auf, als es fiel. Aber Matteo war zur Stelle und so landete es sanft in den Armen seines Vaters.

Matteo drückte die Kleine an sich, dann gab er sie an Grazia weiter, die mit ihr in der nächsten Hütte verschwand.

Sein grimmiger Blick zeigte allen, dass die Flugdrachen nun einiges zu erwarten hatten.

Nell kletterte hinunter und wollte ebenfalls zu der Hütte laufen, doch ihr wurde der Weg von einem der Untiere versperrt. Der Flugdrache war auf der Hängebrücke gelandet und kam nun mit einem seltsam wackligen schleifenden Gang auf sie zu. Das Maul war weit aufgerissen und das Tier zischte drohend.

Das Mädchen drehte um und lief über die nächste Brücke.

Sie war flink, aber nicht flink genug.

Nun kamen sie von allen Seiten. Einige von ihnen beschäftigten die Bogenschützen, die anderen zingelten Nell ein.

Sie landeten auf den Holzbohlen und krochen auf ihren Klauenfüßen näher.

Shane stand auf der nächsten Plattform und sah erschrocken, was alle sehen konnten. Die Biester hatten es offensichtlich auf Nell abgesehen.

Nell stand stockzsteif da und starrte dem nächsten der Drachen in die Augen. Was sie dort sah, erklärte alles.

Diese Augen waren eisig blau und damit war wohl dieser besondere Drachen ebenfalls ein Abgesandter des Eiskönigs wie auch Kera, die vor ihrem Tod Hilfe erbeten hatte.

Und dieser Drache wollte den Schlüssel zurück!

Er zischte bedrohlich, doch Nell konnte sich nicht bewegen.

Da hörte sie eine Stimme, Tigers Stimme, die laut schrie:
»Hier ist es, ihr Monster, holt es euch!«

Entsetzt fuhr sie herum und befürchtete schon, dass Tiger ihnen den Schlüssel übergeben könnte.

Aber der Junge stand hoch auf einem der Brückengeländer und schwang ein Stück Holz. Dann warf er es hinunter, in Richtung des am Boden lodernden Feuers.

Ein Aufschrei entfuhr dem Drachen, der sich blindlings hinterherstürzte.

Der Rest der Meute drehte ab und folgte ihm.

Nell und Tiger rannten bis zur nächsten Hütte und verschlossen die Tür.

Sie sanken schweratmend auf den Boden, dann sahen sie sich an und begannen zu kichern.

Tiger japste:
»Mit einer Latte schlägst du nach Drachen! Wie nach einer Wespe, Nell. Mein Gott, hat das lustig ausgesehen. Du bist wirklich total durchgeknallt!«

Nell konnte es sich vorstellen, wie es ausgesehen hatte. Sie lachte und die Tränen liefen ihr über die Wangen.

»Und du: ›Holt es euch, ihr Monster.‹ So dramatisch! Demnächst erzählst du die Gute-Nacht-Geschichten bei Mandia.«

Sie lachten noch, als sich die Tür öffnete und Shane und Matteo hereintraten, die die beiden verständnislos ansahen.

Matteo hob die Augenbrauen, dann grinste er und zeigte zuerst auf Nell, dann auf Tiger:

»Ihr beiden, in fünf Minuten bei mir in der Hütte!«, befahl er, aber Shane sah, dass auch seine Mundwinkel zuckten.

Jeder war erleichtert, dass Mandia nichts geschehen war und die Drachen offensichtlich nicht mehr zurückkehrten.

Shane sah die beiden jungen Leute an, die sich sichtlich bemühten, das Lachen zu unterdrücken.

Er schüttelte den Kopf.

»Ihr zwei seid total verrückt. Das wäre beinahe euer letztes Stündlein gewesen!«

Nun sah er sie musternd an und Nell spürte, wie ihr das Lachen verging.

»Was ist?«, fragte sie herausfordernd.

Aber Shane ließ sich nicht auf ein neues Wortgefecht ein.

»Geht es euch gut? Seid ihr verletzt?«

Sie nickten zuerst, verneinten dann die zweite Frage.

Shane hockte sich vor Nell und musterte sie weiter.

Nell spürte, wie sie langsam wieder einmal wütend wurde. Was wollte er denn noch?

Doch er überraschte sie mit seiner nächsten Äußerung: »Bist du nicht das Mädchen, das gerne stickt und nie auf den Markt durfte? Du hast dich etwas verändert, würde ich sagen.«

Er nahm eine ihrer kurzen Strähnen in die Hand und sagte sanft: »Ich sollte sagen, dass es mir Leid tut, Nell. Alles: Dass du das Gefühl hattest, gehen zu müssen, und auch das Abschneiden deiner Haare. Jedoch wenn das bei dir diese Änderung herbeigeführt hat, kann ich das nicht wirklich bedauern. Du machst mich sehr stolz, Nell!«

Nell schluckte. Ein Lob von Shane!

Sie wollte schon etwas Spöttisches antworten, aber sie sah ihm den Ernst seiner Worte an und schüttelte den Kopf, so dass ihm die seidige Strähne entzogen wurde.

»Danke. Und das Andere: Es ist nicht wichtig, Shane.«

Dann rappelte sie sich verlegen hoch und verließ fluchtartig die Hütte. Shane und Tiger folgten ihr. Der Junge sah von der Seite in das verschlossene Gesicht des Mannes und wunderte sich über diese eigenartige Verlobung.

Als sie in Matteos Hütte kamen, saß Mandia am Feuer und trank einen heißen Tee. Sobald sie Nell erblickte, sprang sie auf und schlang ihre Arme um das ältere Mädchen.

Nell hielt sie fest umklammert und schloss ihre Augen.

»Wenn der Kleinen etwas passiert wäre!«

Grazia räusperte sich und legte Nell die Hand auf die Schulter.

»Setzt euch ans Feuer, Nell. Ein heißer Tee tut auch dir gut!«

Nell wandte den Kopf und sah in die strahlenden Augen von Mandias Mutter. Sie erkannte die Feuchtigkeit geweinter Tränen.

»Grazia, es tut mir so leid.«

Aber Grazia wischte ihren Einwand mit einer entschlossenen Handbewegung zur Seite.

»Was soll das, Nell? Du hast mein Kind gerettet, ohne auf deine eigene Sicherheit zu achten. Das kann ich nie wieder gutmachen!«

Nell schüttelte unsicher den Kopf.

»Ich fürchte, diese Biester sind erst durch mich angelockt worden, weil ich die Wurzel gestohlen habe.«

Matteo legte ihr die Hände auf beide Schultern und bückte sich etwas, um ihr eindringlich in die Augen sehen zu können.

»Nell, das ist nicht ganz richtig. Diese Flugdrachen, sie heißen Dracomalos, haben uns schon öfters das Leben schwer gemacht. Wir sind dankbar, dass sie kein Feuer speien können, sonst hätten wir hier auf den Bäumen ein Problem!«, zwinkerte er ihr zu.

»Dass sie heute kamen, hat sicher mit dir zu tun, da hast du Recht. Sie wollten die Wurzel zurück! Und das, Nell, zeigt, wie wertvoll sie für den Feind ist. Damit haben wir einen unschätzbaren Vorteil!«

Nell sah ihn offen an.

»Denkst du, es ist einer der Schlüssel zur Brücke, Matteo?«

Matteo nickte bedeutungsvoll.

»Da bin ich mir absolut sicher, Nell. Es gibt Aufzeichnungen – sie sind sehr alt und nur noch schwer zu entziffern. Ich bin sie gestern schon mit Shane durchgegangen. Sieh her!«

Er rollte ein Pergament auseinander und Grazia drehte die Lampe höher, um besseres Licht zu haben.

Nell und Tiger beugten sich darüber.

Es war eine Karte und Nell durchfuhr es wie ein Blitzschlag, so bekannt kam ihr dies alles vor. Aber woher sollte sie diese Orte kennen?

Die Karte zeigte den Eissee, die Brücke und das Schloss. Sie war nur skizziert, doch einige Dinge waren klar zu erkennen: Die Grenzen und Wege zwischen den Ländern und dem Eissee, die Wachtposten an den Grenzübergängen und auch der Weg durch die Berge, auf welchem sie nach *Boscano* gekommen waren, waren hier aufgezeichnet. In jeder Ecke der Karte, dort wo sich in der Richtung die vier Länder befanden, standen Symbole.

Matteo fuhr fort.

»Wir wussten bisher nicht, was diese Symbole bedeuten. Aber seit ich die Wurzel gesehen habe und Shane mir von dem Abdruck erzählt hatte, ist es klar: Das Symbol von *Boscano* ist die Wurzel, das von *Maroc* der Edelstein.

Bei *Djamila* ist es ein Ding, das aussieht wie eine Frucht und bei *Lilas*, ich bin mir nicht sicher, möglicherweise ein

Korken. Also immer etwas, was allein in diesem Land produziert wird.«

Tiger meldete sich zu Wort.

»Aber woher wollt ihr wissen, dass es sich um Schlüssel zur Brücke handelt?«

Shane antwortete ihm mit ruhiger Stimme.

»Weil Nell es geträumt hat, Tiger.«

Tiger sah alle nacheinander mit großen Augen an, als könne er nicht glauben, dass sich diese Menschen mit einer solch wichtigen Vermutung auf den Traum eines Mädchens stützten.

Er sagte jedoch nichts und blickte wieder zurück auf das Pergament. »Wie geht es weiter, Shane?«, fragte Matteo ruhig.

»Was habt ihr vor?«

Shane schwieg und sah weiter auf die Karte.

Dann erwiderte er, offensichtlich in Überlegungen vertieft: »Ich muss es noch endgültig mit meinen Männern besprechen, aber ich habe überlegt, den kürzeren Weg über die Brücke hier zu nehmen, nachdem so viele Wölfe getötet wurden. Ihr habt vermutlich den besseren Überblick. Ist es ohne Verluste zu schaffen?«

Matteo schüttelte den Kopf und grinste etwas schief.

Nell dachte: »Was für ein gutaussehender Mann.«

In diesem Augenblick sah sie, wie Grazia ihren Mann anlächelte und er das Lächeln spürte und zärtlich erwiderte.

Und Nell wusste, Grazia war der gleiche Gedanke durch den Kopf geschossen.

»Shane, es macht nur Sinn, wenn du jemanden zu eurer Deckung dabei hast: Wenn wir die Wölfe und Sitai angreifen! Aber macht es Sinn?

Der Eiskönig weiß dann sicher, dass wir uns verbündet haben, falls wir das Glück hatten, dass dein Bruder den Wolf bei eurer Ankunft abfangen konnte. Ist es den Tag Verzögerung wert?«

Shane schüttelte entschieden den Kopf.

»Nein, du hast Recht, Matteo. Wir sollten es dabei belassen, dass wir uns nicht kennen, falls der Eiskönig noch auf diesem Stand ist. Wir gehen den gleichen Weg zurück.«

»Wann wollt ihr aufbrechen?«

»Morgen, in der Abenddämmerung.«

Nell war etwas eingefallen und sie mischte sich in das Gespräch:

»Was ist mit den Dracomalos? Haben sie nicht erkannt, dass wir hier fremd sind?«

Shane grinste frech.

»Du meinst, weil du dich mit Drachen so gut auskennst, Drake?«, sprach er sie mit ihrem selbst gewählten Tarnnamen an.

Nell wurde rot, vor Verlegenheit und auch Wut, weil er sie vor den anderen nicht ernst nahm.

Aber Grazia kam einer spitzen Antwort des Mädchens zuvor.

»Na ja, sie ist auf jeden Fall mit ihm fertig geworden, während ein Haufen tapferer Männer keinen Pfeil abschießen konnte, nicht wahr?«

Sie wandte sich augenzwinkernd zu Nell und deren Wut verrauchte, als sie Shanes zerknirschtes Gesicht sah.

Grazia fuhr bedächtig fort:

»Nell, du hast einen guten Gedanken, aber ich weiß nicht, wie klug die Drachen sind und was sie für Verbindungen zum Eiskönig haben. Bisher sahen wir sie nur als gefährliche Plage, die uns zuweilen heimsuchte!«

Das Mädchen dachte an den Moment, als sie in die eisblauen Augen des Anführers der Tiere gesehen hatte und wusste, dass ihr Gefühl sie nicht trog.

Sie schüttelte den Kopf und blieb bei ihrer Behauptung:

»Der Anführer ist klüger, ist vielleicht auch ein Wesen wie Kera! Er hatte die gleichen eisblauen Augen und er reagierte sofort, als Tiger die Wurzel geworfen hatte. Sie kamen kurz nachdem Kera den Eiskönig um Hilfe gebeten hatte und sie haben mich gezielt eingekreist. Er weiß es bestimmt schon!«, meinte sie leise.

Die anderen schwiegen betroffen, denn was sie sagte, schien logisch zu sein und die düstere Ernsthaftigkeit ihrer Worte ließ ihnen einen Schauder über den Rücken laufen.

Shane fragte sie: »Meinst du damit, wir sollten das Risiko eingehen, den direkten Weg zu gehen?«

Nells Kopf fuhr hoch und sie sah ihn entsetzt an:

»Nein, nein, gar nicht! Je weniger Risiko, desto besser.«

»Sprach die Frau, die mit einer Latte auf einen Drachen losging«, kicherte Tiger und alle lachten befreit.

Shane entschied die Sache endgültig.

»Wir gehen, wie wir gekommen sind. Wenn der Eiskönig es vermutet, ist es schlimm genug, aber wir liefern keine weiteren Beweise.«

Matteo nickte zustimmend.

»Und wie geht es dann weiter? Wie erfahren wir, wann du uns brauchst, wann wir wo sein sollen?«

Shane sah ihn ratlos an. Grazia meinte:

»Die Information an dich durch die Tauben ist doch eine gute Idee. Hast du eine Taube für uns, Shane?«

Der Maroconer nickte.

»Ja, ich habe noch eine dabei. Aber was machen wir, wenn sie abgefangen wird?«

»Das wird sie nicht«, sagte Matteo.

»Tauben sind wendiger als Raben. Wir geben dir etwas von uns mit, damit auch du uns Nachrichten übermitteln kannst. Moment!«

Der Anführer der Boscaner verließ kurz die Hütte und kehrte gleich darauf mit einem etwa dreißig Zentimeter hohen Glas zurück, welches mit einer Lederhaut verschlossen war.

Die drei Maroconer traten näher und starrten fasziniert hinein.

Man konnte nicht viel erkennen: Wie dunkelgrauer Nebel waberte es im Inneren.

Alle drei sahen Matteo fragend an. Der lächelte über ihre deutlich sichtbare Enttäuschung.

Nell dachte bei sich, dass Shane mehr Respekt vor Matteo hat als vor ihr, denn hätte Nell dieses Glas in der Hand gehalten, wäre sicher eine spöttische Bemerkung gekommen.

»Dies ist ein Nebelgeist, ein *Nomboz*. Von ihnen gibt es viele in unserem Wald. Man sieht sie in den Dämmerungsstunden, wenn die Feuchtigkeit im Wald hoch ist. Deshalb musst du ihn vor der Sonne geschützt halten, Shane. Er ist sehr schnell. Er sucht sich Feuchtigkeit und mit dieser wandert er.«

Shane wandte ein:

»Das ist ein Problem, Matteo. Denn in *Maroc* ist es entweder heiß oder kalt, aber nie feucht! Wie soll er sich da fortbewegen? Er wird innerhalb von Minuten verdunsten.«

Grazia winkte ab.

»Er findet eine Möglichkeit und wenn es eine verschlossene Wasserleitung ist. Sorgt euch nicht!«

Tiger fragte nach: »Und wie schnell ist dieser *Nomboz*?«

»Er kann in wenigen Stunden von hier nach *Maroc* fliegen, schweben oder wie man seine Bewegung nennen mag.«

Nell war auch noch etwas unklar.

»Wie transportiert er die Nachricht?«

Matteo öffnete den Deckel und der Nebel verließ in einer kleinen dunklen Wolke das Glas. Er schwebte abwartend über seinem Behälter.

Grazia sagte sanft:

»*Nomboz*, geh mit den Maroconern und bringe uns ihre Nachrichten, wenn sie dir welche auftragen.«

Die Wolke zitterte leicht, als ein Flüstern ertönte:

»Ja, meine Herrin, ich werde deinen Anweisungen folgen.«

Nell und Tiger traten erschrocken einen Schritt zurück. Shane dagegen war fasziniert von den Möglichkeiten, die dieser Bote eröffnete. Vermutlich konnte er sich gut verbergen, er konnte denken und sprechen – das war fantastisch!

Der *Nomboz* verschwand wieder in seinem Glas und Shane nahm ihn dankend entgegen.

Dann scheuchte Grazia die Männer hinaus und versorgte Nells Abschürfungen von ihrem Sturz in den Seilen.

Nell hatte das Gefühl, dieses Erlebnis und ihr Traum lägen schon Tage zurück.

Leise bedankte sie sich bei Grazia und strich der bereits schlafenden Mandia über den Kopf.

»Hoffentlich bekommt sie keine bösen Träume«, sagte sie mit sichtbar schlechtem Gewissen zu Grazia. Grazia winkte jedoch ab.

»Für Mandia sind die Dracomalos nichts Neues, Nell. Geflogen ist sie allerdings vorher noch nie mit ihnen. Wir werden sehen. Achte auf dich, mein Kind. Und ich wünsche dir, dass du heute ohne Träume schlafen kannst!«

Sie nahm Nells Gesicht in ihre Hände und hauchte ihr einen Kuss auf die Stirn.

Nell verließ die Hütte und erschrak, als sich ein Schatten von der Wand löste. Shane!

Er hatte auf sie gewartet und brachte sie wortlos zu ihrer beider Schlafstatt.

Nell war zu müde, um über sein Verhalten nachzudenken, und sie wusste, die Nacht währte nicht mehr lange. Deshalb kletterte sie auf ihre Matratze und schlief ein, bevor ihr Kopf das Kissen richtig berührt hatte.

Am nächsten Abend verließen sie *Boscano* und Nells Herz schmerzte, als sie sich von Grazia und Mandia verabschiedete. Aber es war nicht viel Zeit darüber nachzudenken, denn sie mussten erneut über die Ebene, das gefährliche Stück Weg, auf welchem sie das letzte Mal angegriffen worden waren.

Diesmal war kein Wolf und kein Rabe zu sehen und sie kamen ungehindert zwischen den Felsen an.

Sie ritten den bekannten Weg bis hinauf zum höchsten Punkt, wo sie nächtigten. Und am Ende des nächsten Tages tauchten in der Ferne die Türme und Zinnen von *Maroc* vor ihnen auf.

Sie waren beinahe zuhause und Nell begann sich zu erinnern, wie sie die Stadt verlassen hatte.

War dies erst vor knapp zwei Wochen gewesen?

Sie zitterte innerlich, als sie über die kommenden Ereignisse nachdachte:

Was würden die Donovans sagen, wenn sie wieder vor ihnen stand? Was würde Shane sagen, wenn er den Brief erhielt, auf welchem sie die Verlobung gelöst hatte?

Die anderen Schwarzen Reiter würden sich aufteilen und in ihre bürgerlichen Rollen zurückkehren.

Die Gemeinschaft, in welcher sie sich so wohl gefühlt hatte, würde sich auflösen.

Nell begann nervös zu werden.

Was würde in *Maroc* mit ihr geschehen?

Der Eiskönig

David saß im Büro seines Vaters und versuchte sich in die Liste einzuarbeiten, die sie vom Eiskönig erhalten hatten.

Dies waren die Anforderungen für die Lieferung dieses Monats, die sie gestern geholt hatten.

Diesmal hatte er, David, seinen Vater in die Minen begleitet und Shanes Stelle eingenommen, da er bisher nicht wieder aufgetaucht war. Sie hatten darüber gesprochen, ob es nötig sei, sich um Shane zu sorgen. Denn das war das erste Mal, dass er nicht rechtzeitig zurück war, wenn die wöchentliche Tour anstand.

Wie würde es ihm und Nell wohl gehen? Hatten sie sich zusammengerauft?

Der jüngere Bruder grinste, als er an die Antipathie der beiden dachte, er war sich sicher, dass sich dies ändern würde. Wenn nicht Gillian wieder dazwischenkam!

David war es gewöhnt, sich um finanzielle Dinge zu kümmern, da er zusammen mit seiner Mutter für die Organisation des Haushaltes und seiner Angestellten zuständig war. Die komplizierten Abrechnungen, die Shane hier allerdings stets zu erledigen hatte, waren nicht so schnell zu durchblicken.

Was David jedoch ziemlich bald auffiel, war ein gewisses Muster in den Bestellungen des Eiskönigs und er wunderte sich, dass darüber noch nie gesprochen worden war.

Es waren überdurchschnittlich viele Rubine, die gefordert wurden und dieser Edelstein war in den Minen extrem selten. Es erschien dem jungen Mann beinahe so, als wolle der Eiskönig dafür sorgen, dass wirklich jeder Rubin sofort nach der Entdeckung zu ihm gebracht wurde.

Nachdenklich sah er zum Fenster hinaus, die kornblumenblauen Augen strahlten trotz der düsteren Gedanken.

Er entschloss sich gerade, zu seinem Vater zu gehen und ihn danach zu fragen, als ein kleiner Schatten vorbeiflog: Eine der Brieftauben Shanes war zurück.

Er schoss aus dem Stuhl und lief in den Hof, hetzte durch den Garten und über die Treppe im Stall hinauf in den Taubenschlag.

Als er schweratmend ankam, saß die braungefiederte Taube bereits in ihrer Holzzelle und begrüßte ihren Partner freudig gurrend.

David betrachtete sie kurz und erkannte die kleine Rolle, die am linken Fuß befestigt war.

Langsam ging er auf sie zu und bewegte die Hände vorsichtig, bis er den Vogel hochnehmen konnte. Das Tier atmete noch verstärkt und David wusste, nach der Begrüßung des Partners wäre erst einmal Trinken und Fressen angesagt. Er löste die Rolle und setzte den Vogel vor die Tränke auf den Boden. Dieser begann sogleich gierig zu trinken.

Er stellte sich mit dem Rücken zum Fenster, um das Geschriebene besser entziffern zu können, sah sich aber vorher wachsam um. Nicht, dass ein weißer Rabe über seiner Schulter mitläse!

Ihm wurde kalt, als ihm klar wurde, was Shane von ihm verlangte. Einen Eiswolf erlegen! Am helllichten Tag.

Lange hätte er nicht mehr Zeit, dies vorzubereiten, denn Shane schrieb, dass der Wolf am Abend losgelaufen war und etwa am nächsten Mittag an *Maroc* vorbeikäme.

Und es war bereits elf Uhr!

David überlegte fieberhaft.

Er war mit dem Bogen nicht so gut wie Shane, aber von den westlichen Zinnen aus sollte er in der Lage sein zu schießen und zu treffen, denn hier würde der Wolf in Schussnähe vorbeimüssen!

Er lief eilig die Treppe wieder hinab und hinüber zu seinem Zimmer. Er zog sich sandfarbene Kleidung an, um nicht so schnell entdeckt zu werden.

Viele Menschen waren in der Mittagshitze nicht unterwegs, dies war sein großer Vorteil. Aber der eine oder andere Kustode würde möglicherweise auf den Zinnen patrouillieren, deshalb war die tarnfarbene Kleidung unerlässlich.

Er umwickelte seinen Bogen und einige Pfeile mit einem weichen Tuch und packte sie in eine Tasche. Zur Tarnung – sollte er durchsucht werden – legte er Seiten mit Skizzen von Zaumzeugen, die sie demnächst bestellen wollten, darüber. Nun könnte er anführen, dass er auf dem Weg zum Sattler sei, um die Bestellung aufzugeben. Sollten sie die Tasche jedoch ganz durchsuchen, käme er allerdings in Erklärungsnöte.

Er steckte kurz den Kopf in die Küche und bat die Köchin, der Mutter auszurichten, dass er einige Stunden unterwegs sei: unter anderem zum Sattler.

Dann ging er in normalem Tempo zum westlichen Stadtrand und erklomm die Treppe, die auf die Mauer führte.

Kein Kustode war zu sehen – war diesen Kerlen etwa auch zu heiß?

David konnte es sich nicht vorstellen. Er hatte immer den Eindruck, dass kein Blut in deren Adern floss und sie weder schwitzen noch froren.

Wachsam sah er zur Straße hinüber.

Dort wo die Felsen endeten und der Wald begann, gab es ein kurzes Stück, wo der Wolf sichtbar würde. Vielleicht drei bis vier Minuten, dann könnte er wieder im Wald verschwinden und sich damit auf den direkten Weg zum Eissee und zu Shahatego begeben.

Ihm hier zu folgen wäre Selbstmord, denn in dem Wald gab es ein großes Rudel von diesen Bestien.

Er blickte umher, aber nicht einmal ein Rabe war zu sehen, sie fanden hier keinen Schatten. David allerdings auch nicht!

Er spürte, wie der Schweiß zu rinnen begann und hoffte, dass es nicht allzu lang dauern würde. Jede Minute hier oben bedeutete die Gefahr der Entdeckung. Er rutschte langsam an der Mauer gegenüber der Scharte hinab und spähte mit zusammengekniffenen Augen hinüber zum Wald. Nun verschmolz der junge Mann mit der Mauer und solange er reglos blieb, war er nicht zu erkennen.

David öffnete nebenbei die Tasche und legte sich den Bogen und die Pfeile bereit.

Sein Körper spannte sich an, als er Stimmen hörte, die sich näherten.

Wer war denn bei dieser Hitze auf der Straße?

Vorsichtig lehnte er sich seitwärts und blickte hinunter.

Es war Jon Edwards, der Priester von *Maroc*, und einer der Kaufleute vom Markt. David hatte ihn schon oft gesehen, kannte aber seinen Namen nicht. Der Mann sah besorgt aus, während er auf Edwards einsprach. Dieser schüttelte, sichtbar fassungslos, immer wieder den Kopf. Was war hier nur geschehen?

David zwang sich zur Straße zu blicken und in diesem Augenblick tauchte er auf:

Ein riesiger Eiswolf, der in einem flotten Tempo herangetrabt kam und sich eng in der Deckung der Felsen hielt.

Eilig strebte er auf den Wald zu und David riss den Bogen an sich, kniete sich an den Rand der Scharte, legte den Pfeil an und spannte den Bogen.

Einatmen, ausatmen, einatmen, ausatmen, schießen!

Der Pfeil durchschnitt die Luft und als David ihn beinahe schon nicht mehr erkennen konnte, traf er sein Ziel. Der Wolf stürzte zu Boden und bewegte sich nicht mehr.

David lehnte sich erleichtert zurück, seine Beine fühlten sich schwach an.

Dann rappelte er sich auf und ging geduckt auf den Treppenabgang zu.

In diesem Augenblick ertönte lautes Geheul.
David fuhr entsetzt herum und traute seinen Augen nicht. Aus dem Wald schoss gerade das gesamte Wolfsrudel hervor und lief zu dem gefallenen Eiswolf. Dabei stießen sie immer wieder ihr schauriges Klagen aus.
Bei David gesellte sich zu dem normalen Schweiß nun noch der Angstschweiß dazu, als er hörte, wie das Geheul die gesamte Stadt aus dem Mittagsschläfchen weckte.
Unten in den Gassen begann es sich zu regen und es war nur eine Frage der Zeit, bis alle hier heraufkommen, um nachzusehen, was dort draußen wohl geschah.
Er beeilte sich hinunterzukommen und war gerade in eine der Seitengassen verschwunden, als zwei Kustoden auf die Treppe zustrebten, die er gerade verlassen hatte.
Einen Moment erlaubte er sich, stehen zu bleiben und tief einzuatmen. Nun huschte er weiter Richtung Stadtmitte.

Inzwischen mehrten sich die Menschen auf den Gassen, die ihm entgegenströmten.
David überlegte, dann ließ er sich mit den Menschen bis zur nächsten Ecke mittreiben. Gegen den Strom zu schwimmen war zu auffällig. Er sah sich kurz um und erschrak, denn direkt hinter ihm stand Jared Donovan. Sein Vater sah ihn mit stark gerunzelten Augenbrauen an, nebenbei packte er David am Arm.
»Komm schon. Du erklärst mir das später, mein Junge!«
Er zog David mit und nun bogen sie um weitere Ecken, bis es wieder menschenleer war.
Sie waren am Markt angekommen, aber die Tücher, welche die Waren in den Ständen während der Mittagshitze verdeckten, waren heruntergelassen.

David bezweifelte allerdings, dass die Händler alle wie sonst üblich, hinter diesen Tüchern ein Schläfchen hielten. Die meisten waren sicherlich auf dem Weg zur Mauer.

Nun gingen die beiden Donovans in ruhigem Tempo nebeneinander auf den Ausgang des Marktplatzes zu.

»Halt, was treibt Ihr hier in der Hitze?«

Jared fuhr herum, ein Kustode stand hinter einem der nächsten Stände. David war durch die mächtige Gestalt des Vaters verdeckt und Jared zischte ihm zu:

»Mach, dass du unter den Karren kommst und schleich dich durch nach Hause. Ich komme nach. Mach schon!«

David zögerte kurz, denn es widerstrebte ihm den Vater in der Situation alleinzulassen. Sollten sie allerdings mit den Waffen erwischt werden, wäre es das sichere Aus für beide!

So folgte David dem Befehl des Vaters und tauchte unter dem Wagen ab.

Zwischen den Teppichen war die Luft stickig, aber er krabbelte weiter, die Ohren gespitzt, um zu hören, was hinter ihm geschehen würde.

Gerade als er von diesem unter den nächsten Wagen kroch, hatte der Kustode Jared erreicht, der ruhig stehen geblieben war.

Der hagere Wächter warf ihm einen scharfen Blick zu, bückte sich und hob mit einem Ruck das Tuch an, um unter den Stand zu blicken. Von David war nichts mehr zu sehen.

Der Mann des Eiskönigs richtete sich auf und sah in Jareds gelassenes Gesicht.

»Was macht Ihr hier, fragte ich Euch?«, herrschte er ihn an.

Jared verneigte sich und antwortete:

»Ich wollte meinen Sohn beim Sattler treffen, aber er war wohl doch schon auf direktem Wege heimgegangen. Oder er ist hinter all den Menschen hergelaufen, die zur Mauer wollten. Was ist denn dort los?«, fragte er harmlos.

Der Kustode war misstrauisch.

»Warum seid Ihr nicht mitgelaufen, um nachzusehen wie all die anderen?«

»Weil ich auf der Suche nach meinem Sohn bin. Das ist mir wichtiger. Was ist denn nun geschehen? Muss ich mir Sorgen um ihn machen?«

Die blauen Augen schienen vollkommene Ehrlichkeit auszustrahlen und der Kustode wirkte verunsichert.

Dann ruckte er mit dem Kopf zur Seite.

»Ihr kommt mit mir zur Wache. Ich möchte Eure Anwesenheit hier festhalten lassen. Folgt mir freiwillig oder ich lasse Euch hinbringen!«

Hinter ihm waren zwei Sitai aufgetaucht. Um mehr als einen Kopf überragten sie den hochgewachsenen Kustoden und Jared wirkte sogar wie ein Kind neben ihnen, obgleich auch er ein großer Mann war. Jared nickte sein Einverständnis und folgte dem Kustoden gelassen.

David dagegen fluchte, als er sah, dass sein Vater gewissermaßen abgeführt wurde.

Aber es schien keinen Grund zu geben sich Sorgen zu machen, schließlich hatte Jared nichts weiter getan, als zu einer unüblichen Zeit auf dem Markt gewesen zu sein.

David hetzte nach Hause. Er würde sich umziehen und etwas abwarten. Sollte Jared nicht bald kommen, wäre es ganz natürlich nach ihm zu forschen.

Aber Jared war bereits eine knappe Stunde nach seinem Sohn zu Hause. Mit einem Fingerkrümmen bestellte er David ins Büro und schloss sorgsam die Türen und die Fenster.

»Ich höre!«, herrschte er ihn an.

David seufzte. Bisher hatten sie den Vater aus allem heraushalten können. Für Jared war die Neuigkeit über das wahre Wesen Jim Ferneys, seines besten Freundes, wie ein Schock gewesen und er hatte jeden weiteren Gedanken und jedes Gespräch über die Schwarzen Reiter oder einen Aufstand gegen den Eiskönig unterbunden.

Aber nun? Nun war alles anders.

David wusste nicht, ob Shane damit einverstanden wäre, dass er seine Unternehmungen aufdeckte. Und er fürchtete die Reaktion des Vaters, der immer darauf bedacht war, sich aus Schwierigkeiten herauszuhalten.

Er versuchte es zunächst mit einer Ausflucht.

»Was genau meinst du, Vater? Ich war auf dem Weg zum Sattler, bin aber wegen dieses plötzlichen Menschenauflaufs umgekehrt.«

Jared war mit einem Satz aus dem Stuhl und packte David an den Hemdaufschlägen. Sein Gesicht war rot vor Wut, die Adern auf der Stirn gefährlich angeschwollen.

»Du wagst es mich anzulügen, mich, deinen Vater?«

David senkte betreten den Kopf, dann hob er ihn wieder und blaue Augen voll schlechten Gewissens sahen ehrlich und direkt in blaue Augen voll des Zorns.

»Entschuldige, Vater, wir hatten den Eindruck, du willst mit alledem nichts zu tun haben«, begann er leise und Jareds Griff lockerte sich.

David fuhr entschlossener fort.

»Wenn du deine Meinung geändert hast, beziehen wir dich gerne mit ein.«

Jared sah seinen jüngeren Sohn erstaunt an, als sähe er ihn das erste Mal. Wann war David so erwachsen geworden?

»In was miteinbeziehen?«, hakte er grimmig nach, obwohl er es bereits ahnte.

»Mit den Schwarzen Reitern!«, antwortete der junge Mann offen.

»Wenn meine Söhne da mit drin stecken, kann ich mich wohl kaum raushalten, David! Oder hältst du mich für feige? Ich wollte euch beschützen: vor dem Eiskönig, seinen Monstern und der Welt dort draußen. Aber ihr lasst es nicht zu, ihr rennt geradewegs in die Gefahr! Junge, dumme Heißsporne!«

David entgegnete in scharfem Ton:

»Das mag dir so scheinen, Vater. Shane ist sehr vorsichtig und ich war es bisher auch. Heute hatte ich keine Wahl und keine Zeit, etwas anderes zu überlegen. Dieser Eiswolf hätte Shane und Nell an den Eiskönig verraten!«

Jared fuhr entsetzt hoch.

»Er hat das Mädchen da mit hineingezogen? Ist er wahnsinnig?«

David schüttelte ungeduldig den Kopf.

»Sie ist ein entscheidender Part des Widerstandes, Vater. Sie ist eine Traumwandlerin und sie träumt von den Schlüsseln zur Brücke!«

Jared wurde blass und ließ sich schwer auf den Stuhl zurückfallen. Dies übertraf seine schlimmsten Befürchtungen.

Schweigend sahen sich die Männer an, es gab in diesem Moment nichts mehr zu sagen.

In rasendem Tempo schoss die Kutsche durch den Wald. Zeitweise schlingerte sie auf dem eisigen Weg. Die beiden Sitai auf dem Kutschbock interessierte das nicht und Adan, der Kustode im Inneren der Kutsche, blickte nachdenklich in den Wald hinaus. Rote Augen leuchteten von Zeit zu Zeit auf, aber diese waren für ihn und sein Gefährt keine Gefahr.

Unruhig wurde er, wenn er an sein Ziel dachte.

Gleich würden sie an der Brücke sein und zum Eiskönig übersetzen.

Er hatte die angeforderte Lieferung für diesen Monat dabei, auch musste er sich keine Sorgen um einen Überfall machen. Alles, was in diesen Landen gefährlich war, stand auf Seiten des Eiskönigs.

Die Sitai waren nicht an Edelsteinen interessiert.

Diese riesigen, furchterregenden, aber nicht allzu klugen Kreaturen waren zufrieden, wenn sie Nahrung und Bier erhielten. Glücklicherweise machte sie der Alkohol in großen Mengen nicht aggressiv, sondern ruhig.

Die Kustoden dagegen bewunderten die Edelsteine, aber sie waren zu schlau, um sich gegen den Eiskönig zu stellen.

Adan liebte es die Lieferungen durchzuführen. Hier, allein in der Kutsche, konnte er die Steine berühren, ihren samtigen Schimmer genießen.

Ihm blutete allerdings sein Herz, wenn er daran dachte, dass die Rubine, die königlichsten aller Steine, nie geschliffen und verwendet würden.

Sie wurden gleich nach ihrer Ankunft im Schloss mit gewaltigen Mühlsteinen zermahlen.

Anschließend wurden die kleinen Brösel in hochkonzentriertes Salzwasser und dann in einer weiteren ätzenden Flüssigkeit eingelegt. Dies löste die Steine nach einer Weile endgültig auf.

Alle anderen Edelsteine wurden bearbeitet: Zuerst wurden sie zur optimalen Größe und Form geschliffen.

Manche wurden danach gebrannt, um die Farben zu verändern, andere nur mit Wachs oder Harz überzogen, um sie zum Glänzen und Strahlen zu bringen.

Adan hatte bereits zweimal als Belohnung für seine zuverlässigen Dienste einen Diamanten erhalten.

Aber sein Herz lebte für die Betrachtung der Rubine und schmerzte bei dem Wissen um ihre Vernichtung.

Was ihm seit einiger Zeit zudem zu schaffen machte, war das sichere Gefühl, dass irgendwo etwas im Argen lag.

Die Schwarzen Reiter waren aktiver geworden.

Sie bewegten sich freier in *Maroc*, als sie sollten. Und nun war heute der Bote aus *Boscano* von einem Pfeil aus *Maroc* erlegt worden. Kein Rabe und kein Kustode hatte etwas gesehen.

Maroc wurde gerade auf den Kopf gestellt, aber Adan bezweifelte, dass es Ergebnisse bringen würde.

Und nun musste er Shahatego dies mitteilen.

Adan wusste nur zu gut, was oft den Überbringern schlechter Nachrichten zustieß.

Einen Edelstein würde er diesmal sicher nicht bekommen, genauer gesagt hoffte er, den Besuch zu überleben!

Die Kustoden waren ein freier Stamm ohne eigenes Land weit im Osten des Eisreiches gewesen. Sie waren vom Eiskönig aus ihrem Nomadendasein heraus zu seinen Dienern gemacht worden.

Nun lebte jeder der Kustoden dort, wo ihn der Eiskönig einsetzte. Sie waren nicht viele, nur Männer – die Frauen und Kinder waren damals nicht mitgenommen worden und jeder Kustode wusste, dass diese alleine das harte Leben in der Steppe nicht hatten schaffen können und vermutlich nicht mehr am Leben oder bereits von anderen Völkern versklavt worden waren.

Da tiefe Gefühle jedoch nicht ihrer Natur entsprachen, hatten die Männer es ohne großes Verlustgefühl hingenommen.

Shahatego hatte keine Verwendung für Wächter und Diener, die sich um Familien sorgen mussten: Dies schmälerte die Effektivität.

Aber zuweilen erinnerte sich Adan an vergangene Zeiten am Lagerfeuer, an Berührungen, an geflüsterte Worte und fragte sich, wo der Nachwuchs seiner Männer für den Eiskönig ohne ihre Frauen herkommen sollte.

Der Wagen verlangsamte das Tempo und als er sich hinauslehnte, erkannte er direkt vor ihnen die beeindruckende Brücke und den glitzernden, vereisten See.

Als das Gefährt stehen blieb, öffnete er die Tür und schwang sich hinaus.

Langsam trat er auf die Brücke zu, auf deren Pfeiler ein Rabe saß.

Er nickte ihm schweigend zu und der Vogel erhob sich und flog hinüber zum Schloss, wo er hinter den Mauern verschwand.

Wachsam sah sich der Kustode um und zuckte zusammen, als er den dunklen, riesigen Schatten im Wasser erkannte:

Seoc wachte über sein Reich und kannte keine Gnade für niemanden, wer auch immer über das Eis gehen wollte:

Mensch, Wolf, Kustode, Sitai: *Seoc* machte keinen Unterschied.

Alle Gefolgsleute des Eiskönigs setzten mitleidslos seine Anweisungen um.

Ein kurzes Aufbäumen, krachendes, brechendes Eis, und der Störenfried war verschwunden. Manch einer für immer, außer der Eiskönig gab den Befehl, denjenigen wieder herzugeben.

Adan erinnerte sich mit einem bösen Grinsen an die entsetzten Gesichter der Donovans, als sie den Eisblock erhalten hatten.

Solche Warnungen waren normalerweise wirkungsvoll.

Warum also gaben die Schwarzen Reiter nun keine Ruhe?

Hatten sie irgendetwas erfahren, was ihnen Kraft zur Rebellion gab und was könnte dies sein?

Es gab keine Hoffnung für die Menschen in den vier unterworfenen Ländern.

Sie konnten sich nicht zusammenschließen, der Kontakt war unmöglich durch die Grenzposten. Außerdem fürchteten sie einander dank der ausgeklügelten Strategie des Eiskönigs.

Und selbst wenn sich eine Rebellion erheben sollte:

Niemand konnte über den See, niemand über die Brücke, welche nur der Eiskönig ausfahren konnte.

Der weiße Rabe kam zurück und setzte sich wieder auf seinen Platz.

Mit seinen eisblauen Augen sah er Adan regungslos an.

Der Kustode blickte aus schmalen, schwarzen Augen unbeeindruckt zurück.

Dann ertönte ein Rumpeln und der Rabe flog auf. Er kreiste über der Brücke und man konnte zusehen, wie sich mit nervenaufreibend langsamem Tempo die Brückenglieder von der Land- und von der Inselseite mit leisem Knirschen aufeinander zuschoben.

Unter den festen Steingliedern waren etwas leichtere Elemente aus Holz und Eisen verborgen gewesen.

Diese waren durch einen Mechanismus von der Insel aus betätigt worden und schoben sich nun hervor und bildeten die einzige Verbindung zwischen dem Festland und der Insel.

In der Mitte des Sees legten sie sich aneinander und man hörte das Zusammentreffen nur durch einen leisen Klopfton.

Die Brücke war nun komplett!

Der Kustode stieg ein und die Kutsche fuhr gemächlich und ratternd über die Holzbohlen der Brücke auf die Insel zu.

Der Schatten des Ungeheuers *Seoc* tauchte unter der Brücke hindurch, wendete unter Wasser und lag still. Langsam schob sich der Kopf empor. Zuerst die kleinen Augen an der Seite, dann der Rest des haiähnlichen Kopfes. Zahlreiche Zahnreihen, durchbrochen nur durch vier riesige Eckzähne, die an die Hauer eines wilden Ebers erinnerten, waren zu sehen.

Adan sah in die tückisch glänzenden Augen und schauderte leicht. Er hoffte, dass er niemals ohne die Brücke den See überqueren müsste.

Auf der Insel angekommen, holperte die Kutsche über den eisverkrusteten Weg auf das Schloss zu. Kurz bevor sie das Tor erreichten, schwang dieses auf, ließ die Kutsche passieren und schloss sich unmittelbar nach ihnen wieder.

Der Innenhof des Schlosses war eine riesige ebene Fläche aus Eis, durchbrochen nur von dem Weg, der gerade breit genug für die Kutsche war.

Bäume mit malerisch gefrorenen Ästen säumten den Weg zur Empfangstreppe mit dem Portal, welches zwei Stockwerke hoch die Gebäudefront bestimmte.

Das Schloss selbst ragte ewig weit in den blauen Himmel empor.

Jedes Stockwerk war schmaler als das unter ihm gelegene, jedes strebte der Sonne energischer entgegen.

Zwischen den Bäumen waren in Reih und Glied Skulpturen von Eiswölfen in Originalgröße platziert, dazwischen schlichen die echten Exemplare herum. Diese kamen nun schnell auf die Kutsche zu und umstellten sie.

Adan stieg, unbeeindruckt vom Knurren und den gefletschten Raubtiergebissen der Untiere, aus.

Die beiden Sitai holten aus dem Inneren der Kutsche die Säcke mit den Edelsteinen. Sie schulterten diese, ohne eine Miene zu verziehen, aber Adan wusste, welch ein gewaltiges Gewicht in diesen ruhte. Er war kein schwacher Mann, aber er konnte nur einen der Säcke tragen.

Er ging seinen Helfern voraus. Die Wölfe wichen zurück und ließen ihn passieren. Dann flankierten sie die kleine Gruppe bis zum Schloss, dessen Tor sich nun öffnete.

Hier fand ein grotesker Wechsel der Umgebung satt:

Von der Unwirklichkeit der Eislandschaft außerhalb, trat man nun in ein normales Haus. Es war natürlich deutlich mächtiger, aber wer eine große Empfangshalle aus Eis erwartet hatte, wurde hier angenehm überrascht.

Bunte, dicke Teppiche säumten die Flure, und Holz und Stein waren die vorherrschenden Baumaterialien, als hätte sein Besitzer nichts mit Schnee und Eis zu tun haben wollen.

Geöffnet hatte ihnen ein älterer Mann, der Butler des Eiskönigs.

Schweigend verneigte er sich vor Adan, welcher den Gruß mit einem Kopfnicken höflich, aber reserviert, erwiderte.

Er folgte dem Mann die Schlosstreppe hinauf in die zweite Etage und durch einen langen Flur bis hin zu einer großen Holztür mit wertvollen Schnitzereien.

Die Sitai mit ihren Säcken waren dicht hinter ihm.

Der Alte verschwand in dem Raum, nachdem er Adan gebeten hatte, kurz zu warten.

Der Kustode hatte einen Moment Zeit die Bilder in der Tür zu betrachten:

Eiswölfe, Raben und Edelsteine in allen Größen waren kunstvoll eingearbeitet. Die Edelsteine schienen echt zu sein, sie waren in eine passende Holzform versenkt.

Als Adan gerade sehnsuchtsvoll die Hand erheben und sie berühren wollte, schwang die Tür auf.

Der Butler bat sie herein, er drängte sich nun an dem Kustoden und seinen Begleitern vorbei und schloss die Tür hinter diesen von außen.

Prasselndes Kaminfeuer erwärmte den Raum.

Riesige Brokatvorhänge säumten die großzügige Fensterfront, von welcher man über den Schlosshof und weit über den See hinaus bis zu den umliegenden Wäldern sah. In der Ferne konnte man im Nordosten sogar den hohen Turm *Maroc*s erkennen.

Adan und die beiden Sitai sanken auf ein Knie und neigten abwartend den Kopf.

Shahatego stand vor dem Feuer, nun sprach er mit lauter, tiefer Stimme:

»Erhebt Euch, Männer, seid mir willkommen. Ich freue mich schon den ganzen Tag auf diese Lieferung, die Ihr mir bringt.

Leert sie hier auf das Tablett!«, befahl er.

Der Herrscher war ein großer Mann, aber neben dem schlanken Kustoden wirkte er auch sehr breit gebaut.

Seine gut gepolsterten Wangen und der dichte weiße Bart ließen ihn freundlich und gemütlich wirken, aber wer seine eisblauen Augen sah, wusste, dass dieser Eindruck trog.

Ein dicker blauer Mantel, durchwirkt von Goldfäden, wies auf den Reichtum seines Besitzers hin.

Eine Krone saß auf seinem Haupt mit dem dichten weißen Haar: Silberne Verbindungen zwischen den schönsten, vielfarbigen Edelsteinen waren so filigran gefertigt, wie es nur möglich war, um dem Herrschersymbol die nötige Stabilität zu geben.

Die Sitai schütteten den Inhalt ihrer Säcke vorsichtig auf das riesige silberne Tablett, welches auf einem niedrigen Steintisch stand.

Das klirrende Geräusch der Steine lenkte den Blick aller auf sie. Der Anblick blendete in der Wintersonne, die kalt und gleißend hell durch die Fenster auf das Tablett fiel.

Adan musste die Augen zusammenkneifen, um noch etwas erkennen zu können.

Der Eiskönig schien dieses Problem nicht zu haben; seine hellen Augen waren weit geöffnet, als er sich auf den großen Lehnsessel vor dem Tisch setzte. Einen Stein nach dem anderen nahm er in die Hand und betrachtete ihn. Dann sortierte er sie auf verschiedene Haufen.

Die Rubine würdigte er keines Blickes, er schob sie lieblos, beinahe grob zur Seite. Adan dachte mit Bedauern an das Schicksal dieser schönen Steine. Er bemühte sich jedoch, sein Unverständnis nicht auf seinem Gesicht zu zeigen.

Er stand mit den Sitai da und wartete geduldig und reglos.

Nach einer knappen Stunde hatte der Herrscher alle Steine geprüft.

Die Rubine packte er in einen der Säcke zurück und befahl den Sitai, diesen Sack in das spezielle Verlies zur Vernichtung zu bringen. Dann sollten sie unten in der Halle warten.

Die beiden verneigten sich und verließen wortlos den Raum.

Der Eiskönig sah Adan an und bedeutete ihm, Platz zu nehmen.

Dieser gehorchte mit Erstaunen: Dies war bisher noch nie geschehen.

»Nun, mein Obertransporteur, erzählt mir: Gab es irgendwelche Schwierigkeiten bei Eurer Fahrt hierher?«

Adan versicherte seinem Herrn mit gleichmütiger Stimme: »Nein, mein König. Keine Problem bei der Fahrt und meines Wissens auch nicht in den Minen!«

Er stockte kurz, dann fuhr er entschlossen fort:

»Jedoch habe ich das Gefühl, irgendetwas gärt unter den Menschen. Die Schwarzen Reiter sind unterwegs, trotz aller Wachen und Grenzposten, Wölfe und Raben kann sie der Oberkommandeur in *Maroc* nicht fassen oder entlarven!

Und ein Eiswolf ist von *Maroc* aus mit einem Pfeil erlegt worden. Der Schütze war weg, als die Wächter an den Platz des Abschusses kamen.«

Shahatego fixierte ihn wortlos mit einem unerklärlichen Blick.

»Es ist klug von Euch, mir dies nicht zu verschweigen. Denn ich habe es bereits von einem anderen erfahren.«

Er wies mit einem ausgestreckten Arm zu einem Schrank im dunkleren Eck des riesigen Raumes.

Der Kustode verzog keine Miene, obgleich er so ein Getier noch nie zuvor gesehen hatte.

Ein Dracomalo erhob sich und landete gleich darauf mit einem graziösen Flügelschlag neben seinem Herrn auf der Stuhllehne.

Er legte seine spitz zu laufenden Flügel an den Seiten zusammen und die Lider schlossen sich über den gelben Augen, als würde er schlafen.

Der König sprach erneut.

»Der Dracomalo hat mir mitgeteilt, dass die Schwarzen Reiter, trotz der Grenzposten und der Wölfe in *Boscano* waren!«

Adan konnte nicht verhindern, dass seine Augen sich aufgrund der Überraschung kurz vergrößerten.

»Der Eiswolf, der erschossen wurde, war der Bote aus *Boscano*, der mir die Ankunft der Schwarzen Reiter dort mitteilen sollte. Noch viel schlimmer als die Taten der Schwarzen Reiter ist aber etwas anderes: Sie haben ein Mädchen bei sich, die Wertvolles aus *Boscano* gestohlen hat. Eine spezielle Wurzel! Sie hat meinen Wächter getötet und diese Wurzel mitgenommen. Dann hat sie die Dracomalos angegriffen und getäuscht, so dass sie damit entkommen konnte.«

Er lehnte sich vor und sah in Adans schwarze Augen, die keinerlei Regung verrieten.

»Bringt mir das Mädchen! Noch vor dem Winter, Adan, muss ich sie hier haben. Sie ist gefährlicher als die Schwarzen Reiter!«

Der Kustode fragte mit fester Stimme:

»Wie sieht sie aus, mein König?«

Der Dracomalo begann zu zischen und zu zwitschern, dann verstummte er und die Augen schlossen sich erneut.

»Sie ist klein und noch sehr jung. Sie trägt die Haare kurz wie ein Mann. Braune Haare, dunkle Augen. Findet sie oder enttarnt einen Schwarzen Reiter, denn die wissen, wer sie ist!«

Der behäbige Mann stand mühsam auf und Adan tat es ihm gleich.

Die Tür öffnete sich und er war entlassen.

Nach einer kurzen Verneigung verließ er den Raum und eilte die Treppe hinunter, als er einen Ruf von oben vernahm.

Der Butler schritt vorsichtig die Treppe hinab und kam auf ihn zu. Er streckte die Hand aus, und Adan erkannte auf dem Handteller seine Bezahlung: ein kleiner Smaragd.

Er atmete auf – er war nicht in Ungnade gefallen –, dennoch packte er die Gelegenheit beim Schopf und fragte den Alten mit gesenkter Stimme: »Kann man diesen Stein gegen einen Rubin tauschen oder ist das verboten?«

Die vor Entsetzen aufgerissenen Augen des anderen sprachen Bände.

Adan wollte sich bereits abwenden, da erhielt er doch eine Antwort, mit welcher er nicht gerechnet hatte:

»Jeder, der einen Rubin auch nur zu lange angesehen hat, Herr, ist verschwunden. Letzte Woche hat das Küchenmädchen versucht, einen der Steine vor der Vernichtung an sich zu nehmen, der Herr spürte es! Am nächsten Tag fanden wir ihren von den Wölfen übel zugerichteten Körper draußen im Hof. Es war schwer das ganze Blut aus dem Schnee und Eis zu entfernen!

Werden die Rubine nicht vernichtet, bringen sie den Tod: Dem, der sie begehrt und vielleicht auch dem König, weil er sie so hasst! Nehmt den Smaragd und behaltet Euer Leben!«

Der Kustode nickte leicht und verließ das Haus.

Sofort nahmen ihn die Kälte und das Weiß der Umgebung in die eisige Umklammerung. Er schwang sich in die Kutsche und sah, während sie wendete, zum Schloss hinauf. Dort stand der Mann, der auf den ersten Blick so menschlich wirkte und blickte hinunter.

Der Kustode spürte einen eisigen Druck auf seinem Herz und seiner Lunge. Das Atmen fiel ihm schwer und er begann, den Halt auf der Sitzbank zu verlieren und rutschte langsam auf den Boden der Kutsche. Bevor er das Bewusstsein verlor, waren sie auf dem Land angekommen und der Druck verschwand.

Keuchend richtete er sich auf und setzte sich, nachdem er sich erholt hatte, wieder auf den Sitz.

Dies war eine eindeutige Warnung gewesen – Finger und auch Gedanken weg von den Rubinen!

Heimkehr

Sie hatten den Rand *Marocs* erreicht, als die Dunkelheit die Stadt bereits umhüllte. Sie führten die Pferde nahe an der Mauer entlang, um oben vom Zinnengang nicht gesehen werden zu können. Wie die Male zuvor auch öffnete sich das Haupttor einen schmalen Spalt und ließ die schwarz Vermummten in die Stadt hinein.

Nun trennten sich die Wege der Schwarzen Reiter:
Jeder ritt zu seinem Heim, zu seiner Familie, seinen gewöhnlichen Tätigkeiten. Ein Gruß mit der kurz erhobenen Hand war alles, was das Ende der Gemeinschaft einläutete.

Tiger und Nell folgten Shane bis zu einem Stall. An jeder Ecke blieben sie stehen, bis Shane ein Zeichen zum Weitergehen gab.

Nells Herz raste jedes Mal aufs Neue, denn bis das erlösende Handzeichen kam, schien es ewig zu dauern.

Sie führten die Pferde in den Stall und Shane schloss das Tor hinter ihnen sofort wieder.

Nur mit dem schwachen Licht des Halbmondes durch ein Stalldachfenster sattelten und trensten sie die Pferde schweigend ab. Nun rieben sie die Tiere trocken und bürsteten die Sattel- und Gurtlage, damit die Spuren des Ritts verschwanden.

Eine Handvoll Hafer, dann wurden die treuen Weggefährten auf das Paddock, den Freilaufbereich mit Sandboden hinter der Scheune, zu den anderen Pferden gelassen, wo sie sich an einen der Heuhaufen stellten und zu fressen begannen.

Nell ließ die Luft aus ihren Lungen, nun schien das Schwerste geschafft zu sein. Sie sah zu Shane hinüber, auf ein Zeichen zum Abmarsch hoffend.

Aber ihr Verlobter hob in diesem Augenblick warnend die Hand und da hörten es die beiden anderen auch:

Jemand öffnete den Riegel der kleineren Stalltüre, die nur für den Zutritt durch Menschen gedacht war.

Ohne lang zu überlegen huschten Nell und Tiger unter die zuvor aufgehängten Sättel. Nell rollte sich zusammen und als Tiger sah, dass sie nun wie ein Haufen Lumpen am Boden lag, tat er es ihr nach. Shane war beruhigt, als er das besonnene Handeln seiner jungen Begleiter sah.

Ein bleiches Gesicht in dem schwarzen Tuch hätte geleuchtet und die Aufmerksamkeit auf sich gezogen. So würde sie keiner bemerken, solange sie sich nicht bewegten. Er selbst war zu groß für jedes Versteck, so presste er sich an die Rückseite einer der Säulen, welche den Stallgang abstützten.

Nun betrat jemand mit einer Laterne den Stall und warf einen riesigen Schatten an die Wand gegenüber.

Ein Kustode!

Vollkommen geräuschlos zog Shane langsam sein Schwert aus der Scheide und hielt es eng an seinen Körper gepresst. Es war nicht seine Absicht zu kämpfen, aber würde er entdeckt werden, hätte er keine Wahl.

Der Kustode wanderte mit großer Vorsicht durch den Stall; er war misstrauisch, hatte wohl irgendetwas gehört.

Das Licht seiner Laterne streifte die schwarzen Lumpen am Boden und Shane hielt die Luft an. Nichts bewegte sich – die beiden behielten die Nerven!

Shane blickte zu Boden, ob sich hinter der Säule ein Hindernis befand, denn er musste nun seinen Platz wechseln. Je näher der Kustode kam, desto weiter schob er sich auf die andere Seite der Säule, um in deren Schatten zu bleiben. Jetzt nur nirgendwo drüberstolpern!

Der Laternenschein erhellte den Platz, auf welchem die Pferde vor sich kauten, und Shane war froh, dass sie sich die Zeit genommen hatten, die Spuren des Schweißes zu beseitigen.

Der Kustode war offensichtlich zufrieden, denn er verließ auf direktem Weg den Stall und Shane sah, wie sich der Lichtschein die Gasse hinunter von ihnen weg bewegte. Er schob sein Schwert an seinen Platz und ging leise zu den Lumpen hinüber.

»Er ist weg, ihr könnt rauskommen«, sagte er leise und sah gleich darauf in zwei blasse Gesichter, soweit man diese unter dem schwarzen Tuch erkennen konnte.

»Gut gemacht«, nickte er lobend. Er half Nell auf die Beine, während sich Tiger bereits seine Kleidung ausklopfte. Nell tat es ihm gleich, dann verließen auch die drei den Stall, um endlich zum Heim der Donovans zu gehen.

Shane öffnete das Gartentor und sie huschten durch den Dienstboteneingang, an der Küche vorbei in Shanes Räume, wo sie sich der schwarzen Überkleidung entledigten.

Shane versteckte diese in einer Truhe hinter einer Wand, die durch einen Wandteppich verhängt war.

Er sah Nell auffordernd an.

»Lass uns kurz etwas essen und Bescheid geben, dass wir hier sind. Dann könnt ihr schlafen gehen.«

Nell sah ihn entsetzt an.

»Deine Eltern trifft der Schlag, wenn sie mich in Hosen sehen, Shane.«

Er sah sie von oben bis unten an und grinste anzüglich.

»Ich finde, sie stehen dir gut. Außerdem warst du es doch, die von hier in Hosen geflohen ist, nicht wahr?«

Nell wurde rot vor Wut und Verlegenheit. Aber sie gab sich vor ihm keine Blöße, hob bockig das Kinn und erwiderte kurzangebunden:

»Gut, wenn dir das nichts ausmacht, dass sie vermutlich wissen wollen, wo ich war, bleibe ich gerne so!«

Der junge Mann schüttelte den Kopf.

»Wenn sie es nicht schon von David wissen, wird es Zeit, dass sie davon erfahren«, entgegnete er entschlossen.

Nell sah ihn prüfend an, versuchte ihn zu verstehen, aber es fiel ihr schwer.

Zuerst musste alles ganz geheim sein, dann wieder nicht?

Doch sie sprach kein Wort mehr, sondern folgte ihm die Treppe hinunter ins Esszimmer der Familie.

Dort saßen die Eltern mit David und Emily am Tisch und speisten.

Erschrocken sahen sie auf, als die drei den Raum betraten. Aber bevor noch ein Wort fallen konnte, hatte Shane bereits die Vorhänge zum Hof geschlossen. Man konnte nie wissen, wer über die Mauer spähte!

Bedächtig stand Jared auf und ging auf Shane zu, nach kurzem Zögern umarmte er seinen Sohn ganz fest, während sein Blick zu Nell wanderte.

Maggie war aufgesprungen, ebenso wie ihre Tochter, und zu Nell hinübergeeilt, die sie herzlich in die Arme schlossen. Maggie hielt das junge Mädchen eine Armlänge von sich und fragte mit deutlichem Zittern in der Stimme:

»Kind, was ist mit dir nur passiert? Wo sind deine schönen Haare, warum trägst du Männerkleidung? Wir haben uns solche Sorgen gemacht!«

David trat unterdessen auf Tiger zu und bot ihm die Hand, die der Junge nach kurzem Zaudern ergriff.

»Ich bin David, wie heißt du, mein Junge?«

»Tig.., Tyler, Sir!«

Tiger war vollkommen erschlagen von dem behaglichen Zuhause seines wohlhabenden Retters. Ihm fehlten die Worte.

Nun kam Jared auf ihn zu und begrüßte ihn freundlich.

Nach der Rettung des Jungen aus der Mine hatte er keine Fragen gestellt, als Shane diesen weggebracht hatte, und er freute sich, zu sehen, dass es ihm offensichtlich gut ging.

»Nun kommt erst mal an den Tisch, Kinder, und esst euch satt. Und dann möchte ich dich, Shane, sprechen, wenn es genehm ist!«

Sein ältester Sohn nickte ihm ernst zu.

Daraufhin hielt er Nell höflich den Stuhl bereit, ganz als hätte sie ein Abendkleid an und er wäre ein Gentleman.

Nell handelte automatisch, als sie sich setzte, so erstaunt war sie über sein verändertes Wesen.

Aus diesem Mann würde sie wohl nie schlau werden: Mal wurde sie herumkommandiert, dann verspottet und im nächsten Augenblick beschützt oder als Lady behandelt.

Schweigend aßen Nell und Tiger und hörten zu, wie sich die Familie über Alltagsfragen unterhielt.

Aber Nell erkannte bald das Muster:

Sie informierten Shane in allen Einzelheiten, was in seiner Abwesenheit in *Maroc* vorgefallen war; bei einem Verhör könnte er damit belegen in der Stadt gewesen zu sein.

So natürlich, wie dieses Gespräch wirkte, lief dies wohl schon lange in dieser Weise ab.

Selbst wenn die Eltern Donovan bisher nicht genau gewusst hatten, was ihr Sohn so trieb, unterstützten sie ihn dennoch auf ihre Art.

Nach dem Essen verschwanden die Männer im Büro der Familie. Tiger baten sie mit Nell zu gehen, während ein Zimmer für ihn hergerichtet würde.

Nell sah an seinen Augen, das ihm dies nicht behagte.

Während Tiger auf dem Weg nach oben andächtig Emilys Erzählungen lauschte, nahm Nell Maggie unauffällig auf die Seite:

»Maggie, Tiger hat zuweilen schlimme Alpträume. Kann er das Zimmer neben mir haben? Dann kann ich nach ihm sehen, wenn es ihm nicht gut geht.«

Maggie sah sie forschend an.

Aber sie nahm an, dass Shane es sagen würde, wenn es ihm nicht recht wäre. Nell schien ihre Gedanken zu erraten und sagte leise:

»Shane weiß es, er wird nichts dagegen haben. Tiger ist wie ein Bruder für mich geworden, und einen Bruder habe ich dringend gebraucht.«

Maggie registrierte erstaunt die Änderung im Wesen des bisher so schüchternen Mädchens. Sie nickte zustimmend und dachte bei sich, wie dies in so wenigen Wochen hatte geschehen können. Was Nell wohl erlebt hatte, dass sie so gereift war?

Sie sah das Aufflackern in den Augen des Jungen, als er mit Nell einen Blick tauschte. Tiger war offensichtlich erleichtert in Nells Nähe zu sein.

Dann heftete sich sein Blick wieder auf die blonde Emily mit den himmelblauen Augen und der reizenden Stimme.

Auch so etwas hatte er noch nie gesehen; in den Minen gab es dergleichen Haarfarbe nicht.

Emily empfand wohl ebenfalls Gefallen an dem Jungen, denn sie lächelte ihn ständig an, während sie redete.

Maggie zeigte Tiger sein Zimmer, während Emily mit Nell in deren Zimmer trat.

Nells Blick fiel sofort auf ihren Sekretär: Ihre Nachricht, die sie damals geschrieben hatte, war verschwunden.

Emily sagte leise: »Ich habe sie vernichtet, Nell. Aber ich habe meinen Eltern gesagt, was du geschrieben hast. Die gelöste Verlobung habe ich nicht erwähnt. Shane weiß es nicht!«

Nell fuhr herum und sah das Mädchen, das ihr wie eine Schwester ans Herz gewachsen war, überrascht an. Sie wusste nicht, ob das Gefühl, das sie empfand Dankbarkeit oder Wut über die Einmischung war. Emily hatte es sicher gut gemeint: Wenn nicht für Nell, dann sicher für ihren Bruder. Nell nickte ihr kurz zu, sprach aber nicht, denn sie konnte nichts sagen.

Emily schien sie dennoch zu verstehen. Sie umarmte Nell und flüsterte etwas in ihr Ohr.

»Ich wollte dich nicht verlieren, Nell. Ich habe dich sehr lieb und ich hoffe so sehr, dass du bei uns bleibst. So oder so!«

Nell spürte Tränen in ihren Augen aufsteigen und als sie in Emilys Augen sah, erblickte sie auch dort Feuchtigkeit. Dann riss sich die Jüngere los, wünschte ihr eine gute Nacht und verließ rasch den Raum.

Nell hatte sich gerade gewaschen und ihr Nachthemd übergezogen, als Maggie hereinkam.

Sie setzte sich auf Nells Bett und klopfte einladend mit der Hand neben sich auf die Decken.

»Komm ein wenig zu mir, Nell. Erzählst du mir, was geschehen ist, seit du fortgelaufen bist?«

Nell schwieg, aber ihr rotes Gesicht sprach Bände. Ihr war es unangenehm mit ihrer Flucht beginnen zu müssen.

Die ältere Frau nahm ihre Hände in die eigenen und redete sanft weiter: »Wir wissen, warum du gegangen bist, Nell, und ich habe jedes Verständnis dafür!«

Als Nell erstaunt aufsah, erkannte sie das Mitleid in den Augen der anderen Frau. Maggie fuhr unbeirrt fort:

»Nichtsdestotrotz war es unglaublich dumm und gefährlich, was du getan hast. Allein nachts auf die Straßen von *Maroc* zu gehen – was für ein Wahnsinn. Nur weil mein Sohn ab und zu ein Idiot ist!«

Nell erwiderte ohne nachzudenken:

»Nein, Shane ist kein Idiot, Maggie. Er ist sehr klug, nur sein Benehmen könnte besser sein.«

Maggie lachte laut auf und Nell biss sich auf die Lippen.

Wieso verteidigte sie Shane? War sie noch zu retten?

Das hatte er wirklich nicht verdient. Oder doch? Wie oft hatte er sie gerettet! Wie oft half er anderen! Was wog das bisschen schlechte Benehmen dagegen schon?

Maggie schmunzelte immer noch und gab dem Mädchen einen Kuss auf die Wange.

»Nun, das freut mich, dass du ihn nicht mehr ganz so verabscheust.«

»Wen verabscheut Nell denn, Mutter? Ich kann es mir nicht denken. So ein zartes, schüchternes Wesen, vollkommen lebensuntüchtig, nicht wahr?«
Shane hatte die Worte Maggies noch mitbekommen, als er, ohne anzuklopfen, eingetreten war. Frech grinste er Nell ins Gesicht und schien auf die Explosion als Reaktion auf seine Ironie zu warten.
Maggie stand energisch auf und wollte ihren Sohn gerade ausschelten, als sie in Nells verschlossenes Gesicht sah.
Wortlos verließ sie den Raum, strich ihrem Sohn im Vorbeigehen aber noch über den Arm, wie um ihn zu ermahnen.

Nell saß auf dem Bett und starrte Shane an.
Er hatte sich umgezogen und trug eine graue Bundfaltenhose und ein hellgraues Hemd. Er wirkte so anders als der Schwarze Reiter Wolf.
Wie ein Geschäftsmann, attraktiv und gerissen, aalglatt und provokativ zugleich.
Nell dachte, dass es wieder wie vor ihrer Abreise war.
Sie war durch ihn vollkommen eingeschüchtert. Als hätte es die Momente des gemeinsamen Reitens und Kämpfens, der Flucht und des Versteckspielens nie gegeben.
War dies wirklich der Mann, der in den letzten Tagen an ihrer Seite gewesen war und sie beschützt hatte?

Shane sah ihre Gefühle, wie er sie meist gesehen hatte.
Sie war wieder das schüchterne Mädchen, hatte sich zurückverwandelt.
Aber nun wusste er, was hinter der Fassade steckte, was dieses kleine, ängstliche Mädchen an Mut und Tapferkeit aufbringen konnte, wenn es um etwas ging!

Wie sollte er ihr das glaubhaft vermitteln, sie daran hindern, nicht in ihr altes Ich zurückzufallen?

Andererseits war dies vielleicht ihr Schutzpanzer vor Valeska oder irgendwelchen Schergen des Eiskönigs, denn man traute ihr nichts, aber auch gar nichts zu, außer ein paar Tränen.

War es vielleicht auch ihr Schutzpanzer vor ihm selbst?

Dieser Gedanke tat ihm weh.

Hatte er nicht stets auf sie geachtet, sie beschützt? Nur weil sie nicht die Verlobte war, die er irgendwann einmal haben wollte, war er doch kein Ungeheuer. Hatten seine Sticheleien diesen Rückfall nun verursacht?

Langsam ging er auf sie zu.

Sie bewegte sich nicht, aber ihr Blick aus den weit geöffneten braunen Augen zeigte ihm, dass sie sich nicht wohlfühlte.

Er zog sie hoch, bis sie klein und zierlich vor ihm stand.

Leicht strich er mit seinem Handrücken über ihre Wange und sagte sanft:

»Drake, was ist los? Du musst vor mir keine Angst haben, weißt du denn das nicht?«

Ihr Blick veränderte sich, als sie die Worte hervorstieß, wurde härter – Nell wurde wieder zu Drake:

»Ich weiß nicht, wer du wirklich bist, Shane!

Wolf habe ich verstanden, obwohl er selten sprach.

Er hat mich immer gleich behandelt: wohlwollend, streng, hilfreich. Du bist wie Regen und Trockenheit, Kälte und Hitze. Ich weiß nicht, wer du bist. Ich kann den Mann hinter den vielen Masken nicht erkennen. Oder sind es gar keine Masken, Shane? Bist du tatsächlich so unstet, unschlüssig oder launisch? Ich will zurück zu den Schwarzen Reitern, zu Wolf!«

Shane packte sie grob an den Armen und in seinen dunklen Augen tobte der Aufruhr seiner Gefühle.

»Zurück zu Wolf, zurück in die Gefahr, Drake?

Das kommt bald genug wieder. Valeska sucht nach dir und das bestimmt nicht wegen ihrer Liebe zu dir. Du wirst nicht viel Zeit haben, dich auszuruhen.

Nutze sie, denn wenn es gefährlich wird, muss ich dich wieder wegbringen!«

Nell sah ihn bestürzt an.

»Wohin wirst du mich dann bringen, Shane?«

»In Sicherheit, Nell. Das ist das, was ich ständig versuche: dich in Sicherheit zu bringen.«

Er legte beide Hände an ihr Gesicht und sein Mund fiel wütend über ihren her.

Nell schloss die Augen und ließ sich treiben.

Sie spürte den Aufruhr in Shanes Innerem, war zu Tode erschrocken über den Verlust seiner Fassung.

Sticheleien und Frechheiten kannte sie schon zur Genüge von ihm, aber dass er sich selbst nicht mehr in der Gewalt hatte, kannte sie weder von Shane noch von Wolf.

Hatte wirklich sie ihn so weit gebracht?

Sie fühlte seinen Körper eng an ihrem, seine Lippen auf ihren und die Hitze, die in ihrem Inneren aufstieg. Ihr Mund gab seinem Drängen nach und zugleich öffnete sie die Augen. So ungewohnt nah wirkte er ganz anders: verletzlicher, menschlicher.

Shane hatte seine Augen geschlossen. Er dachte nicht; war erfüllt von rasender Wut. Nur Wut? Oder war es doch Begehren nach diesem Mädchen, das ihn so herausgefordert hatte?

Die ihm einen erfundenen Charakter vorzog, einen Mann hinter einem schwarzen Tuch?

Plötzlich fühlte er ihr Nachgeben, ihre Hingabe, ihr Erwidern seines Kusses und schlug die Augen auf.

Braune, warm leuchtende Augen sahen ihn fragend, aber mit einem leisen Lächeln an.

Langsam und widerstrebend löste er sich von ihr, seine Hände hielten immer noch ihr Gesicht und forschten in ihrer Miene.

Er konnte erstmals nichts darin lesen, nichts als Erstaunen über diesen Kuss. War er ihr zuwider, hatte sie Angst? So sah sie eigentlich nicht aus.

Hinter ihnen klopfte es an der Tür und Shane ließ die Hände sinken. Keiner von ihnen sprach ein »Herein«, dennoch trat Tiger besorgt in den Raum und sah die beiden dort vor dem Bett stehen.

Peinlich berührt sah er zu dem Paar hinüber, denn er spürte, dass er hier störte.

»Bitte entschuldigt, aber dein Vater wartet auf dich, Shane!«

Shane antwortete, ohne sich umzuwenden:

»Ich komme gleich, Tiger.«

Er konnte den Blick nicht von dem Gesicht vor ihm abwenden. Es wirkte zarter unter den kurzen Haaren, die Augen schienen riesengroß.

Nach wie vor sah sie ihn direkt an, anscheinend furchtlos, sie schlug die Augen nicht nieder.

Aber Shane war vollkommen verunsichert.

Nun lächelte sie ihn auch noch an. Sie hob die Hand, die zitterte, wie er erkannte. Darüber war er beinahe froh, denn dies zeigte doch, dass sie ebenfalls erschüttert war.

Wie ein Windhauch war ihre Berührung, dann flüsterte sie:

»Gute Nacht, Shane.«

Und er war gezwungen zu gehen. Wie ein Schlafwandler – fühlte sie sich ebenso wie betäubt? – verließ er den Raum.

Tiger blickte zu Nell hinüber:

»Alles in Ordnung, Nell?«

Sie nickte langsam, als müsse sie darüber nachdenken.

»Ja, ich denke schon, Tiger. Wir teilen uns das Bad hier drüben, das heißt, wir haben beide von unseren Schlafzimmern eine Tür hinein. Lass deine Tür offen und ich die meine, dann hören wir, wenn einer von uns etwas anderes tut als schlafen. Schlaf gut, Tiger, in diesem Haus sind wir sicher.«

Der Junge nickte und verschwand mit einem »Gute Nacht, Nell. Danke.«

Doch von Schlafen konnte bei Nell noch lange nicht die Rede sein.

Eine Zeitlang stand sie am Fenster und blickte hinüber zum Büro, welches noch erhellt war vom Kerzenschein. Die Vorhänge jedoch waren zugezogen und ihr und jedem anderen damit der Blick hinein verwehrt.

Als sie zum Gartentor hinunterblickte, erinnerte sie sich schmerzhaft an ihre letzte Nacht in diesem Haus.

Würde Shane zu seinem Wort stehen und von Gillian lassen?

Nell wusste, dass das Gefühl des Verrats damals wehgetan hatte. Aber sollte es nochmals passieren, was würde sie dann erst fühlen?

Sie liebte Shane nicht, dessen war sie sich sicher:

Liebe bedeutet mehr als Vertrauen in der Gefahr, es bedeutet auch Vertrauen im Alltag, sich bei dem anderen wohl zu fühlen. Und davon war sie noch meilenweit entfernt!

Dennoch war sie sich einer Sache gewiss:

Würde Shane sie erneut betrügen, könnte sie nicht mehr verzeihen. Dann wollte sie nichts mehr über die Liebe lernen, es bräche ihr das Herz!

Die Donovan-Männer hatten lange miteinander gesprochen. So hart es Jared auch ankam, er wusste, er war nun miteinbezogen, denn seine Söhne waren der Mittelpunkt der Schwarzen Reiter.

Als er vernahm, wer zu ihnen gehört, war er sprachlos. All diese Männer waren selbstbewusste, erfolgreiche Personen in *Maroc* und jeder einzelne von ihnen war älter als Shane.

Und dennoch folgten sie ihm, dem Jüngsten, dem Unerfahrensten! Nichtsdestotrotz hatte Shane bei seinen Unternehmungen viel Mut bewiesen. Er hatte zusammen mit Jim und Alan Ferney die äußerst risikoreiche Kontaktaufnahme zu den Nachbarvölkern gewagt.

Und als er über Shanes entschlossenes Handeln bei der Geschichte mit Tyler nachdachte, empfand er Stolz auf seinen Sohn: Er selbst hätte wohl damals nicht schnell genug reagiert, um dem Jungen das Leben zu retten.

Jared wusste, sein Fehler war das Abwägen aller Dinge. Er beleuchtete alles von links und rechts, von oben und unten. War gerne gerecht und genau.

Aber es gab Gelegenheiten, da kostete dies zu viel wertvolle Zeit. Entsetzt war er über die Rolle, die Nell spielte.

Er kannte die Geschichten über die Traumwandler und er musste die Worte der boscanischen Hexe bestätigen:

Traumwandler wurden nicht alt!

Nicht weil sie aus großer Höhe abstürzten, sondern weil ihre Träume das Reich des Eiskönigs gefährdeten.

Er hoffte, dass Shane sein Vermögen, Nell zu beschützen nicht überschätzte.

Es wurde sehr spät, als die Männer zu Bett gingen und ihre Gedanken ließen sie nicht gleich einschlafen.

So war es bereits gegen Mittag, als Shane erwachte.

Einen Moment überlegte er, wo er sich befand, denn so tief hatte er schon lange nicht mehr geschlafen.

Nie war es sicher genug dafür gewesen. Vor allem nicht mit einer Traumwandlerin in der Truppe, grinste er in sich hinein.

Dann vernahm er Stimmen im Hof. Träge erhob er sich und schlenderte zum Vorhang.

Mit einem Schlag war er hellwach:
Dies war die Kutsche der Ransoms!

Rasch fuhr er in seine Kleider, spritzte sich kurz Wasser über das Gesicht und eilte hinunter.

Vor dem Salon stockte er und lauschte, was dort drin vor sich ging.

Er konnte Valeska ganz klar verstehen, diese helle, beinahe durchdringende Stimme war unüberhörbar.

Offensichtlich waren auch seine Mutter und Nell im Zimmer.

Er erstarrte, als er Valeskas Worte vernahm.

»Ich denke, der Besuch hier dauert nun wirklich lange genug, mein Kind. Dann deine Krankheit in der letzten Woche, du solltest dich zuhause erholen. Außerdem kommt dein Vater bald zurück und möchte dich gerne vorfinden.«

»Wann kommt Vater denn nach Hause, Valeska?«, hörte er Nell leise fragen.

»Ich denke spätestens nächste Woche, Nell. Er hat mir eine Nachricht geschickt, dass die Buchprüfung beinahe zu Ende gebracht ist und er sich schon auf uns freut.«

Maggie Donovan wagte einen Einwand.

»Lassen Sie sie doch bitte zwischenzeitlich noch hier, Valeska. Sie hat sich sehr mit Emily angefreundet und die beiden unterhalten sich sehr gut. Und Shane wäre auch nicht glücklich, sie abends demnächst nicht mehr hier vorzufinden.«

Valeska lächelte überheblich.

»Ich hatte bisher nicht den Eindruck, dass er sich für mein Mädchen sehr interessiert. Wenn sich dies geändert hat, freut es mich und er kann sie gerne bei uns besuchen.«

Shane öffnete nun die Tür und schlenderte gelassen in den Raum.

Während er sich ein Glas Orangensaft einschenkte, erwiderte er ungerührt:

»Dies hat sich tatsächlich geändert und ich möchte sie nicht bei Ihnen besuchen, Valeska. Nell bleibt hier!«

Valeska zog die Augenbrauen hoch, so sehr war sie über dieses Benehmen empört.

Auch Maggie gefiel es nicht, dafür gefiel ihr durchaus, dass Valeska in ihre Schranken gewiesen wurde.

Nell war blass unter dem Häubchen, welches sie trug, damit Valeska ihre kurzen Haare nicht sehen konnte.
Sie hatte den Schock über das plötzliche Auftauchen ihrer Stiefmutter noch nicht verdaut.
Ständig stand ihr das Bild von Keras totem Körper vor Augen und was sie zuvor gewesen war: Ein Ebenbild Valeskas!
Ja, sogar das Muttermal war an der gleichen Stelle.
War die tote Frau also eine Doppelgängerin oder war es Valeska selbst gewesen? Dann konnte sie wohl ihren Aufenthaltsort sehr schnell wechseln. Wie war so etwas möglich?

Eisig erwiderte die blonde Schönheit auf Shanes klare Kampfansage:
»Guten Morgen, Shane. Das mag sein, dass Sie dies nicht wollen. Aber ich entscheide für meine Stieftochter, was das Beste für sie ist! Sie kommt mit mir und Sie sind bitte so freundlich, ihre Sachen, die Sie letzte Woche ohne meine Genehmigung haben abholen lassen, in die Kutsche zu bringen.«
Shane lächelte sie frech an und zog ebenso eine Augenbraue nach oben. Die Mundwinkel kräuselten sich, als hätte er Spaß an dieser Unterhaltung.
Nell war sich sicher, dass dies der Fall war. Andere ärgern tat Shane einfach gerne. Aber sie schwieg, denn sie wollte keinesfalls zu ihrer Stiefmutter, bevor ihr Vater zurück war.
»Ich bin ihr Verlobter und habe damit nun die Verantwortung über meine zukünftige Frau übernommen. Ihr wisst, dass dies *Marocs* Rechtsprechung durchaus entspricht. Sie ist mein, und ich alleine passe nun auf sie auf! Wenn unter den Sachen irgendetwas war, das

fälschlicherweise mitgenommen wurde, erhalten Sie es selbstverständlich zurück.«

Nell war bei Shanes Worten zusammengefahren.

Seine zukünftige Frau! Das klang so endgültig, ganz anders als Verlobte. War es ihm wirklich ernst? Und wollte sie dies?

Er stellte sich neben sie, legte einen Arm um ihre Schultern und gab ihr einen harmlosen Kuss auf die Stirn.

Nell dachte bebend an den Kuss vom Vorabend und Shane schien ihr Zittern zu bemerken, denn er strich ihr mit dem Daumen beruhigend über den Arm. Nur dass diese Berührung bei Nell eher das Gegenteil bewirkte.

Bei den nächsten Worten ihrer Stiefmutter fuhr sie aus ihren Gedanken hoch.

»Nun gut, dann entscheidet dies ihr Vater, sobald er zuhause ist. Das letzte Wort ist hier noch nicht gesprochen. Der gestickte Wandteppich – ihn möchte ich zurück. Das Garn ist viel wert und ich bin mir sicher, Sie können Ihrer zukünftigen Frau dergleichen problemlos bieten. Und für uns Eltern ist er eine Erinnerung.«

»Nein!«, entfuhr Nell ein Schrei.

»Der Wandteppich gehört mir und ich bin nicht fertig damit! Ich gebe ihn nicht her. Das Garn hat mir Vater vor einigen Jahren zum Geburtstag geschenkt.«

Valeskas Gesicht rötete sich nun, die eisigen Augen wurden noch kälter.

»Du undankbarer Balg!«, zischte sie Nell zornig an.

»Du willst alles haben. Du bist habgierig geworden, seit du hier bist!«

Dies nun war so unsinnig, dass Shane zu lachen begann und Maggie empört den Kopf schüttelte.

Als Valeska sich wütend Shane zuwandte, hob dieser abwehrend die Hand, dann holte er einen ledernen Beutel aus seiner Tasche und zählte fünf silberne Münzen daraus ab und bot sie Valeska boshaft lächelnd an.

»Ich bin sicher, dies reicht auch für einen fertigen Wandteppich, Valeska. Ich möchte nicht, dass Sie an diesem Verlust zu schwer tragen.«

Nun war es mit Valeskas Geduld vorbei. Sie schlug Shane die Münzen aus der Hand, so dass sie klirrend durchs ganze Zimmer sprangen. Dann drehte sie sich um und rauschte zornbebend aus dem Raum.

Es dauerte keine Minute, bis die Zurückgebliebenen die Kutsche abfahren hörten.

Nell zitterte so heftig, dass er sie fest in die Arme nahm.

Es währte einen Moment, bis sie seine dunkle, sanfte Stimme wahrnahm, die zu ihr sprach.

»Nell, alles ist in Ordnung. Die Eishexe ist weg. Komm, beruhige dich wieder. Habt ihr schon gefrühstückt?«

Nell schüttelte den Kopf, was schwierig war, da ihre Wange an seinem Hemd lag.

Er spürte es trotzdem und ließ sie los. Dann nahm er ihren Ellbogen und schob sie energisch in den Speiseraum.

Maggie blieb zunächst ebenfalls bebend zurück.

Valeska machte ihr im tiefsten Inneren ihres Herzens eine gewaltige Angst. Irgendetwas Böses war an dieser Frau!

Nachdenklich folgte sie dem Paar nach einigen Minuten.

Das Schweigen am Tisch war nicht unangenehm, denn alle hingen ihren eigenen Gedanken nach.

Shane schob seinen Teller zur Seite, als er fertig war und sah Nell beim Essen zu.

Die Hände zitterten nicht mehr, als sie ein Hörnchen aufschnitt und mit Marmelade bestrich.

Das Hausmädchen Zoe goss Tee nach und Nell dankte ihr mit einem Lächeln.

Der Schock war wohl vorüber. Aber Shane wusste, dass seine nächsten Worte ihn wieder zum Vorschein bringen konnten und so ließ er sie in Ruhe frühstücken. Er war erstaunt, dass er auf einmal so viel Geduld besaß.

Irgendwann fiel Nell auf, dass er bereits fertig war und sie beobachtete.

»Was ist los, Shane?«, fragte sie gespannt.

Aber er schüttelte nur gelassen den Kopf und lächelte sie an.

»Iss erst in Ruhe, Drake. Mir ist da gerade ein Gedanke durch den Kopf geschossen, dem ich nachgehen möchte.«

Als Nell neugierig aufbegehren wollte, hob er einen Finger und wiederholte mahnend: »Fertig essen!«

Nell bemühte sich weiterhin langsam zu essen und sie erkannte an Shanes Grinsen, dass es ihr misslang.

Sie tupfte sich Marmeladenspuren von den Lippen und Shane verging das Grinsen, als nun er an den gestrigen Kuss denken musste, während er ihr auf den Mund sah.

Ruckartig legte er beide Hände mit einem Poltern flach auf den Tisch und Nell sah ihn erschrocken an.

Er beugte sich vor, so dass keiner der Dienstboten durch die angelehnte Tür zur Küche seine Worte verstehen konnte.

»Was ist auf dem Wandteppich drauf, Nell, dass sie ihn unbedingt haben will?«, fragte er leise.

Nells Augen wurden groß, und sie sprang so heftig auf, dass der Stuhl mit einem Krachen hintenüber kippte. Rasch hob sie ihn auf und eilte, ohne sich nach Shane oder Maggie umzusehen, aus dem Raum. Shane folgte ihr triumphierend auf dem Fuße. Sein Gedanke war wohl richtig gewesen.

In ihrem Zimmer lief sie sogleich zu der Truhe mit ihren Habseligkeiten, welche von den Donovans aus dem Haus ihres Vaters geholt worden waren.

Sie öffnete diese eilig, holte ein paar Kleider und einen Mantel heraus und legte die Dinge auf ihr Bett, dann hob sie etwas vorsichtig aus der Truhe, das wie eine gefaltete Decke aussah.

Sie sah sich suchend um und Shane erkannte ihr Problem.

Tiger, der die beiden hatte vorbeieilen sehen, spähte durch die offene Tür in den Raum. Er wollte auf keinen Fall wieder stören.

Aber Shane winkte ihn herein.

»Hilf mir mal, Tiger!«

Sie kletterten auf Stühle, nahmen je einen Zipfel der Decke, die Nell ihnen gab und befestigten sie an den Ecken von Nells Himmelbett.

Dann stiegen sie hinunter und traten neugierig neben Nell.

Shanes Augen wurden groß und größer.

Nicht nur, weil Nell offensichtlich eine begabte Künstlerin war, die Stiche waren so filigran und präzise, dass sich ein beinahe reales Bild vor ihren Augen auftat.

Ja, der Teppich war noch nicht ganz fertig, aber die Welt, die sie hier schon eindeutig erkennen konnten, war eine Welt, welche sie bisher nur zu einem Teil kannten:

Maroc, die edle Stadt mit ihren Zinnen und dem hohen Turm, ihren Gassen und dem Marktplatz befand sich an der rechten Seite.

Oben konnte man die kantigen, schroffen Berge sehen, über die sie vor wenigen Tagen gewandert waren und den Eingang zu den Minen. Auch das Haupthaus mit dem Büro ihres Vaters war vorhanden.

Die Grenzposten, die Flüsse, Wälder, alle Wege und die Wüste waren klar zu erkennen, und Shane dachte kopfschüttelnd, dass seine Reisen weitaus einfacher gewesen wären, hätte er den Kontakt zu seiner Verlobten viel früher gesucht.

Dies war wohl die Strafe für seine Nachlässigkeit und Nichtbeachtung des Mädchens.

Am linken Bildrand gab es *Boscano* mit den Treppen und den Bauten hoch in den Bäumen zu sehen, unten links das

Land *Djamila* – nahm Shane zumindest an – denn dort hatte ihn sein Weg bisher noch nicht hingeführt.

Hohe Urwaldriesen mit Lianen waren zu sehen, ein Gewürzgarten und ein breiter, braungrüner Fluss, der sich durch das gesamte Gebiet zog.

Rechts unten lag *Lilas*, das Dorf mit seinen reetgedeckten Hütten und den Feldern und Wiesen.

Es waren kleine Einzelheiten zu sehen, für die alle drei noch keinen Blick hatten, so erschlagen waren sie von dem Gesamteindruck und seiner Bedeutung.

Und in der Mitte ... die Insel mit dem Schloss des Eiskönigs und einer kompletten Brücke über den See.

Nell sah ihn fassungslos an. Ihr Atem ging schnell.

Sie sprach beinahe stockend, so überrascht war sie von ihrem eigenen Werk.

»Ich dachte, es wäre nur eine Fantasie, Shane. Mir war es nicht bewusst, dass es dies alles gibt, als ich daran arbeitete.«

Auch Tiger stand sprachlos davor. Shane versuchte, die Situation zu entschärfen und Nell zu beruhigen.

»Also ich persönlich bin dir recht dankbar, dass du auf die Darstellung unseres Lagers verzichtet hast, Nell«, schmunzelte er.

Nell sah ihn an und begann zu kichern.

»Ja, das kann ich mir vorstellen, Shane. Keine Ahnung, warum das nicht drauf ist. Es wäre so logisch oder unlogisch wie alles andere, was ich gestickt habe.«

Shane nickte nachdenklich.

»Das ist allerdings wahr, Nell. Erklären kann ich es mir nicht, genauso wenig, wie ich mir erklären kann, was du hier geschaffen hast und wie du das so wahrheitsgetreu sticken konntest, ohne es zu kennen. Bist du dir sicher, dass du nicht mit deinen Eltern mal hier oder dort warst?«

Doch er wusste selbst, dass dies nicht sein konnte.

In den Minen vielleicht einmal mit dem Vater, aber *Boscano* und *Lilas* hatten beide das erste Mal durch Jim und ihn selbst Besuch aus *Maroc* erhalten. Und er kannte niemand, der je von *Djamila* gesprochen hätte.

Die leise Stimme seiner Mutter von hinten jagte ihm einen Schauder über den Rücken.

»Shane, wenn Valeska das gesehen hat und zum Eiskönig gehört, wie ihr vermutet, ist Nell in allerhöchster Gefahr. Valeska wird andere Geschütze auffahren, noch bevor wir Zeit haben, uns genauer mit den Einzelheiten auf dem Teppich zu befassen. Du musst sie und den Teppich von hier wegbringen!«

Nell und Tiger sahen Maggie entsetzt hat.

Sie waren doch gerade erst angekommen.

Shane hingegen wusste, dass seine Mutter Recht hatte.

Er musste sich etwas überlegen. Langsam nickte er.

»Nell, Mutter hat Recht, wir müssen uns vorbereiten. Was hältst du davon: Du und Tiger packt ein Notfallbündel, für den Fall, dass es plötzlich schnell gehen muss. Auch Tiger ist hier nicht mehr sicher, denn wenn das Haus durchsucht wird, finden sie einen Flüchtigen aus den Minen!«

Er hielt inne, da ihn die Panik in Tigers Augen ansprang.

Beruhigend legte er dem Jungen die Hand auf die Schulter.

»Tiger, denk daran, wir schaffen es. Alles ist nur noch eine Frage der Zeit und der Vorbereitung. Wir machen den Eiswölfen, Raben, Kustoden und dem Eiskönig den Garaus. Aber wir müssen uns organisieren, sonst sind wir zu wenige.«

Tiger nickte, jedoch das Schlucken fiel ihm offensichtlich schwer und in den Augen schimmerte es feucht.

Nell ging zu ihm hinüber und nahm seine Hand.

Fragend, mit riesigen braunen Augen sah sie zu Shane hinauf, der ruhig und unerschütterlich schien.

»Aber wir können zusammenbleiben, Shane, nicht wahr?«, flehte sie. Shane war es keineswegs so unerschütterlich zumute, wie Nell dachte. Die beiden waren ihm ans Herz gewachsen und er wollte sich nicht von ihnen trennen.

Doch er musste über den Winter in *Maroc* bleiben, seinen Job weitermachen, um nicht aufzufallen.

Der Winter war in wenigen Wochen da und würde für ein eisiges halbes Jahr bleiben. Bis dahin waren sie zum Stillhalten verdammt. Aber wenn der Sommer wieder kam, würden sie bereit sein!

Für Nell und Tiger war es ab jetzt zu gefährlich in *Maroc*, und wenn Shane sie nicht bald in Sicherheit brachte, wären sie den Winter über in der Stadt gefangen.

»Natürlich bleibt ihr zusammen, Nell.«

Er konnte beide aufatmen hören und lächelte.

»Mutter, könntest du Vater und David holen, damit wir kurz Kriegsrat halten?«

Maggie nickte und war in wenigen Minuten mit Mann und Sohn zurück. David schloss vorsorglich die Tür und Jared zog den Vorhang vor das Fenster.

Dann standen zwei weitere sprachlose Menschen vor dem Teppich. Jared räusperte sich und sah Nell hochachtungsvoll an.

»Mein Kind, du bist eine Künstlerin.«

David lächelte sie an und Nell spürte einmal mehr, wie ihre Knie unter seinem freundlichen Blick weich wurden.

Shane beobachtete sie genau und hörte sich fast selbst mit den Zähnen knirschen, als er die Bewunderung seiner Verlobten für seinen jüngeren Bruder wahrnahm.

Auch David lobte Nell ausführlich für ihr mühevolles Werk.

Während sich die anderen über die Einzelheiten unterhielten, spürte er die Hand der Mutter auf seinem Arm, die ihm belustigt zuflüsterte: »Shane, nimm es nicht ernst. David ist einfach harmloser als du, er beunruhigt sie nicht. Sie ist sich deiner einfach noch nicht sicher.«

Shane wandte sich ihr widerwillig zu.

Musste er sich wirklich Sorgen um die Liebe eines kleinen Mädchens machen? Hatte er nicht Wichtigeres zu tun? Einen Aufstand vorzubereiten zum Beispiel? Als er ihn die besorgten Augen Maggies sah, schämte er sich für seinen Trotz.

Er antwortete leicht bitter: »Was muss ich noch tun, damit sie sich sicher wird, wenn es nicht einmal ausreicht, ihr Leben retten? Vielleicht ist es doch so, wie ich immer dachte, und sie ist nicht die Richtige?«

Maggie lächelte ihn verschmitzt an:

»Wir wissen beide, dass sie die Richtige ist, nicht wahr? Sei wie du bist, denn du kannst dich nicht verstellen, mein Schatz. Sie wird lernen, mit deinen Launen umzugehen.«

Gerade als er erbost aufbrausen wollte, – was meinte sie mit »Launen«? – da fühlte er Nells Blick.

Er sah sie noch immer ärgerlich an und sie blickte verunsichert zurück. Klein und zierlich, das kurze Haar verstrubbelt, Angst in den braunen Augen und die Schwärmerei für seinen Bruder: Was sollte er denn nur mit diesem Mädchen anfangen?

Nell senkte traurig den Kopf und atmete zitternd ein, sie spürte die unausgesprochene Kritik, ohne sie zu verstehen.

Wie durch eine Wand verfolgte sie die Unterhaltung der anderen über die Einzelheiten auf ihrer Stickerei.

Shane beschrieb gerade den Weg, den sie durch die Berge genommen hatten und die Welt *Boscano*s, als David leise sagte:

»Ich kenne nur die Minen hier, weil ich vorgestern für dich einspringen durfte, Shane. Es war aufregend und erschütternd zugleich.«

Shane wandte sich David zu und meinte reuevoll:

»Tut mir Leid, David, aber es war früher nicht zu schaffen. Und ich bin dir sehr dankbar, dass du Vater nicht allein zu den Minen fahren ließest.«

David lächelte in Gedanken an diese Fahrt.

»Oh, das macht wirklich nichts, Shane. Nun habe ich wenigstens mit eigenen Augen gesehen, warum wir etwas unternehmen müssen.

Diese Menschen in den Minen, dieses Mädchen …«

Er verstummte, offensichtlich einem Tagtraum nachhängend.

Alle sahen ihn erstaunt an, nur Jared grinste und klärte die anderen gerne auf, indem er seinen Sohn ein wenig aufzog.

»Da war diese dunkle Schönheit mit den strahlend dunkelblauen Augen. Seitdem ist er nicht mehr richtig anwesend und isst wie eine kranke Taube.«

David gab seinem Vater einen Rempler mit dem Ellbogen. Sein Gesicht war hochrot vor Verlegenheit.

Shane jubilierte innerlich, als er in Nells Gesicht einen Anflug von Enttäuschung aufblitzen sah. Ihr Traumprinz fiel gerade von seinem Thron. Dann nickte er wissend zu Tiger hinüber, der ihn mit großen Augen ansah.

»Wir beide kennen das Mädchen, nicht wahr, Tiger?«

Tiger wandte sich zögernd David zu, der wie erstarrt schien.

»Hat sie lange dunkle Locken, die sie auf dem Kopf hochgesteckt trug, ist etwa so groß wie ich und hatte einen kleinen Jungen an der Hand?«

David nickte vorsichtig. Was bedeutete dieses Mädchen Tiger? Hatte er etwas Falsches gesagt?

Tiger lächelte ihn nun jedoch begeistert an.

»Das ist meine Schwester Amy. Geht es meiner Familie gut, David?«

David atmete erleichtert auf.

»Ja, es geht ihnen gut, Tiger. Und dort unten warst du bisher auch?«

Tiger nickte mit nun zusammengepressten Lippen und fühlte, wie sein Herz vor Angst zu rasen begann. Die altbekannte Panik stieg in ihm auf.

Nell spürte, wie sie nun auf David zornig wurde. Tiger ertrug es kaum, über seine furchtbare Vergangenheit zu sprechen und David sollte darauf gefälligst Rücksicht nehmen.

Sie stellte sich vor den Jungen, der ihr so ans Herz gewachsen war, und blitzte David aus wütenden Augen an:

»Aber es ist für Tiger ja ein für alle Mal vorbei! Und er will auch nicht darüber reden!«

David erhob abwehrend die Hände, doch Nell ließ ihn nicht zu Wort kommen.

»Wo sollen wir denn hin, Shane?«, fragte sie nun ihren Verlobten und drehte David energisch den Rücken zu, worüber Maggie lächeln musste. So schnell war ihre Gunst verspielt, das Thema David hatte sich wohl erledigt!

David erkannte, dass Tiger mit seiner Vergangenheit Probleme hatte, vermutete aber, dass es besser war, nun gar nicht mehr darüber zu sprechen. Mal abgesehen davon, hätte ihn die kleine Nell vermutlich niedergeschlagen, hätte er auch nur noch ein weiteres Wort darüber verloren.

Amy, Tigers Schwester! Er zwang sich, die blauen Augen aus seinen Gedanken zu verbannen und den Blick auf das Naheliegende zu richten.

Shane zeigte auf das Nachbarland *Lilas*.

»Dorthin geht es für euch. Ich kenne schon einige Menschen: Die Familie, die dort das Sagen hat, heißt Rousseau.

Bram ist der Vater, er ist der Bürgermeister und ungefähr so alt wie unser Vater. Es ist nicht so wie bei uns hier, wo es niemanden außer den Kustoden gibt, der über das Leben bestimmt.

Sie haben keine besonderen Wächter dort. Zumindest haben die Lilaner und auch ich bei meinem Aufenthalt bisher keine entdeckt. Allerdings brauchen sie solche nicht, denn was sie in rauen Mengen besitzen, sind weiße Raben.

Es gibt nur die Sitai, die zusammen mit einem Kustoden, wie bei uns, die Lieferungen organisieren und durchführen.

Sie holen das Getreide, Fleisch und Kartoffeln und bezahlen die Leute von *Lilas* zum Beispiel mit unseren Edelsteinen oder Salz, wenn sie an uns liefern. *Boscano* tauscht Holz und *Djamila* Gewürze und Flechtwaren im Ausgleich.

Deshalb haben die Menschen dort viele untertunnelte Wege zwischen den Häusern gegraben, um sich ohne Überwachung fortbewegen zu können.

Brams Frau heißt Erienne, sie ist der gemütlichste Mensch, den man sich vorstellen kann. Sie ist vor allem mit Kochen und Backen beschäftigt, denn die *Lilaner* essen sehr gerne, was man bei den meisten auch sieht«, zwinkerte er Nell und Tiger grinsend zu.

Die beiden mussten lachen, alles wirkte überhaupt nicht bedrohlich.

Shane fuhr fort: »Sie haben zwei Kinder: Fleur ist so alt wie du, Nell, und Pascal ist Anfang zwanzig. Es gibt viele Großfamilien, die zusammenleben. Bei den Rousseaus gehören da noch einige Hütten in der näheren Umgebung dazu, die mit Tanten und Onkeln und deren Kindern gefüllt sind. Die Großmutter Jeanne lebt auch noch, ein Großvater existiert meines Wissens nicht mehr, aber darüber wollte niemand reden. Ich glaube, da ist etwas nicht so Schönes vorgefallen.«

Er schwieg und überlegte, was wichtig für Nell und Tiger sein könnte.

Tiger fragte neugierig nach: »Wenn du Hütten sagst, Shane, wird es dann da im Winter nicht sehr kalt?«

Shane schüttelte den Kopf und meinte erklärend:

»Nein, diese Hütten sind aus festem Stein und gut verputzt. Aber das Dach ist mit einer Art Binsengras gedeckt. Deshalb sieht das Haus eher aus wie eine Hütte, auch wenn es bedeutend größer ist. Wahrscheinlich wäre es besser und höflicher ›Haus‹ zu sagen. Es ist auf jeden Fall wärmer als unser Haus.«

»Woher willst du das wissen, Junge?«, brummte Jared, der von der Begeisterung Shanes für die Gegebenheiten in *Lilas* beinahe gekränkt war. Maggie drückte tröstend seinen Arm, was gut war, denn sonst wäre er vermutlich bei Shanes nächsten Worten an die Decke gegangen.

»Weil ich letzten Winter mit Jim dort war«, sagte er schlicht, schielte aber misstrauisch zu seinem Vater hinüber.

»Du warst im Winter …? Ich fasse es nicht! Warum haben wir deine Aktionen nie mitbekommen?«, schrie er Shane an.

Nell eilte, von dem Gebrüll erschreckt, zum Fenster und lugte vorsichtig hinaus, doch kein Rabe war so nah, dass er etwas hätte hören können.

David hob beschwichtigend beide Hände und sprach beruhigend auf Jared ein. Dieser sank kopfschüttelnd auf Nells Bett. Auch Maggie zitterte nun, als ihr klar wurde, in welcher Gefahr sich ihr Erstgeborener befunden hatte.

Der Winter allein war in diesen Landen oft tödlich. Bei diesen eisigen Temperaturen noch dazu in Feindesland zu reiten, ohne zu wissen, was auf einen zukommt – das war vielleicht sogar Wahnsinn, aber zumindest Leichtsinn und Wagemut.

Mit wütend blitzenden Augen sah sie Shane an, der nur gleichgültig die Schultern hob, jedoch kein weiteres Wort der Entschuldigung von sich gab.

Nell trat unterdessen vor den Teppich und betrachtete ihn mit ganz neuen Augen. Ihr Blick suchte den Weg von *Maroc* nach *Lilas*. Sie mussten am Fluss entlang, durch den sie vor einiger Zeit zum Lager der Schwarzen Reiter geritten waren.

Allerdings waren sie gezwungen, diesen irgendwo überqueren.

Die einzige Brücke, die es gab, wurde von den Sitai bewacht.

Zwei Wachhäuschen, eins auf jeder Flussseite, hatte sie selbst dort gestickt.

Durchquerten sie den Fluss beim Lager, kamen sie auf der anderen Seite in irgendetwas heraus, das sie nicht verstand, was es darstellte, obwohl sie es gefertigt hatte.

»Shane, was ist das hier auf der anderen Flussseite? Und wo hast du ihn eigentlich überquert?«, fragte sie nachdenklich.

Shane trat neben sie, und Nell zuckte zusammen, als er sie streifte.

Er schien jedoch nichts bemerkt zu haben, aber Nell fiel es schwer, sich auf den Teppich zu konzentrieren.

Shane war so dominant, strahlte Wärme, ja beinahe Hitze aus, als er so nah neben ihr stand.

Sie rückte ein wenig zur Seite, was ihr einen ärgerlichen Blick einbrachte, und auch seine Stimme verriet ihr, dass er es wahrgenommen hatte und es ihn erzürnte. Nell presste die Lippen zusammen und versuchte sich auf den Inhalt seiner Worte zu konzentrieren.

»Wir müssen hier hinüber, über diese Schlucht, sonst gibt es nur den Weg an den Sitai vorbei und die abzulenken ist nicht einfach. Das haben wir zwar schon mal geschafft, aber es kostet Nerven und die hast du vermutlich nicht«, sagte er leicht boshaft.

Nell blickte ihn verächtlich an.

Hatte er wirklich vergessen, wie gute Nerven sie bei dem Angriff der Dracomalos bewiesen hatte? Sie sah an seinem Gesicht, dass ihm dies ebenso eingefallen war wie ihr.

Ein kurzer Augenblick und sie waren wieder im Wald von *Boscano*, als er zuerst diese wahnsinnige Angst um sie gehabt hatte und dann so unglaublich stolz auf sie gewesen war.

Es begann zwischen ihnen zu knistern, als sie einander ansahen. Die gefühlsmäßige Distanz war verschwunden; sie waren sich auf einmal sehr nahe wie bei dem Kuss vorgestern.

Bevor sie ganz vergessen konnten, dass sich auch noch andere im gleichen Raum befanden, wollte Tiger Weiteres zum Weg nach *Lilas* wissen.

»Die seltsamen Löcher – was bedeuten sie, Shane? Oder weißt du es, Nell? Ich weiß gar nicht, wen ich fragen soll, was diesen Teppich betrifft«, grinste er die beiden an, die nun mit Müh und Not die Blicke voneinander losrissen.

Shane sah wieder auf den Teppich und runzelte die Stirn.

»Da bin ich mir nicht sicher, Tiger. Wir sind damals auf diesem Weg zurück. Es war früher Morgen und schon hell. Ich habe nichts Seltsames gesehen, außer Löcher im trockenen, hohen Gras. Das könnten natürlich Höhlen von nachtaktiven Tieren sein. Die meisten Schlangen sind nachtaktiv!«

Nell fiel dabei noch etwas anderes ein.

»Könnten es Sandwürmer sein, Shane? Sahen die Löcher so aus wie das bei den Minen?«

Er überlegte, versuchte sich zu erinnern.

»Ja, das ist möglich. Sie waren glücklicherweise kleiner. Also sind diese Viecher vermutlich nicht groß genug, um jemanden zu verschlingen. Doch die Zähne können auch im Kleinformat gewaltige Verletzungen anrichten! Wenn es Sandwürmer sind, dann reiten wir wohl besser wieder am Tag vorbei.«

»Aber die Raben, Shane …?«, wandte Jared ein.

Shane fuhr sich genervt durch die Haare.

»Tja, entweder lenken wir die Raben ab oder wir holen sie von Himmel oder aus den Bäumen. Die andere Variante ist, wir gehen bei Nacht und riskieren irgendwelche anderen Gefahren. Ich muss noch einmal darüber nachdenken, Dad. Wir müssen ja nicht sofort los. Packt trotzdem schon vorsorglich eure Sachen!«, wandte er sich mit ärgerlicher Stimme an Nell und Tiger und die beiden nickten folgsam.

Außer Nell und Shane verließen nun alle das Zimmer und das Mädchen begann warme Kleidungsstücke zusammenzusuchen und in einem Rucksack zu verstauen.

Shane sah ihr eine Zeitlang schweigend zu.

Seine Gedanken überschlugen sich, seine eigenen Gefühle waren für ihn nicht zu begreifen.

Er räusperte sich und wollte Nell darauf ansprechen, als unten gegen das große Tor gehämmert wurde und eine laute Stimme Einlass forderte.

Er eilte zum Fenster und blickte vorsichtig hinter der Gardine hervor. Vier Wachkustoden standen draußen und er konnte sich denken, wer sie geschickt hatte: Valeska Ransom!

»Sie ist schneller als erwartet«, murmelte er.

»Komm schon, Nell. Wir müssen euch verstecken!«

Er riss den Teppich vom Bettgestell, rollte ihn eilig zusammen und klemmte ihn sich unter den Arm.

Nell folgte ihm ohne eine weitere Frage, sie begriff, dass es jetzt auf jede Minute ankam. Sie riefen im Vorbeigehen Tiger aus dem Nebenzimmer und betraten gleich darauf Shanes Raum.

Während die beiden jungen Leute hinter den Wandteppich verschwanden, wo auch die Kleidung der Schwarzen Reiter ruhte, hörten sie, wie Jared die Kustoden begrüßte und versuchte, deren Eintritt hinauszuzögern.

Shane schob eine Sitzbank mit Lehne vor den Teppich und ging dann schnell hinüber zum Fenster.

In diesem Augenblick sah Jared nervös zu ihm hinauf. Shane stand lässig da, die Hände in den Hosentaschen und nur ein fast unmerkliches Nicken bedeutete Jared, dass er die unwillkommenen Besucher hineinlassen konnte.

Sie waren gründlich bei ihrer Hausdurchsuchung, nachdem auf ihre Frage, wo sich Nell Ransom befand, die

Antwort gegeben worden war, dass sie in der Stadt unterwegs sei.

Sie durchsuchten jeden Raum, sahen hinter jede Schranktür.

Jared wurde ärgerlich, aber Maggie schaffte es, ihn eine Zeitlang zu beschwichtigen.

Als einer der Kustoden jedoch den Fehler beging, aus einem der Wäscheschränke die sorgfältig gefalteten Tischdecken herauszureißen, platzte ihr der Kragen.

»Was glaubt Ihr? Dass das Mädchen unter den Tischdecken steckt? Das ist eine Unverschämtheit, was Ihr Euch hier erlaubt! Und aus welchem Grund? Was haben wir getan und was wollt Ihr von Nell?«

Ein zweiter Kustode betrat den Raum und seinen wertvolleren Schließen am Umhang nach zu urteilen, war der dem anderen übergestellt.

Er blickte Maggie an und die besorgte Mutter wunderte sich einmal wieder, wie gleich sich die Kustoden alle sahen.

Ein langes, schmales knochiges Gesicht mit dunklen schmalen Augen unter breiten schwarzen Augenbrauen.

Maggie hatte jedoch das Gefühl diesen Kustoden hier schon gesehen zu haben.

Shane hingegen wusste genau, dass es sich hier um den Kustoden handelte, der immer die Lieferungen für den König bei ihnen abholte. Sie mussten vorsichtig sein, da hier ein direkter Kontakt zum Eiskönig vor ihnen stand.

Er strich der Mutter beruhigend über den Arm und als sie wütend herumfuhr, um ihm den Mund zu verbieten, sah sie in seinen warnenden Blick.

Der Kustode nickte Shane kurz begrüßend zu, dann antwortete er mit heiserer, dunkler Stimme:

»Seid versichert: Wir müssen das Mädchen dringend finden. Wir haben ihr eine Mitteilung zu machen, die ihren Vater betrifft.«

Shane wurde wachsam.

»Ihr könnt es mir sagen. Ich bin ihr Verlobter und ich werde es ihr ausrichten.«

Der Kustode zog die Augenbrauen zusammen und überlegte einen Moment.

»Gut, dann sagt ihr, dass ihr Vater ihrer Anwesenheit bedarf. Er ist in den Minen und muss sich dort noch einige Zeit länger aufhalten, bis einige Unklarheiten in den Abrechnungen geklärt sind, wenn Ihr versteht, was ich meine. Das Mädchen könnte ihm diese Zeit verkürzen.«

Shane verstand allerdings.

Sie hielten Bryce Ransom als Geisel fest, vermutlich seit dem Zwischenfall mit Alan Ferney und dem angeblich verschwundenen Edelstein.

Dies war der Anlass gewesen, den Vater der Traumwandlerin festzuhalten. Er konnte ihnen Nell nicht übergeben, es wäre ihr Tod. Es würde ein langer Winter für sie alle werden.

Besonders für das junge Mädchen, das um seinen Vater bangen musste.

»Ich richte es ihr aus. Ich könnte sie bei unserer nächsten Fahrt zur Mine mitnehmen, wenn das hilft«, bot er scheinheilig zustimmend an, woraufhin ihn die Familienmitglieder entsetzt ansahen.

Der Kustode wusste allerdings genau, dass dieses Angebot nicht ehrlich gemeint war, daher nickte er leichthin.

»Das wäre eine Möglichkeit, Mr. Donovan. Aber sollte es bei Ihnen aus irgendwelchen Gründen nicht klappen, übernehmen wir das gerne. Es sollte bald geschehen, damit Mr. Ransom nicht zu lange warten muss.«

Er verneigte sich vor Maggie und verschwand.

Kurz darauf verließen die vier Kustoden den Hof der Donovans, leise fiel das riesige Tor hinter ihnen zu, welches David sofort mit einem Riegel sicherte.

Die Donovans sahen einander ziemlich ratlos an.

»Wenn Nell das hört, will sie zu ihrem Vater. Vielleicht sagst du ihr das besser nicht, Junge«, schlug Jared unsicher vor. Ihm war bei diesem Vorschlag selbst nicht wohl und Shane schüttelte prompt den Kopf.

»Nein, sie muss alles wissen, was sie betrifft, trotzdem es sie belastet. Sie weiß ja, dass sie diejenige ist, die sie wollen. Wenn sie Nell haben, ist das Leben ihres Vaters auch nichts mehr wert. Und der Winter gibt uns genügend Ausreden, weil sie nicht auffindbar ist. Wir sagen, sie ist geflohen und wir wissen nicht wohin.«

»Was ist mit meinem Vater?«, fragte die entsetzte Stimme Nells hinter ihm. Sie und Tiger hatten den Abmarsch der Kustoden mitbekommen und waren aus ihrem Versteck gekrabbelt.

Soeben standen sie in der offenen Tür zum Salon und sahen Shane geschockt an. Er wandte sich Nell zu, und Maggie legte mitfühlend den Arm um ihre Schultern.

Nun erklärte Shane ihr mit knappen Worten die Bedeutung des Geschehenen. Nell verstand den Zusammenhang mit Jim und Alans Tod und sie wusste, das Shane Recht hatte. Der Gedanke an den Vater, der in den Minen festgehalten wurde, machte ihr sehr zu schaffen.

Sie schluckte schwer, dann sah sie Shane direkt an.

»Du hast Recht, wir müssen baldmöglichst hier weg! Sonst bringe ich euch auch in Gefahr.«

Alle redeten zugleich, dass dies Unsinn sei, aber Shane nickte ihr beifällig zu.

»Genug!«

Mit einem einzigen Wort brachte er das Geschnatter um sich herum zum Schweigen.

»Wir gehen noch in der Nacht bis zum Fluss, so sieht es keiner der Raben und auf dieser Seite sind auch keine Eiswölfe.

Bei Tagesanbruch überqueren wir die Schlucht und wandern je nach Rabenverkehr durch dieses Grasland am Tag oder, falls es nicht anders geht, bei Nacht.

David, kannst du uns bis zur Schlucht begleiten? Dann könnten wir bis dorthin reiten und du nimmst mein Pferd mit zurück.«

David wandte ein: »Und wenn du später zurück willst, musst du zu Fuß gehen. In einer Woche ist Winter, Shane! Das ist ein langer Weg in der Kälte.«

Shane grinste ihn unbeeindruckt an und antwortete seinem Bruder spöttisch:

»Das macht nichts, es ging letztes Jahr ohne Probleme. Ich habe schon ein warmes Hemd dabei, Mama.«

Diese Bemerkung fing ihm einen leichten Schlag von der Hand seiner Mutter auf den Hinterkopf ein.

Er umarmte sie und flüsterte: »Wir schaffen das, Mum, keine Sorge.«

Dennoch glitzerten Tränen in ihren Augen und auch Emily und Jared wirkten sehr unglücklich.

Tiger sah Emily an und Nell erkannte gerührt den anbetenden Blick des Jungen und das schüchterne Lächeln von Shanes kleiner Schwester. Die beiden mochten einander wohl. Nell nahm den überraschten Shane an der Hand und zog ihn mit in ihr Zimmer.

Shane sah sie unsicher lächelnd an.

»Das ist ja mal eine Überraschung: Du möchtest mit mir allein sein, Nell?«

Sie zuckte zusammen und sah ihn mit schlechtem Gewissen an.

»Hm, na ja. Ich wollte Emily und Tiger einen Moment allein gönnen.«

Shane sah sie mit großen Augen fragend an und sie kicherte.

»Du wirst mir doch nicht sagen wollen, dass du, Herr-ich-weiß-alles-und-kann-alles nicht bemerkt hast, dass es bei den beiden gefunkt hat?«

Shane überlegte und musste ihr Recht geben.

Doch er war noch nicht fertig mit ihr.

»Also, es ging nicht um mich und dich, Nell? Wie lange werde ich warten müssen, bis du mal mit mir alleine sein möchtest?«

Seine dunklen Augen blitzten wie aus Übermut, Nell erkannte jedoch den Ärger dahinter.

Leise sagte sie: »Langsam lerne ich dich ein bisschen kennen und einschätzen, Shane. Ich weiß, was ich dir alles verdanke.

Aber Respekt und Bewunderung sind noch nicht dasselbe wie Liebe. Und ich habe nicht einmal annähernd das Gefühl, dass du für mich etwas empfindest! Habe ich hier Unrecht, Shane? Kannst du sagen, dass du mich liebst?«

Nun war es Shane, der ein schlechtes Gewissen hatte.

Doch, sie hatte durchaus Recht. Wie konnte er von ihr fordern, was er selbst nicht geben konnte oder wollte?

Und Nell wusste sofort, was er dachte, als sie in sein inzwischen so vertrautes Gesicht sah.

Warum aber tat die Gewissheit so weh, dass es ihr beinahe die Tränen in die Augen trieb?

Shane sah es ihr an und nahm sie instinktiv in die Arme. Sie schmiegte sich, trostsuchend und ohne nachzudenken, an seinen warmen Körper. Sanft meinte er:

»Es wird schon werden, Nell. Wir sind einfach sehr verschieden. Und ich bewundere dich sehr wohl. Du hast eine gehörige Portion Mut, Süße, und großes Verantwortungsbewusstsein. Und ich …, ich mag dich inzwischen sehr. Du wirst mir unglaublich fehlen und der Winter wird endlos werden«, seufzte er.

Nell fürchtete sich davor.

Ein langer Winter bei fremden Menschen, ohne die Donovans, ohne die Schwarzen Reiter, ohne Shane!

»Du wirst mir auch fehlen«, rutschte es ihr heraus und Shane hielt sie eine Armlänge von sich und sah sie prüfend an. Er erkannte, dass sie die Wahrheit sprach und zog sie wieder an sich heran, um sie sanft und ausführlich zu küssen.

Beide genossen diesen Kuss, der aus Zuneigung, nicht aus Liebe gegeben wurde. Und sie fürchteten die nahe Zukunft:

Die gefährliche Reise und den langen Winter in *Maroc* und *Lilas*.

In Sicherheit

Am gleichen Abend noch brachen sie auf. David hatte bei einem Gang zum Markt festgestellt, dass eine wesentlich größere Anzahl von Kustoden in den Gassen unterwegs war als gewöhnlich. Auch schien beinahe auf jeder Zinne ein weißer Rabe zu sitzen.

»Das wird schwierig heute rauszukommen«, warnte er seinen Bruder, doch Shane winkte ab.

»Ja, wenn wir einige Wochen warten, wird es wieder leichter werden, aber dann ist Winter und da ist die Reise für Nell und Tiger zu hart. Das will ich ihnen nicht zumuten. Wir schaffen es schon!«

Tigers und Emilys Abschied voneinander zu beobachten, brach einem schier das Herz und Nell beneidete die beiden um die Sicherheit ihrer Gefühle, obwohl sie sich nur wenige Tage kannten. Auch wenn der Abschied unter Liebenden hart ist, fällt er doch leichter, wenn man weiß, woran man ist.

Gleich zu Beginn der Dämmerung, als alle weißen Raben verschwunden waren, schlichen sie in schwarzer Kleidung zu den Ställen. Sie ritten nur mit zwei Pferden:

Tiger mit David und Nell mit Shane, damit David unauffälliger zurückkehren konnte.

Sie waren dick vermummt mit mehreren Kleidungsschichten angezogen, so dass ihre Bündel nicht mehr so schwer wogen.

Shane hatte in seinem Rucksack Ledermäntel, falls Regen kommen sollte, denn der Himmel hatte sich in den letzten Tagesstunden grau gefärbt.

Nass stundenlang durch die Kälte zu reiten, bedeutete im besten Fall eine Erkältung, im schlechtesten eine Lungenentzündung, die oft tödlich verlief.

Einige Male musste sie sich vor den Wachen verbergen, die kreuz und quer durch *Maroc* patrouillierten, aber es gab viele Winkel und Hauseingänge, die es den vieren erleichterten, für kurze Zeit unsichtbar zu werden.

Im Stall warteten sie länger, bis der Torwächter, der auf Seiten der Schwarzen Reiter stand, endlich Dienst hatte.

Dann brachen sie eilig auf.

Tiger und Nell saßen bereits im Sattel und die beiden Donovan-Brüder führten die Pferde, deren Hufe wieder geräuschvermindernd umwickelt waren.

Sie schlichen durch das Stadttor und ritten dicht an der, sie nun nicht mehr schützenden Mauer ihrer Heimatstadt vorbei.

Nell überkam ein beklemmendes Gefühl:

Alles würde anders sein, wenn sie zurückkehrte, dessen war sie sich sicher. Falls sie zurückkehrte!

Seltsamerweise fühlte sie sich in Shanes Armen, die sie umfingen, da er die Zügel hielt, irgendwie getröstet.

Sie ritten am Fluss entlang und überquerten ihn in Richtung des alten Lagers der Schwarzen Reiter.

Sie ließen die Holzbohlen-Brücke herunter und ritten zum Lager. David, der dies alles noch nicht gesehen hatte, war begeistert.

Dann machten sie unter dem Tarnzelt Rast: Sie entfachten ein kleines Feuer, tranken heißen Tee und aßen etwas. Und warteten auf das Ende der kurzen Nacht.

Nell rollte sich auf einer Decke zusammen und legte ihren Kopf auf einen der Rucksäcke, während sie die Männer miteinander reden hörte. Sie hatte das Gefühl, gerade eingeschlafen zu sein, als Shane sie weckte.

Verschlafen rappelte sie sich hoch und rieb sich die Augen. Die Pferde blieben ohne Sattel im Paddock zurück und fraßen gemächlich an einem kleinen Heuhaufen, denn sie würden hier auf David warten. Dieser sollte Shane, Nell und Tiger noch bei der Überquerung des Flusses helfen, dann umkehren und in der nächsten Abenddämmerung heimreiten.

Shane versuchte, seine Angst um den Bruder zu verdrängen.
Für David war es neu, die Stadt unauffällig verlassen und betreten zu müssen. Er gab ihm immer wieder Ratschläge, bis David ihn schließlich irgendwann entnervt anfuhr:
»Shane, ich habe es verstanden. Ich weiß, dass es gefährlich ist und ich habe dir gestern Abend gut zugesehen. Ich schaffe das schon. Ich habe das mit dem Eiswolf auch hingekriegt, wenn du dich erinnern kannst. Euer Weg ist um ein Vielfaches gefährlicher, also konzentriere dich lieber darauf, anstatt bei mir das Kindermädchen zu spielen.«
Shane fuhr sich durch die Haare, und Nell erkannte diese Geste inzwischen wieder. Dies tat er immer dann, wenn ihm etwas über den Kopf zu wachsen drohte. Ihr Verlobter sah ihren prüfenden Blick und grinste verlegen. Nun schlug er David so fest auf die Schulter, dass dieser zusammenfuhr.
Jetzt war Shanes Grinsen echt und wie gewohnt spöttisch.
»Alles klar, David. Entschuldige! Schauen wir nach vorne, du hast Recht.«
Es war ein mühsames Unterfangen zu der Stelle zu kommen, an welcher Shane den Fluss nach *Lilas* hinüber überqueren wollte.
Widerspenstiges Dornengestrüpp, ein kleiner, eng bewachsener Wald und ein morastiger Boden erschwerten das Vorwärtskommen gewaltig. Gerade als die Dämmerung anbrach, kamen sie endlich an der Schlucht an.

Nell schauderte, als sie sich vorsichtig vorbeugte und hinuntersah. Es ging hier bestimmt zwanzig Meter hinab, bis zu dem Fluss, der sich hier reißend seinen Weg grub.
Tiger war genauso blass im Gesicht wie Nell, als er Shane stotternd fragte: »Da müssen wir hinüber, Shane? Ist das die einzige Möglichkeit?«

Shane sah das Unwohlsein der beiden und antwortete so ruhig er es vermochte:

»Die andere Möglichkeit ist die Brücke bei den Sitai. Also keine wirkliche Alternative, Tiger. Keine Angst, ich habe das schon gemacht. Ich bringe euch sogar rüber, wenn ihr die Augen zumachen wollt«, scherzte er und Tiger lohnte es ihm mit einem jämmerlichen Lächeln.

Nell sah sich um und Shane zeigte zu dem Baum direkt an der Klippe hinauf, dessen ausladende Äste mit der Krone des Baumes von der anderen Seite der Schlucht zusammenstießen.

Hätte Nell es nicht schon einmal bei der Brücke zum Lager gesehen, wäre ihr auch hier das Seil, das dort oben verborgen war, nicht aufgefallen.

Shane turnte geschickt auf den Baum und löste einen Knoten, mit dem das Seil gesichert war.

Danach stieg er noch ein Stückchen höher und wiederholte das Ganze mit einem zweiten Seil, bevor er wieder hinabstieg. Nun konnte man sehen, dass die beiden Seile über die Schlucht zum Baum dort drüben verliefen. Eines war etwa zwei Meter oberhalb des anderen gespannt.

David half seinem Bruder, die Seile festzuzurren, dann testete Shane sie aus. Er schnallte sich alle Rucksäcke zugleich um, balancierte auf dem unteren Seil und hielt sich an dem oberen fest. Ohne zu zögern überquerte er die etwa acht Meter breite Schlucht.

Drüben angekommen legte er die Rucksäcke ab und sah zu den dreien auf der anderen Seite hinüber.

Nell schüttelte den Kopf und Shane verbeugte sich, als bäte er sie um einen Tanz bei Hofe.

Dann kam er auf dem gleichen Weg genauso gewandt zurück. Er musterte sie und fragte: »Na, wie sieht es aus? Wer will zuerst? Bitte nicht streiten!«

Tiger und Nell blickten sich an, keiner sprach ein Wort.

David meinte zögernd:

»Hast du ein zusätzliches Seil, um die beiden zu sichern, Shane?«

Shane sah seinen Bruder respektvoll an. David benutzte seinen Kopf wirklich zum Denken.

Er musste allerdings noch zweimal über die Schlucht, um mit einem kurzen Seil vor ihnen zu stehen. Diesmal meldete sich Tiger freiwillig und Nell schwieg weiterhin eisern.

Shane band Tiger das Seil unter den Armen hindurch fest, schlang es über das obere Führungsseil und fixierte es erneut an dem Jungen.

Nun stellte er sich wieder lässig auf das untere Seil und winkte Tiger ihm zu folgen. Der Junge folgte zuerst zögernd, kam aber dann, ohne hinab zu blicken, schnell hinter Shane nach.

Drüben angekommen, löste Shane die Sicherung und kehrte damit zurück zu Nell, während Tiger aufatmend an dem Stamm des riesigen Baumes herabrutschte und von dort aus das Weitere beobachtete. Shane befestigte das Seil nun ebenso an Nell.

Bevor er auf das Seil stieg, verabschiedete er sich jedoch zuerst von David. Einen kurzen Moment sahen sich die äußerlich so verschiedenen Brüder in die Augen, dann sagte David gepresst:

»Viel Glück, Shane. Bis in ein paar Tagen!«

Shane war nicht wohl, musste er sich doch das erste Mal ernsthaft um David sorgen.

»Dir auch, David. Grüß die Eltern und Emily von mir. Und schau nach oben, ob Raben fliegen. Und bleib weg vom Wald …, ach, du machst das schon! Nell, kommst du?«

Mit diesen Worten spazierte er wieder auf das Seil und streckte die Hand nach Nell aus. Diese wandte sich mit Tränen in den Augen zu David um, der sie fest in die Arme schloss.

»Du schaffst das, Nell! Schau einfach nicht nach unten. Ich wünsche euch einen ruhigen, warmen Winter. Gutes Essen werdet ihr wohl bekommen, was Shane von den Leuten dort erzählt hat. Jetzt geh schon, Süße, bevor Shane auf dem Seil festfriert.«

In den letzten Minuten hatte es tatsächlich zu regnen begonnen.

Es war noch nicht kalt genug, um zu schneien, aber alles wurde glitschig und Nells Finger fühlten sich bereits eisig an.

Sie löste sich von David und wandte sich zu Shane um. Sie fasste das obere Seil fest und begann hinter Shane her zu balancieren.

Einmal rutschte ihr Fuß ab und für einen Moment baumelte sie nur an ihren Händen, wenn auch an dem Seil gesichert, über dem Abgrund und Tiger stieß einen kurzen erstickten Laut aus.

Shane war rückwärts vor ihr hergegangen und hatte Nell stets im Blick gehabt. Seine Hand schoss vor und half ihr sich wieder zu stabilisieren.

»Ganz ruhig, Nell. Es ist nichts passiert. Du hast es gleich geschafft. Hey, bist du nicht das Mädchen, das ohne Sicherung über turmhohe Zinnen spaziert?«

Sie atmete tief durch, dann sah sie ihn beinahe entspannt an.

»Ja, mag sein, aber da schlafe ich eigentlich fast. Pass du lieber auf, du hast nicht einmal ein Sicherungsseil«, antwortete sie konzentriert und er lächelte sie liebevoll an.

Dieses Mädchen! Immer wenn er mit Gekreische rechnete, wurde sie richtig kaltblütig.

Dann waren sie auch schon sicher drüben angekommen und Shane verstaute die Seile, bis sie in den Baumwipfeln nicht mehr auszumachen waren.

Als nächstes zog er aus seinem Rucksack für alle drei die Regenkleidung, welche sie über die schwarze Verkleidung warfen.

Sie schulterten ihre Rucksäcke und winkten David ein letztes Mal zu. Dieser verschwand nun wieder im Gebüsch, während sich die drei auf den Weg Richtung *Lilas* machten.

Shane drängte zu einem schnelleren Tempo.

»Wir haben Glück, dass es regnet. Das heißt, es sind keine Raben unterwegs und wir können tagsüber reisen. Etwa sechs Stunden Marsch, dann haben wir es geschafft. Los jetzt!«

Folgsam trabten sie los, aber Nell erinnerte sich daran, dass sie, ihrer Stickerei zufolge, nach ungefähr der Hälfte des Weges dieses Grasland mit den seltsamen Löchern erreichen würden.

Nell hatte kein gutes Gefühl dabei. Andererseits hatte sie gerade eine Schlucht überschritten, obwohl sie es zuvor nicht für möglich gehalten hatte.

Nun wurde es zusehend kälter, und sie versteckte ihre Hände unter dem Mantel. Die Luft war so kalt, dass sie ihren Atem sehen konnten.

Der Winter näherte sich mit eiligen Schritten!

Sie wanderten unterhalb eines Hügelkamms entlang, um möglichst unsichtbar zu sein. Nach etwa zwei Stunden schnellen Marsches erreichten sie den Rand der Hügelkette und Shane bedeutete ihnen hinter einem Felsen, der dort allein am Rand des Hügels lag, in Deckung zu gehen.

Erleichtert lehnte sich Nell an den Felsen und rutschte in einen bequemen Sitz auf den Boden. Tiger tat es ihr grinsend gleich, dann blickten sie über die vor ihnen liegende Landschaft.

Seltsam war das erste Wort, das ihnen zu diesem Grasland einfiel: Wie große Wellen in je hundert Meter Abstand floss das Land gleichsam dahin. Das Gras war ungefähr einen Meter hoch und wurde von dem heftiger einsetzenden Regen niedergedrückt.

Offensichtlich wurde hier nie gemäht. Je flacher das Gras nun wurde, desto deutlicher wurden die Löcher im Boden, von denen Shane bereits berichtet hatte.

Alle zwanzig Meter etwa konnte man ein Loch erkennen. Der Durchmesser betrug nicht mehr als fünfzig Zentimeter, also konnten es nur kleine Sandwürmer sein. Aber Nell erinnerte sich nur zu gut an die scharfen Reißzähne und die vier Hauer. Kleine Sandwürmer genügten immer noch, um jemanden erheblich zu verletzen. Mit diesen Abständen zwischen den Löchern sollte es ihnen allerdings möglich sein, sich ungehindert durch das Grasland zu schlängeln.

Nell blickte zu Shane hinüber, der den Himmel beobachtete: Keine Raben weit und breit – diese Biester mochten nicht gerne nass werden.

Er schien ihren Blick zu spüren und gab leise seine Anweisungen.

»Esst eine Kleinigkeit und wenn ihr etwas anderes Dringendes zu erledigen habt, ist drüben ein Busch. Wir werden jetzt leise, aber flott dort unten durchgehen. Da hinten – seht ihr diesen braunen Fleck am Horizont? Man sieht heute nicht allzu gut wegen des Regens, das ist das Haupthaus von *Lilas*. Nach diesem Grasland müssen wir über einen kleinen Bach – er ist nicht tief und nicht breit«, grinste er in die entsetzten Gesichter seiner Schützlinge.

»Man kann ihn mit einem großen Schritt überqueren, versprochen.«

»Wo ist der Haken?«, fragte Nell ganz ernsthaft und Tiger kicherte. Shane musste ebenfalls lächeln.

»Kein Haken, Drake! Dann gehen wir auf direktem Weg am Ufer eines Sees entlang bis zum Tor. Am See finden wir etwas Tarnung durch das Schilfgras, falls doch irgendetwas unterwegs sein sollte, von dem wir nicht gesehen werden wollen.«

Nell wurde immer warm ums Herz, wenn er sie Drake nannte. Sie fühlte sich stärker, mutiger und anerkannter, wenn sie ein Schwarzer Reiter war, anstatt eines kleinen Mädchens, welches nicht ernst genommen wurde.

Shane verteilte etwas Brot, das sie rasch vertilgten. Dann nahm jeder einige Schlucke aus dem Lederbeutel, den Shane herumgehen ließ.

Nell verstaute alles sorgfältig, während die Männer verschwanden. Nun machte sie sich auf den Weg zum Busch. Tiger und Shane warfen sich die vollen Rucksäcke auf den Rücken, so dass für Nell nur noch der fast leere von Shane übrig blieb.

Sie schulterte ihn wortlos und wollte gerade losgehen, als Shane die Hand hob und leise sagte: »Ich hoffe, dass auch diesmal nichts geschieht, wenn wir da unten durchmüssen. Sind wir vor der Stadt und werden angegriffen, helfen uns die Lilaner bestimmt. Also falls etwas Unvorhergesehenes passiert, lauft ihr, was das Zeug hält, dorthin! Verstanden?

Für den Fall, dass es nicht möglich ist, benutzt ihr diese hier, wenn euch keine andere Wahl bleibt!«

Er reichte Nell einen schmalen Dolch und Tiger einen kleinen Krummsäbel.

Nell schluckte, ihr Hals fühlte sich an wie ausgetrocknet.

Sie hatte noch nie in ihrem Leben eine Waffe in der Hand gehabt und gebraucht, wenn man die Latte in *Boscano* und ihren Zeichenblock nicht mitzählte.

Der Dolch war glatt und scharf, der Griff mit kräftigen Linien verziert, welche ihn gut und rutschfest auch in einer feuchten Hand liegen ließen.

Nell nahm an, dass sie in jedem Fall feuchte Hände bei einem Angriff hätte; sei es durch den Regen oder aus Angst.

Shane zeigte ihr, wie sie den Dolch hinten in ihren Gürtel unter dem Regencape befestigen und schnell herausziehen konnte.

Tiger hatte seinen Krummsäbel verzückt betrachtet; Männer fanden es offensichtlich toll, Waffen geschenkt zu bekommen.

Shane lächelte über Tigers stolzen Blick, dann sah er Nell tief in die Augen. Sie erkannte seine Besorgnis und wollte ihn gerade beruhigen, da meinte er etwas von oben herab:

»Bleib dicht bei mir, Nell. Ich passe auf dich auf. Der Dolch ist nur für den äußersten Notfall.«

Nell dachte daran, dass sie nun wieder nur Nell, das kleine Mädchen für ihn war. Er spürte ihren Stimmungswechsel und blickte sie stirnrunzelnd und verwirrt an.

»Drake!«, sagte sie bestimmt.

»Ich heiße Drake, wenn wir unterwegs sind und ich vielleicht kämpfen muss. Vor Nell hat sowieso keiner Respekt.«

Dann marschierte sie los und die Männer folgten ihr den Weg bergab. Unten angekommen hielt Shane sie an der Schulter fest, überholte sie und warf ihr im Vorbeigehen zu:

»Der Wolf geht ab jetzt vor, Drake!«

Sein Ton duldete keinen Widerspruch und Nell war damit zufrieden, denn sie erkannte die Vernunft darin.

Keine fünf Minuten später kamen sie bereits an dem ersten Erdloch vorbei und Nell lugte leicht gebückt vorsichtig im Gehen hinein: Alles war dunkel, nichts war zu sehen. An den Löchern gab es keine Anzeichen von Leben.

Ihre Füße raschelten im nassen Gras und hinterließen eine deutliche Spur, aber nichts regte sich. Also waren es doch nachtaktive Kreaturen, wer auch immer hier wohnte.

Nell blickte kurz nach oben, um den Himmel nach Raben abzusuchen, da stolperte Tiger hinter ihr und keuchte laut auf.

Shane und Nell fuhren herum und sahen entsetzt, dass Tiger von einer Klaue, die seinen Fuß umfasst hielt, an das nächste Loch herangezogen wurde.

Sie fiel auf die Knie und hielt ihn unter den Schultern fest, während Shane sein Schwert zog und es mit einem gewaltigen Hieb auf die Klaue niedersausen ließ. Im letzten

Moment wurde diese zurückgezogen und Tiger rappelte sich auf.

Dicht zusammengedrängt standen sie da und versuchten den ersten Schock zu überwinden. Schließlich spürte Nell, wie die Nässe ihre Schuhe durchdrang.

Zugleich befahl Shane: »Weiter jetzt und so weit wie möglich von den Löchern wegbleiben!«

Sie schlossen hinter ihm auf und gingen in schnellem Schritt weiter.

Aber nun waren die Löcher nicht mehr schwarz und undurchdringlich: In jedem Loch sah man zwei rote Augen glitzern, die jede ihrer Bewegungen beobachteten.

Nell musste sich zum Atmen zwingen, die Angst ließ ihr die Luft knapp werden. Auf dem nächsten Wellenhügel blieb Shane kurz stehen und während sie zurückblickten, stockte ihnen der Atem vor Entsetzen.

Es waren keine Sandwürmer, das war nach dem Anblick der Klaue bereits klar gewesen. Nun konnten sie die Kreaturen gut erkennen, die dort hausten. Sie ragten mit den Oberkörpern aus den Löchern.

Sie waren Menschen nicht unähnlich, aber in ihren Augen missgestaltete Wesen. Bucklig, mit schwarzroter schorfiger Haut, dürr und vernarbt. Grässliche schwarz verfärbte Zähne saßen schief in den Mündern; strubblige Haare, verfilzt und schmutzig, hingen ihnen in die Fratzen. Die schmalen wimpernlosen Augen leuchteten rot und heimtückisch auf.

Nell fürchtete sich wie noch nie in ihrem Leben. Ihre Hand sucht die Shanes und er fasste sie mit festem Griff.

»Na, dass die in den Löchern hausen, kann man verstehen«, versuchte er zu scherzen und damit seine Verlobte wieder zu entspannen.

Nell war jedoch keiner Antwort fähig.

Tiger schluckte schwer, als er sich ausmalte, was dieses Wesen in seinem Loch wohl mit ihm gemacht hätte, wenn es ihn hätte hineinziehen können.

Krächzend fragte er: »Warum, denkst du, kommen sie nicht raus, Shane?«

Der junge Mann hob unwissend die Schultern.

»Keine Ahnung! Entweder hängen sie da drin an Wurzeln fest und können nicht raus oder sie kommen nur bei Nacht raus, weil sie das Licht nicht vertragen oder am Tag Feinde haben. Ich weiß es nicht.«

Er hatte noch nicht fertig gesprochen, da ertönte ein entsetzlich schriller Schrei, und alle Lochbewohner waren blitzschnell in ihren Löchern verschwunden.

Sie blickten nach oben und erschraken.

Ein riesiger Vogel kreiste über ihnen und als sie genau hin sahen, erkannten sie, dass es ein Wolfsgeier war, wie sie ihn auch schon in *Boscano* gesehen hatten.

»Hoffentlich ist das hier auch so, dass er keine Menschen mag«, betete Nell innerlich.

»Als Wölfe hätte ich diese Viecher dort unten nicht betrachtet«, meinte Tiger ebenfalls misstrauisch.

»Bist du sicher, Shane, dass wir nicht auf deren Speiseplan stehen?«

Shane holte den Bogen und zwei Pfeile aus dem Rucksack, den Nell trug, und blickte grimmig zum Himmel.

»Ich bin mir überhaupt nicht sicher, Tiger. Doch ich glaube es eigentlich nicht. Lasst uns weitergehen. Der Himmel wird heller, und wenn es das Regnen aufhört, sind die Raben wieder da.«

Er behielt seine Waffen vorsorglich in der Hand, ignorierte aber die Schreie des Wolfsgeiers, der sich hoch oben am Himmel langsam entfernte.

Sie eilten noch eine knappe halbe Stunde durch das löchrige Grasland, dann lag vor ihren Füßen ein weites Tal mit einem See und dahinter eine gewaltige Stadt: *Lilas*.

Ein kleiner Bach befüllte wohl den See und an seinem Ende konnte man einen weiteren Bach erkennen, der in den Fluss mündete, den sie heute schon überquert hatten.

Nun liefen sie in leichtem Laufschritt auf den Bach zu und sprangen ohne Zögern hinüber.

Lilas war bereits ganz nah und sie entdeckten das Tor und die Schießscharten in der hohen Palisadenwand. Sie rannten weiter, ohne ihr Tempo zu verlangsamen, und Shane rief unnötigerweise:

»Weiter, weiter! Der Regen hört auf.«

Nun konnten sie aufgeregte Stimmen hören und eine besonders laute, die Befehle schrie.

Die Palisaden ragten hoch über ihnen auf, und sie hielten gerade keuchend am Tor an, als sich ein Guckloch von innen öffnete.

Ein bärtiger Mann sah heraus und rief drohend:

»Halt! Wer seid ihr und was wollt ihr hier?«

Shane riss sich die Kapuze vom Kopf und antwortete schnell und drängend: »Cedric, ich bin es, Shane. Lass uns hinein, der Regen hört auf!«

Die Augen des Mannes wurden groß, als er Shane offensichtlich erkannte. Er brüllte einen Befehl und das Tor öffnete sich einen Spalt.

Im gleichen Augenblick geschah so viel gleichzeitig, dass Nell das Gefühl hatte zu träumen. Shane packte sie am Kragen und zog sie hinter sich her.

Das Tor schloss sich hinter ihnen, der Regen stoppte, und sie hörten das Flügelschlagen eines Raben über sich.

Bevor sie jedoch in sein Sichtfeld gelangten, schob sie der Mann, den Shane Cedric genannt hatte, zwischen vier weiteren Wachen hindurch in einen schmalen überdachten Gang und riss die Tür zu.

Dann legte er den Zeigefinger auf den bärtigen Mund und bedeutete ihnen zu schweigen.

Die drei keuchten leise vor sich hin, etwas anderes wie Schweigen wäre ihnen auch schwergefallen.

Nell fiel vornüber auf die Knie, und Shane und Tiger stützten sich mit den Händen schwer auf die Oberschenkel.

Der Rabe setzte sich auf das Dach gegenüber, sie konnten seine weißen Schwingen durch die Spalte in der Holztür erkennen.

Dadurch, dass sie im Stockdunklen saßen, waren sie hingegen für den Vogel nicht zu entdecken.

Cedric krümmte seinen Zeigefinger, und Shane half Nell auf die Beine. Dann folgten sie ihrem Führer eine steile Stiege hinunter in einen engen, dunklen Gang weit unter der Erde.

Sie stolperten erschöpft vor sich hin und Nell fürchtete langsam, dass sie sich irgendwann einfach fallen lassen musste, weil sie am Ende ihrer Kräfte war.

Immer wieder zweigten weitere Gänge ab und gelegentlich erkannte man Treppenaufgänge an deren Ende.

Die Beleuchtung war sehr schummrig, nur alle hundert Meter gab es Fackeln in Haltern an der Wand, die nicht mehr als einen kleinen Schein spendeten.

Gerade als Nell dachte, dass *Lilas* wohl nur unter der Erde existiert und riesig sein müsste, erreichten sie eine Treppe und erklommen diese.

Cedric öffnete die Tür, und grelles Tageslicht blendete die Neuankömmlinge.

Als sich ihre Augen an die Helligkeit gewöhnt hatten, erkannten sie, dass sie in einem Saal vor einer ganzen Reihe von Menschen standen, die sie alle erstaunt anstarrten.

»O nein, jetzt falle ich wahrscheinlich vor so vielen Menschen um!«, stöhnte Nell innerlich, während sie sich Regen und Schweiß, die sich vermischt hatten, aus dem Gesicht rieb.

Der Mann, der ihnen am nächsten war, kam auf sie zu.

Er war nicht groß und ein bisschen rundlich und Nell erinnerte sich wieder, was Shane erzählt hatte: »... die *Lilaner* essen sehr gerne, was man bei den meisten auch sieht.«

Der Mann umarmte Shane herzlich und rief polternd: »Was für eine Freude, Shane, du hast es mal wieder geschafft in einem Stück an den Zoarks vorbeizukommen.«

Shane erwiderte die Umarmung und grinste, dann verneigte er sich vor der kleinen, rundlichen Frau, die neben den Mann getreten war, und sagte mit unübersehbarer Freude: »Erienne, wie schön dich zu sehen. Bitte entschuldige mein unangekündigtes Auftauchen! Mal wieder!«

Die Frau lächelte ihn an und gluckste:

»Na, an der Nachrichtenübermittlung müsst ihr beiden eben noch etwas arbeiten. Doch wen hast du uns denn diesmal mitgebracht, Shane? Nun muss ich doch mit dir schelten: Du setzt diese jungen Menschen einer solchen Gefahr aus? Das ist nicht richtig! Auch wenn wir uns sehr über neue Gesichter freuen.«

Shane war bei ihrem Tadel ernst geworden und erwiderte, während er Nell und Tiger nach vorne schob:

»Du hast Recht, Erienne, aber du kennst mich: Ich hätte es nicht getan, wäre mir eine andere Wahl geblieben. Ich werde es euch gerne in einer ruhigen Umgebung erklären: Das hier ist meine Verlobte Nell, und der junge Mann hier heißt Tyler.«

Die Frau umarmte erst Nell, dann Tiger und wies mit einer grazilen Handbewegung auf den Mann neben ihr:

»Ich bin Erienne, meine Lieben, und dies hier ist Bram, mein Mann und der Bürgermeister von *Lilas*. Ihr seid uns natürlich von Herzen willkommen. Bram, ich gehe mit unseren Gästen schon vor, dann kannst du in Ruhe deine Sitzung fortführen und nachkommen.«

Während sie hinter Erienne zur Tür des großen Gebäudes gingen, verfolgt von etwa dreißig Augenpaaren, erklärte ihnen die Frau des Bürgermeisters:

»Wir haben gerade unsere wöchentliche Versammlung. Da wird alles Mögliche besprochen: Änderungen,

Schutzvorrichtungen, Krankheiten, Geburten, na ja, eben, was so passiert oder zu tun ist.

Jeder kann teilnehmen. Wenn es regnet und die Raben mal nicht da sind, erledigen wir gerne auf der Straße, was nicht gesehen werden sollte. Wie den Schutz an den Häusern verstärken, damit diese Vögel nicht so viel sehen können.

Handel betreiben mit Gütern, mit denen uns verboten ist zu handeln: zum Beispiel Kartoffeln. Da lässt der Eiskönig uns keine einzige zum Eigenverbrauch, warum wissen wir nicht! Aber jetzt gehen wir zu unserem Haus hinüber, es sind nur wenige Meter.«

Sie wollte gerade die Tür aufstoßen, da hielt sie Shane zurück:

»Erienne, es regnet nicht mehr. Und unsere Kleidung ist zu auffällig.«

Erienne zuckte zurück und überlegte, während sie mitleidig in das erschöpfte Gesicht Nells sah.

»Nun gut. Nell, du nimmst meinen Umhang und ihr beiden geht den unterirdischen Weg. Nehmt gleich diese Treppe hier. Du findest den Weg noch, Shane?«

Der junge Mann nickte und nahm Nell den Rucksack und das Regencape ab. Erienne warf ihr das eigene wollene braune Cape über Kopf und Schultern und zog sie hinter sich her über die Straße.

»Einfach nicht nach oben sehen, unterhalte dich mit mir, dann merken sie nicht, dass du neu bist! Du bist auch aus *Maroc*, Nell? Wie lange seid ihr denn verlobt?«, versuchte sie das Mädchen abzulenken.

Nell lächelte sie offen an und antwortete ehrerbietig: »Vielen Dank, Erienne. Ja, ich bin auch aus *Maroc* und wir sind schon einige Jahre verlobt. Aber mein Vater ist zurzeit in den Minen beschäftigt und meine Stiefmutter ist … böse. Dann wollte Shanes Mutter, dass wir uns besser kennen lernen. Deswegen habe ich die letzten Wochen bei den Donovans verbracht.«

Erienne musterte das Mädchen, während sie in gelassenem Tempo nebeneinander hergingen.

Nell war vermutlich noch nicht volljährig, sehr klein und zierlich, besaß aber ein hübsches Gesicht mit unglaublich ausdrucksstarken Augen in einem warmen Braunton.

Die glänzenden braunen Haare waren für ein Mädchen in *Lilas* viel zu kurz und Erienne fragte direkt:

»Haben bei euch die Mädchen die Haare alle so kurz, Nell?«

Nell errötete, und Erienne spürte, dass sie verletzt war.

Sie biss sich auf die Lippen und versuchte ihre Worte abzumildern.

»Es steht dir ausgezeichnet, daher dachte ich, es ist vielleicht so üblich!«

Das Mädchen sah ihr in die Augen und erkannte, dass die Frau es nicht verletzend gemeint hatte.

»Nein, auch bei uns sind lange Haare der Schmuck einer Frau. Aber ich musste fliehen und mich als Junge ausgeben, deswegen musste ich sie kürzen.«

Erienne war entsetzt.

»Ach, du armes Ding. Du musstest sie zu deiner Sicherheit abschneiden? Sie waren bestimmt wunderschön. Dieses warme Braun und du hast Locken, nicht wahr?«

Nell nickte und entspannte sich etwas.

Ehe sie noch weiter ausgefragt werden konnte, kamen sie an einem zweistöckigen Haus an, dessen Dach mit Gräsern gedeckt war. Es hatte viele Fenster, die allerdings von außen nicht einsehbar waren.

Erienne öffnete die Tür und rief, noch bevor die Tür hinter Nell wieder geschlossen war:

»Fleur, Pascal, seid ihr da? Kommt bitte mal herunter.«

Dann nahm sie Nell das Cape ab und bat sie die Schuhe auszuziehen und neben der Tür abzustellen.

Das Mädchen erhielt dicke Wollsocken, in die sie mit Wohlbehagen hineinschlüpfte.

Ihre Zehen hatten sich angefühlt, als seien sie aus Eis geformt. Langsam begann sie nun ihre Füße wieder zu spüren. Die Kleidung war klamm vom Regen, aber nicht nass, und Nell würde es wohl noch ein wenig darin aushalten können.

Nun öffnete sich eine weitere Tür im Erdgeschoss und Shane und Tiger traten in den Flur, während zugleich über eine Treppe aus dem Obergeschoss zwei junge Menschen heruntergelaufen kamen, die Shane freudig begrüßten und Nell und Tiger neugierig musterten.

Erienne stellte sie einander vor:

»Dies sind meine Kinder: Fleur und Pascal. Und dies hier sind Shanes Verlobte Nell und Tyler.«

Nell entging nicht das enttäuschte Aufblitzen in den Augen des Mädchens, welches Shane mit einem reizenden Lächeln begrüßt hatte. Pascal hingegen hieß Nell sehr charmant willkommen.

Sie wurden in die Wohnstube gebeten und setzten sich an den großen Tisch. Die Kinder halfen ihrer Mutter das Essen an den bereits gedeckten Tisch zu tragen und legten noch drei weitere Gedecke auf. Es duftete köstlich, und Nell spürte, wie ihr vor Hunger übel wurde.

Tapfer kämpfte sie gegen diese Regung an, aber Shane bemerkte ihr schnelles Atmen und sah sie fragend an. Nell winkte unauffällig ab, es wurde ja schon besser.

Langsam begann sie zu essen: Gemüse und etwas, was sie bisher sehr selten gegessen hatte – Fleisch.

Es schmeckte gut, aber für Nells ausgehungerten Magen war es zu viel. Sie sprang auf und fragte stockend:

»Erienne, entschuldige bitte, mir ist schlecht. Wo kann ich …?«

Die Frau verstand nicht gleich, was sie meinte, und Nell erkannte am entsetzten Gesicht Fleurs, dass sie alle dachten, das Essen schmecke ihr nicht. Es war ihr entsetzlich peinlich, aber es blieb ihr keine Zeit für weitere Entschuldigungen.

Shane durchschaute ihr Problem. Er schob sie auf den Flur und packte im Vorbeigehen eine Schüssel und ein Handtuch.

Nell dachte, während sie sich über der Schüssel übergab, dass es wirklich nicht mehr schlimmer kommen konnte. Warum konnte sie sich nicht einfach an den Tisch setzen, essen und die Kochkünste der Gastgeberin loben?

Als sie fertig war, zitterten ihr so die Knie, dass sie sich auf den kalten Boden des Flurs fallen ließ. Ihr Gesicht war schweißüberströmt und ihr Atem ging schwer. Sie legte die Hände auf ihren schmerzenden Magen, während ihr die Tränen der Scham und der Erschöpfung über das Gesicht liefen.

Erienne trat aus dem Zimmer, und als sie den erbärmlichen Zustand des Mädchens erkannte, war jedes Befremden über ihr Benehmen vergessen. Das arme Würmchen, was hatte es vermutlich schon alles mitmachen müssen?

Sie nahm Shane die Schüssel ab und brachte diese in einen anderen Raum, dessen Tür sie wieder schloss.

Daraufhin winkte sie Shane ihr zu folgen.

Dieser trocknete Nells Tränen wortlos mit dem Tuch, dann nahm er sie auf die Arme und folgte ihrer Gastgeberin die Treppe hinauf.

Oben gab es mindestens fünf Räume: Gleich den ersten nach der Treppe betraten sie, und Shane ließ Nell langsam herab.

Erienne sagte sanft: »Geh du nun hinunter, Shane, und iss fertig. Fleur soll bitte mit etwas Tee und Brot heraufkommen. Geh schon, ich kümmere mich um Nell!«

Nell standen die Tränen in den Augen, als sie die liebevollen Blicke Eriennes bemerkte.

Leise stotterte sie: »Es tut mir leid, das gute Essen. Ich konnte es einfach nicht bei mir behalten. Entschuldige, wenn ich dich gekränkt habe, Erienne. Es schmeckte wirklich sehr gut. Ich weiß nicht, was gerade mit mir los ist.«

Die ältere Frau strich ihr übers Haar und meinte mitfühlend:

»Das ist die Erschöpfung, Nell, und die Angst, die du heute wahrscheinlich ausgestanden hast. Du hast einiges hinter dir, mein Kind, also mach dir deswegen keine Gedanken. Jetzt packen wir dich ins Bett und versuchen es erst einmal mit etwas, das einen weniger starken Geschmack und Geruch hat.

Lass mich dir helfen, ich denke, dein junger Mann wird in Kürze wieder an deinem Bett stehen, so besorgt, wie er aussah.«

Nell widersprach nicht, und als sie nach einer Katzenwäsche in einem sauberem Nachthemd unter den duftenden Bettdecken steckte, fühlte sie sich wunderbar.

Aber Erienne ließ nicht zu, dass sie einschlief, denn sie sollte doch noch etwas zu sich nehmen.

Fleur erschien mit den gewünschten Dingen und sah ihrer Mutter zu, wie sie Nell mit sanftem Zureden zum Essen und Trinken überredete.

Das Mädchen war verwirrt. Dies war die Verlobte von Shane, diesem interessanten und wagemutigen und vor allem gutaussehenden Mann? Was fand er an diesem kleinen, schwächlichen Kind?

Plötzlich spürte sie Nells Blick auf sich und wusste, die andere hatte ihre Gedanken erahnt. Nells Augen waren groß und etwas ängstlich, aber nicht vorwurfsvoll, und irgendwie fühlte Fleur sich auf einmal zu ihr hingezogen. Sie setzte sich an die andere Seite des Bettes und sagte zur Mutter: »Geh du nun essen, Mutter. Vater ist auch gerade gekommen, ich bleib hier bei Nell.«

Erienne nickte beifällig, denn sie hoffte, dass sich die zwei gleichaltrigen Mädchen näherkommen würden. Außerdem wollte sie ungern Shanes Geschichte verpassen.

»In Ordnung. Dann schlaf gut, Nell. Wenn du irgendetwas brauchst: Wir schlafen gegenüber und Tyler und Shane sind am Ende des Gangs untergebracht. Scheu dich nicht, uns zu wecken! Danke, Fleur.«

Sie saßen lange unten zusammen, und Shane erzählte seinen Gastgebern vieles, was sie schaudern ließ. Nell dagegen schlief nach kürzester Zeit ein und begann im Schlaf vor sich hin zu weinen, während Fleur ihr mitleidig, aber auch sehr verunsichert, ob sie sie wecken sollte, die Hand hielt.

Dann öffnete sich die Tür, und Shane stand im Türrahmen. Er nickte Fleur ernst zu:

»Vielen Dank, Fleur. Das war nett von dir, bei ihr zu warten. Doch ich fürchte nach dem Tag heute, wird sie sehr schlecht schlafen. Ich bleibe bei ihr. Wärst du so freundlich und sagst Tyler, dass er kurz vorbeikommt? Danke und gute Nacht!«

Das Mädchen verabschiedet sich eingeschüchtert, und als auch noch Tyler in dem Zimmer verschwand und nicht wieder erschien, war sie etwas entsetzt. Ihre Eltern jedoch reagierten auf ihre Ansicht nicht wie erwartet. Sie erzählten Fleur, was ihnen zuvor Shane berichtet hatte, und das Mädchen schüttelte fassungslos den Kopf, als es selbst hinauf ins Bett ging.

So tapfer hätte sie Nell nicht eingeschätzt, da durfte man schon Alpträume bekommen, ohne sich schämen zu müssen!

Die Gäste in dem Haus schliefen tief in dieser Nacht, die Gastgeber jedoch lagen noch lange wach. Zu sehr beschäftigte sie das, was in der Zukunft auf sie alle zukommen sollte.

Am nächsten Morgen schien die Sonne, aber sie hatte erstmals einen metallischen Schimmer, wie es eine Wintersonne hat, die nur für wenige Stunden den Tag erhellt.

Jetzt waren es nur ein paar Tage, und der Schnee und die langen, kalten Nächte würden kommen.

Die Bewohner von *Lilas* waren gewappnet:

Die Tore und Mauern waren verstärkt und die Wachen des Nachts verdoppelt. Denn längere Dunkelheit bedeutete, dass auch die Zoarks vermehrt ihr Unwesen trieben und versuchen würden, nach *Lilas* hineinzukommen.

Die Häuser waren mit zusätzlichen Strohmatten isoliert, Torf und Holz zum Heizen lagerte in riesigen Scheunen und vor jedem Haus. Vorräte waren in den Kellern gebunkert und die warme Schneekleidung sowie Schneeschuhe und Schaufel lagen bereit.

Der Winter konnte kommen, auch wenn es ihnen lieber gewesen wäre, er käme nicht.

Nell und Tiger erhielten Kleidung von den Rousseaus, und Nell war am Morgen wieder in der Lage ein Frühstück zu essen und dieses auch bei sich zu behalten.

Sie war sehr verlegen geworden, als sie neben Shane und Tiger erwacht war. Tigers Nähe in der Nacht war sie bereits durch die Aufenthalte im Lager gewohnt, aber Shane in einem Bett neben sich zu haben, war etwas ganz anderes. Die beiden jungen Männer waren taktvoll vor ihr hinuntergegangen, und Nell hatte sich alleine in dem Zimmer fertig machen können.

Als sie den Wohnraum betrat, saßen schon alle zusammen und unterhielten sich fröhlich. Es wurde kein Aufheben um sie gemacht, aber Pascal war aufgesprungen und schob ihr aufmerksam einen Stuhl bereit. Nell bedankte sich, musste jedoch lächeln, als sie sich vorstellte, wie das aussah – sie, in ihren Hosen, bekam einen Stuhl hingeschoben.

Shane beobachtete ihre Reaktion und dachte wieder einmal, dass sie mehr zu lachen haben sollte. Sie war zu ernst, zu traurig, zu sehr in sich gekehrt für ein junges Mädchen. Sie hatte nichts von dem gehabt, was ihr als Angehörige einer höheren Gesellschaftsschicht sonst zustand: Tanzveranstaltungen, Freundinnen, Verehrer.

Dennoch beschwerte sie sich nie. Aber Shane war sich sicher, dass sie weitaus unbeschwerter und selbstsicherer wäre, hätte sie ein anderes Aufwachsen in einer liebevollen Familie gehabt.

Und er dachte dankbar an seine eigene Kindheit voller Lachen und Liebe, und dass er es seinen Eltern einmal bei Gelegenheit sagen müsste, dass er dies zu schätzen wusste.

Erienne hatte ähnliche Gedanken gehabt: »Nell, ich kann mir vorstellen, dass die Hosen auf einer Reise praktisch sind. Hier würdest du auffallen und das sollte nicht sein. Fleur leiht dir gerne eines ihrer Kleider, und dann lassen wir morgen die Schneiderin kommen, damit du neue bekommst. Ist das für dich in Ordnung?«

Nell seufzte. Sie hatte sich wirklich in ihren Hosen wohl gefühlt, aber Erienne hatte natürlich Recht.

»Ich danke dir, Erienne, und auch dir, Fleur. Das ist sehr nett von euch. Ich habe ein Kleid dabei, müsste es nur aufbügeln, weil man ihm genau ansieht, wo es sich die letzten Tage befunden hat: in meinem Rucksack.«

Fleur lachte ihr zu.

»Dann machen wir das doch gleich nach dem Frühstück, Nell.«

Nell blickte zu Shane hinüber, der sie entspannt ansah.

Seine Gedanken konnte sie wie üblich nicht lesen, aber natürlich konnte er nun ganz entspannt sein: Jetzt hatte er ein halbes Jahr Ruhe vor ihr. Sie dachte an Gillian, und ihr Herz schmerzte.

Shane sah, wie sich ihre Augen verdunkelten und der Blick traurig wurde und wunderte sich.

Jeder war nett zu ihr. Besser und sicherer konnte sie nirgendwo über den Winter kommen als hier. Irgendwie ärgerte ihn ihre Reaktion, so sagte er kurzangebunden: »Ich werde morgen in aller Frühe zurück nach *Maroc* gehen, Nell.«

Tiger sah ihn erschrocken an, Nell hingegen blickte auf die glänzende Tischplatte hinab und fuhr sanft mit den Fingern darüber und schwieg.

Fleur, die direkt neben ihr saß, war die einzige am Tisch, die das feuchte Glitzern in ihren Augen erkennen konnte.

Anscheinend war Nell ihr Verlobter doch nicht so gleichgültig, wie es bisher ausgesehen hatte. Ein halbes Jahr Trennung, das war hart.

Shane beobachtete ihre Finger, wie sie die Maserung des Holzes nachfuhren und wünschte sich, er wäre an der Stelle des Tisches. Dieser Gedanke regte ihn, im Angesicht von Nells scheinbarer Uninteressiertheit ihm gegenüber, wieder auf.

Er sagte mit eisiger Stimme:

»Ich würde dich gerne sprechen, Nell. Lass uns etwas spazieren gehen. Erienne, können wir von euch Mäntel und Mützen borgen, damit wir nicht auffallen?«

Nell stand widerspruchslos auf und bedankte sich höflich für das Frühstück. Dann schlüpfte sie vor Shane in den Gang hinaus und zog dort ihre Stiefel an, die immer noch leicht feucht waren.

Erienne gab beiden Mützen und Jacken, sie wirkten wie ein Mann mit einem Jungen und die mütterliche Frau meinte augenzwinkernd:

»Solange sie kein Kleid anhat, solltest du sie in der Öffentlichkeit nicht küssen, Shane. Ihr würdet auffallen.«

Shane grinste und tippte mit dem Finger an die Mütze.

»Ja, Madame, ich versuche daran zu denken.«

Nell spürte, wie der Zorn in ihr hochkochte. Mit Erienne schäkerte er herum, und sie erhielt nur Kommandos von ihm.

Draußen wandte sich Shane nach links und erklärte:

»Ich zeige dir kurz die Stadt, aber geh vorerst nicht ohne einen der Rousseaus hinaus. Wir müssen leise reden, die Raben hören nicht allzu schlecht.«

Sie waren noch nicht weit gegangen, als er seinen Gedanken Luft machte und sie mit harter Stimme anfuhr:

»Was war vorhin mit dir los, Nell? Was passt dir nicht? Du könntest ruhig mal etwas Dankbarkeit an den Tag legen, dafür dass du hier so gut untergebracht bist!«

Sie fuhr herum, und er sah, wie wütend sie war.

Warnend sagte er: »Leise, Nell!«

Sie zischte ihn an:

»Dankbarkeit – wofür? Dafür, dass du mich hier ablädst, um dann so schnell wie möglich wieder zu verschwinden. Es fällt dir sehr leicht mich hier zu lassen, nicht wahr? Ich bin einfach nicht so unterhaltsam wie andere. Ich beschwere mich überhaupt nicht über die Unterbringung, es sind reizende Menschen.

Es ist die Art und Weise, wie du dich meiner entledigst, die mich stört. Vielleicht hast du ja Glück und irgendeine unbekannte Gefahr schafft mich dir vom Hals über diese lange Zeit.«

Nell schwieg aufgebracht, und Shane versuchte ihre unerwarteten Worte zu verstehen und zu verdauen.

Als sie um die nächste Ecke bogen, drückte er sie rasch zwischen ein Haus und einen Schuppen, während er gleichzeitig nach oben sah: Kein Rabe.

Grollend widersprach er ihren Ansichten.

»Nell, bist du verrückt? Ich lasse dich doch nicht hier, weil ich dich loswerden will. Es ist in *Maroc* zu gefährlich für dich, das weißt du doch!«

Er war in starker Versuchung sie zu schütteln, damit ihr Verstand wieder zurückkäme. Dann sah er jedoch ihre Augen und die mühsam unterdrückten Tränen. Endlich ging ihm ein Licht auf.

Sanft hob er ihr Kinn empor und sah ihr in die dunklen Augen. Einen Moment lang versuchte sie den Blick zu senken, aber die Neugier ließ sie aufsehen.

Shanes Augen glitzerten schwarz wie mancher Edelstein, den die Donovans aus den Minen geholt hatten. Er war ihr so nah, und sie sah das erste Mal einen weichen Zug in seinem Gesicht.

»Nell«, flüsterte er. »Du langweilst mich nicht, keine Sekunde. Du verwirrst mich und manchmal denke ich, du verabscheust mich. Du bedeutest mir sehr viel, und ich hasse es, dich hier lassen zu müssen. Ich hasse es zu wissen, dass ich dich hier nicht beschützen kann.«

Sie stieß ihn erneut zurück und fauchte:

»Ja, ich bin ja so wichtig. Ich muss beschützt werden. Ich weiß, dass du gerne den Beschützer spielst, Shane. Aber das reicht mir nicht, denn du tust es wegen dem, was ich bin. Nicht weil ich dir etwas bedeute – allein meine Fähigkeiten sind wichtig für dich!«

Shane schüttelte ärgerlich den Kopf.

»Das ist Unsinn, Nell. Blödsinn, Quatsch, Unsinn! Denk doch endlich einmal wie eine Erwachsene, in wenigen Monaten bist du immerhin volljährig!«

Nells Hand zuckte hoch, und die Versuchung, in das verächtlich verzogene Gesicht vor ihr zu schlagen, war stark. Aber dies würde ihm nur beweisen, wie kindisch sie war, also unterdrückte sie ihren Impuls mühsam.

Plötzlich unendlich müde senkte sie den Kopf und bat ihn leise:

»Lass uns weitergehen, Shane. Das bringt doch alles nichts. Du wirst immer tun und lassen, was du willst. Egal, wem du damit wehtust, nicht wahr?«

Shane zog sie, trotz ihrer Gegenwehr, an sich und legte seinen Kopf auf ihr weiches Haar. Einen Moment standen sie so ungewohnt friedlich da, dann sagte er langsam, denn die Worte kosteten ihn Überwindung, beschädigten seinen Stolz.

»Nell, ich weiß, dass ich dir wehgetan habe. Und es gibt nichts, wirklich gar nichts in meinem Leben, was ich so sehr bereue wie das! Glaubst du mir das bitte?«

Sie spürte seinen ruhigen Herzschlag an ihrem Ohr und die Wahrheit hinter seinen Worten und nickte.

Shane atmete tief ein.

Er hatte geahnt, dass es schlimm für sie gewesen war. Seine Schuld klar zuzugeben und es laut und deutlich auszusprechen, war schwer für ihn, aber absolut notwendig: für Nell und ihre gemeinsame Zukunft.

Nicht schwer dagegen fielen ihm die nächsten Worte: »Es wird keine Gillian für mich mehr geben, Nell, und keine andere. Ich schwöre es dir!«

Nell sah zu ihm auf und nickte wieder. Sie fühlte, wie sich der Stein, der tonnenschwer auf ihrem Herzen gelegen hatte, langsam auflöste. Sie glaubte ihm.

Er lächelte, als er dies spürte und meinte leise: »Nachdem gerade kein Rabe da ist und uns auch sonst niemand sieht …«

Nell schloss ihre Augen und fühlte seine weichen Lippen auf den ihren. Sie schlang ihre Arme um seinen Hals und erwiderte den Kuss ausführlich. Seine Hände fuhren unter dem Mantel ihren Rücken hinunter und wieder hinauf – langsam und zärtlich. Dann spürte sie seine Fingerspitzen an ihren Brüsten und erschauderte wohlig.

Gemächlich löste er sich von ihr und sah sie liebevoll an.

Er nahm ihr Gesicht in beide Hände und gerade, als er sie erneut küssen wollte, hörten sie, wie sich Schritte näherten. Er zog sie weiter in den Schatten des Schuppens, und sie warteten, bis ein Mann vorübergegangen war, ohne in den Zwischenraum zu sehen.

Bedauernd sagte er: »Ich würde lieber noch hier bleiben, aber …«

Nell nickte verständig, obwohl auch sie gerne an der Stelle weitergemacht hätte. Shane rückte ihr die Mütze wieder gerade und grinste mühsam.

»Ein halbes Jahr, verdammter Mist! Das ist schon sehr lang, vor allem jetzt.«

Nell blickte ihn sehnsüchtig an, schließlich stellte sie sich auf die Zehenspitzen und küsste ihn auf die Mundwinkel.

Erst rechts, dann links, dann direkt auf den Mund. Leicht wie ein Windhauch, aber unendlich schön.

Sie flüsterte in sein Ohr:

»Ja, sehr lang. Aber wenn wir uns wiedersehen, bin ich volljährig. So halten wir besser bis dahin durch.«

»Wirst du mich dann heiraten, Nell?«

Seine Stimme war sehr ernst.

Sie antworte ihm ehrlich:

»Wenn du dann sagen kannst, dass du mich liebst, Shane. Erst dann heirate ich dich.«

Er sah, dass es ihr auch absolut ernst war, und es blieb ihm nichts anders übrig, als dies zu akzeptieren.

Bloß, wie sollte er erkennen, wann es wirklich Liebe war? Wie fühlte sich der Unterschied zwischen Zuneigung, Begehren und Liebe an? Er hatte ein halbes Jahr Zeit, um dies zu lernen.

Sie verließen die Nische, und Shane zeigte ihr, was er von der Stadt bereits kannte. Dennoch musste er sie warnen.

»Nell, du wirst dich bald hier besser auskennen als ich und weit besser als in *Maroc*. Aber neben den Raben und diesen Monstern draußen muss es auch hier etwas oder jemanden geben, der die Einwohner für den Eiskönig überwacht oder sogar lenkt. Der Eiskönig überlässt nichts dem Zufall. Trau keinem außer den Rousseaus.«

»Vor allem keinem mit eisblauen Augen«, murmelte Nell vor sich hin, und Shane nickte lächelnd.

»Denen besonders nicht. Bleib in Tigers Nähe und, bitte, schlafwandle nicht. Bitte nicht!«

Nell hob hilflos die Schultern.

»Denkst du, ich kann es irgendwann beeinflussen? Vielleicht bin ich dann für euch wertlos«, überlegte sie.

Shane schüttelte den Kopf.

»Keine Ahnung, ob du das lernen kannst. Und wertlos bist du bestimmt nicht, besonders nicht für mich«, entgegnete er entschlossen.

»Aber du solltest die Augen offen halten, am Tag – wenn du wach bist. Vielleicht findet ihr einen Hinweis, was der Schlüssel von *Lilas* sein könnte. Unternimm nichts ohne Tiger! Wenn du eine Nachricht für mich hast, sag es Bram. Er hat eine meiner Brieftauben und kann mir Bescheid geben.«

Sie waren wieder vor dem Haus der Rousseaus angekommen, und beide zögerten, den ersten Schritt hinein zu tun, weil es das Ende ihrer Zweisamkeit bedeutete.

Da segelte ein Rabe über sie hinweg und landete über ihnen auf dem Dachfirst. Dies war ein deutliches Zeichen nicht mehr zu zögern.

Shane öffnete die Tür und schob Nell nach drinnen.

Der Rabe ließ ein Krächzen hören, dann flog er weiter.

Nell und Tiger ließen es sich am nächsten Tag nicht nehmen, mit Shane aufzustehen und ihn mit Bram zum Tor zu begleiten. Sie gingen den direkten Weg über die Gassen, denn die Raben schliefen noch.

Shane wollte kurz vor Sonnenaufgang losgehen, um keine Zoarks mehr anzutreffen. Da es nicht regnen würde, bestand natürlich die Gefahr, dass vereinzelt Raben über das Land flogen und ihn entdecken könnten.

Nell war schlecht vor Angst um Shane. Sie war kreidebleich, als sie innen vor der Holztür standen, hinter der sich das große Tor befand.

Nun war es Zeit sich zu verabschieden: Bram machte den Anfang. Er gab Shane einen grünbeige gemusterten Umhang, in der Farbe des Graslandes, welches er durchqueren musste.

»Wenn du still hältst, während eine dieser Mistkrähen über dich hinweg segelt, dann sehen sie dich nicht. Das war zumindest unser Eindruck, weil nie irgendetwas Gefährliches danach aufgetaucht ist.«

Nell fragte ängstlich: »Was gibt es denn Gefährliches außer Raben und Zoarks?«

Die beiden Männer wechselten einen langen, sprechenden Blick, und Nell zog Shane heftig an der Schulter zu sich herum.

»Was existiert noch da draußen, Shane?«, forderte sie seine Antwort mit zitternder Stimme.

Er grinste sie an und strich ihr über die Wange.

»Nichts, was man nicht mit einer Latte bezwingen könnte, Nell. Kleine Dracomalos!«

Nell konnte jedoch nicht aufatmen, denn sie hatte Brams hochgezogene Augenbrauen bei Shanes Beschreibung gesehen. So klein waren sie wohl nicht.

»Wo leben sie, Bram?«, wollte sie wissen.

Der Bürgermeister wedelte unbestimmt in Richtung Osten.

»Hinter dem Fluss, oben im Gebirge. Diese Viecher sind immer dort, wo es hohe Berge gibt, denn sie haben Horste wie Adler. Mit denen geraten sie auch ab und zu in Streit.«

»Und wer gewinnt?«, fragte Tiger neugierig.

Bram lachte.

»Mal dieser, mal jener. Wer besser Acht gegeben hat, was hinter seinem Rücken geschieht.«

Er wurde ernst und schlug Shane freundschaftlich auf die Schulter. »Es wird Zeit, mein Freund. Sonst wird es zu schnell hell, und du bist noch nicht hinter dem See beim Grasland.«

Shane nickte und schloss Tiger in die Arme.

»Pass auf dich auf, Tiger. Und auf Nell, vor allem bei Vollmond. Ich verlass mich auf dich! Nutzt diesen Winter, um zu lernen.«

Tiger sah ihn mit großen, etwas feuchten Augen an.

»Was sollen wir denn lernen?«

Shane nahm ihn bei den Schultern und sah ihn ernst an.

»Was auch immer euch angeboten wird. Alles ist irgendwann von Nutzen. Nell kann schreiben und lesen. Du kannst kämpfen. Helft euch gegenseitig. Und Erienne kann wunderbar kochen, Nell«, grinste er frech seine Verlobte an, deren Tränen schon wieder locker saßen.

Sie blinzelte ihn gespielt erbost an und nickte dennoch.

»Ja, ich weiß. Irgendwann muss ich dich satt bekommen, und das wird schwer. Erienne kann mir da sicher einiges beibringen.«

Jetzt warf sie sich an seinen Hals und drückte ihn so fest, dass ihm beinahe die Luft wegblieb.

Und Shane hielt sie einen kurzen Moment fest an sich gedrückt, dann schob er sie sanft von sich.

»Nell, ...«, aber zu mehr war er nicht im Stande. Einmal war er vor Rührung über ihre impulsive Reaktion überwältigt, zum anderen konnte er nicht die Worte sagen, die sie vermutlich gerne gehört hätte. Doch sie lächelte ihn verständnisvoll an und nahm seine Hände in ihre kleinen.

»Es ist in Ordnung, Shane. Es ist wie es ist. Pass auf dich auf!«

Nun ließ sie ihn los und er fühlte sich mit einem Schlag sehr einsam, obwohl sie noch neben ihm stand.

Er gab sich einen Ruck und nickte Bram zu.

Dieser öffnete die Tür einen Spalt und spähte hinaus. Dann schlüpfte er hindurch, und Shane folgte ihm sofort. Das große Tor wurde geöffnet und hinter dem jungen Maroconer wieder geschlossen.

Den Weg zurück nahmen sie durch den Tunnel, und sie liefen schnell. Im Haus angekommen eilte Bram die Treppe hinauf und bat die jungen Leute ihm zu folgen.

Sie betraten einen großen Speicher voller Vorräte und Bücher auf Regalen. Zwei kleine Fenster waren an den Stirnseiten vorhanden, und das nach Norden weisende öffnete Bram und holte aus einem Regal ein langes Fernrohr.

Er sah die beiden an, die noch keuchten und bat sie: »Schaut ein bisschen, ob ihr Raben seht. Nicht, dass die das Fernrohr entdecken und nachschauen wollen, was es zu sehen gibt. Wir tauschen gleich mal.« Sie nickten und suchten die umliegenden Dächer und Dachstreben nach weißem Gefieder ab.

Danach gab Bram Nell das Rohr und half ihr es richtig einzustellen.

»Wenn du hier drehst, kannst du das Bild schärfen, wie du es brauchst. Verfolge den Weg zum See. Shane ist links davon, er umrundet bereits den See.«

Nell hielt den Atem an, als sie ihn entdeckte.

Er lief leicht geduckt und unglaublich schnell. Jetzt war er im Schilf verborgen. Sie wartete gespannt, dann sah sie ihn den Hügel hinaufsprinten; dies war der gefährlichste Teil mit der geringsten Möglichkeit auf Deckung.

Widerstrebend gab sie das Fernrohr an Tiger weiter und suchte wieder draußen nach unwillkommenen Spionen.

So wechselten sie sich ab, bis Shane im welligen Grasland der Zoarks verschwunden war. Nell zitterte leicht, als sie Bram ansah.

»Können wir irgendwann erfahren, ob er es geschafft hat?«

Der Mann legte einen Arm um das Mädchen und brummte:

»Wir frühstücken jetzt, denn die nächsten zwei Stunden kann man nichts von ihm sehen. Dann schauen wir nach, ob wir ihn kurz erkennen können, bevor er den Weg zur Schlucht hinabsteigt. Da brauchen wir allerdings Glück, er ist sehr geschickt und geht kein Risiko ein, dein junger Mann. Nell, er schafft das ohne Probleme. Er hat es schon zweimal geschafft! Mach dir nicht allzu viel Sorgen.«

»Aber wenn nicht, und wir wissen es nicht, und seine Familie wartet auf ihn, und keiner kann ihm helfen…?«, ließ sie nicht locker, denn sie sah Shane im Gras liegen, mit einer Zoark-Klaue am Bein wie vor zwei Tagen noch Tiger.

Dass den Freund die gleichen Gedanken verfolgten, sah man seinem bleichen Gesicht an.

Bram wurde energischer.

»Jetzt, …, Frühstück, …, sofort!«, befahl er, und die beiden beeilten sich eingeschüchtert ihm nach unten zu folgen.

Das muntere Geplauder der Familie lenkte sie ab, so dass sie wider Erwarten sogar etwas zu essen vermochten.

Nell half Erienne und Fleur die Küche in Ordnung zu bringen, während die Männer kurz ins Rathaus gingen.

Bram hatte die Aufgabe, die Lieferungen für die anderen Länder für die Gesandten des Eiskönigs bereitzustellen.

Der wöchentliche Termin, bei welchem die Lilaner Gemüse und Getreide sowie Fleisch gegen die Flechtwaren und Gewürze aus *Djamila*, das Holz aus *Boscano* und die Edelsteine und Salz aus *Maroc* über die Sitai und Kustoden austauschten, würde übermorgen sein.

Dies wäre das letzte Mal für eine lange Zeit, denn im Winter würde nur einmal ein Schlitten fahren. Daher war diese baldige Lieferung gewaltig im Vergleich zu sonstigen Tauschtagen.

Aber sie kamen, wie versprochen, rechtzeitig nach Ablauf der zwei Stunden zurück, und die drei eilten wieder in den Speicher. Sie wechselten sich ab wie zuvor. Und diesmal war es Tiger, der Shane entdeckte.

Beruhigt gab er das Fernrohr schnell an Nell weiter, die ihren Verlobten gerade noch über den Rand der Felsen verschwinden sah.

Sie sank auf den staubigen Boden und atmete tief ein. Er hatte es geschafft. Den Rest würde er auch schaffen.

Nun hieß es warten: ein langes halbes Jahr – hauptsächlich im Dunkel des Winters.

Sie gingen erleichtert lächelnd hinunter und begannen zu besprechen, wie sich ihre Tage demnächst gestalten würden.

Im Winter gab es außer Koch- und Näharbeiten für die Frauen und dem Straßendienst und Heizen für die Männer nicht allzu viel zu tun.

So einigten sie sich darauf, dass die vier jungen Leute wirklich miteinander rechnen und lesen lernen sollten. Jeder konnte dem anderen einiges beibringen.

Im Rathaus wurden im großen Saal Theaterspiele geprobt und aufgeführt und auch kleine Wettkämpfe abgehalten.

Hier heiterte sich Tigers Gesicht endlich auf, denn er wusste, im Lesen und Schreiben wäre er in jedem Falle der Schlechteste von ihnen. Kämpfen, das war etwas anderes.

Als sie gerade das Abendbrot herrichteten, klopfte es laut an der Tür, und Erienne, die Hände voller Mehl, bat Nell zu öffnen. Das Mädchen nahm folgsam die Schürze ab und ging zur Tür. Sie musste an der Klinke ziehen, denn die Tür klemmte wegen der abendlich inzwischen sehr kalten Temperaturen. Derjenige, der Einlass begehrte, kannte das Problem offensichtlich und half durch einen heftigen Stoß mit.

Nun kam die Tür Nell so wuchtig entgegengeschossen, dass sie hintenüber fiel. Aber im letzten Moment wurde sie von einem starken Arm aufgefangen.

Eine männliche Stimme rief lachend:

»Na, schönes Mädchen, das war jetzt knapp.«

Nell wurde auf die Beine gestellt und sah in die blauesten Augen, die sie je gesehen hatte.

Davids waren blass dagegen, und Tigers wirkten geheimnisvoller, weil sie so dunkel waren.

Die Augen des Fremden leuchteten vor Lebensfreude und Charme, und Nell brachte kein Wort hervor.

Nun kam Erienne aus der Küche und rief ebenfalls freudig:

»Eric, wie nett, dass du mal wieder vorbeischaust. Bleibst du zum Essen?«

Nell starrte ihn immer noch an.

Eric war etwa so alt wie Shane, aber so wie Shane dunkel war, war Eric hell. Wie Tag und Nacht schoss es Nell durch den Kopf. Ebenmäßige Züge, beinahe zu schön für einen

Mann, wäre da nicht das, etwas zu energisch ausgefallene Kinn.

Gepflegte weiße Zähne lächelten sie an, während Erienne die beiden einander vorstellte.

»Nell, das ist mein Neffe Eric. Er ist der älteste Sohn meiner Schwester und viel im Weinkeller seines Vaters beschäftigt. Sie produzieren einen hervorragenden Wein.

Eric, das ist Nell. Sie ist die Verlobte von Shane, dem jungen Mann aus *Maroc*, den du letztens bei uns kennengelernt hast. Sie bleibt über den Winter hier, weil es in *Maroc* zu gefährlich für sie ist.«

»Wie schön«, war seine knappe und nicht ganz passende Antwort, während er weiterhin das zierliche Mädchen mit den riesigen Augen musterte.

Erienne beobachtete die beiden überrascht und dann misstrauisch.

Nell hatte immer noch nichts gesagt, und Erienne kannte den Charme ihres gutaussehenden Neffen nur zu gut. Innerlich seufzend, schob sie Eric in die Küche und bat Nell, Pascal Bescheid zu sagen, dass sein Cousin hier ist.

Erienne liebte Eric, aber sie schätzte Shane sehr, und sie hatten versprochen, an seiner Statt auf Nell aufzupassen.

Nell war tabu für den Frauenhelden vom Dienst.

Gleich nach dem Essen würde sie ihn auf die Seite nehmen und ihm notfalls die Ohren langziehen! Nell blickte während des Essens fast ständig auf ihren Teller, wohingegen Eric kein Auge von ihr ließ.

Dies war so auffällig, dass jeder andere am Tisch betroffen war. Bram schaute so grimmig drein, wie ihn seine Familie noch nie gesehen hatte und auch Tiger sah Eric hasserfüllt an.

Erienne wusste, dass Komplikationen auf sie zukamen.

Es würde ein langer Winter werden!

Ende Teil I

Der Künstler lebt auch vom Applaus

Ich habe mein Hobby zum Beruf gemacht und die Sucht danach, Träume auf »Papier« zu bringen in Freude für mich und Unterhaltung für meine Leser verwandelt. Es macht mich glücklich, dass es inzwischen einen treuen Leserkreis für meine Storys gibt.

Hat euch die Geschichte gefallen?
Dann freue ich mich über eine nette, kurze Rezension, die bei weiteren potenziellen Lesern für meine Bücher Neugier wecken könnte. Bitte erweitert diese jedoch nicht in eine Inhaltsangabe und nehmt damit anderen die Spannung und das Interesse.

Ich habe euren Geschmack nicht getroffen?
Natürlich könnt ihr auch hier eine faire, begründete Rückmeldung geben, aber denkt bei der Formulierung bitte an Folgendes:
Jeder Autor schreibt mit dem Herzen und hohem Zeitaufwand.
Bei mir beträgt dieser mindestens ein halbes Jahr! pro Buch, dazu kommen noch Zeit und Kosten fürs Marketing.

Ich danke euch in jedem Fall, dass ihr meinen Protagonisten bis zum Schluss gefolgt seid. Wenn sie euch ebenso ans Herz gewachsen sind wie mir, wollt ihr euch die Fortsetzung »Jäger« vielleicht vormerken?
Ich würde mich freuen.

Ainoah Jace

Hauptpersonen

Maroc **– das Land des Sandes und der Minen**
Die Ransoms
Nell
Valeska – ihre Stiefmutter
Bryce – ihr Vater
Natalie – ihre verstorbene Mutter
Ally – Zofe und Küchenhilfe
Mical – Diener
Lizzie – Haushälterin
Beth – Köchin

Die Donovans
Shane
David – sein Bruder
Emily – seine Schwester
Maggie – ihre Mutter
Jared – ihr Vater
Zoe – Dienstmädchen
Gillian – Shanes Freundin

Die Schwarzen Reiter
Jim Ferney – Anführer der Schwarzen Reiter
Alan Ferney – sein Sohn
Wolf = Shane
Drake = Nell
Tiger = Tyler
Scorpion = Clinton
Owl = Merlin
Snake = Josh
Shark = Warrick
Lion = Will
Eagle = Kent
Python = Reed

Die Minenleute
Amy – Tigers Schwester
Stevie – sein Bruder
Ava – ihre Mutter

Boscano – das Waldland:
Matteo – Anführer
Frau Grazia – seine Frau
Mandia – seine Tochter
Bruneo – Matteos misstrauischer Berater
Nardo – Kämpfer
Ruvi und Molina – Zwillingsbrüder

Lilas **– das Land der Felder und Wiesen**
Die Rousseaus
Bram – der Bürgermeister
Erienne – seine Frau
Pascal – ihr Sohn
Fleur – ihre Tochter
Eric – deren Cousin

Der Eiskönig Shahatego und seine Gehilfen
Kustoden – Wächter und Kontrolleure
Kustode Adan – Anführer und Edelsteintransporteur
Sitai – Wachen und Begleitschutz der Kustoden
weiße Raben – allgegenwärtige Spione
Dracomalos – Flugdrachen und Plage der Berge
Eiswölfe – Bewacher der Wege zwischen den Ländern
Seoc – Ungetüm und Bewacher im Eissee

Viele meiner Fantasienamen sind aus verschiedenen Bedeutungen zusammengesetzt, wobei ich natürlich andere Sprachen bemüht habe, ganz einfach weil sie spannender oder auch melodischer klingen.

Ein paar Beispiele:
Shahatego (suaheli – böser König)
Boscano (ital. Bosco – der Wald)
Angelithe (lat. Angelus – Engel, griech. Lithos – der Stein)
Kubwa-Nyani (suaheli – große Affen)
Shetani (suaheli – böse Geister)
Dubumula (suaheli dubu – Bär, malu – Mann)
Mulakali (suaheli – wilder Mann)

Weitere Bücher der Autorin

Fantasy:

»Die Reise«, Sternenflut-Trilogie, Band I
»Die Suche«, Sternenflut-Trilogie, Band II

»Jäger«, Die Traumwandlerin-Saga, Band II
»Gejagte«, Die Traumwandlerin-Saga, Band III
»Sammelband«, Die Traumwandlerin-Saga, Band I-III

»Dunkle Prophezeiung«, Das Buch der Zaramé, Band I
»Fluch über Kaligor«, Das Buch der Zaramé, Band II
»Krieger und Drachen«, Das Buch der Zaramé, Band III
»Sammelband«, Das Buch der Zaramé, Band I-III

»Terra Obscura«, Beretar, Band I
»Porta Caelesta«, Beretar, Band II

Romantikthriller:

(Veröffentlicht unter dem Pseudonym Katie S. Farrell)
»Tausche Traummann gegen Liebe«
»Vertraue mir«
»Jolene – Zauber des Westens«, Die Dawsons, Band I
»Erin – Zauber der Insel«, Die Dawsons, Band II
»Savannah – Zauber des Spiels«, Die Dawsons, Band III
»Magnolia – Zauber des Südens«, Die Dawsons, Band IV
»Lana – Auf gefährlichen Pfaden«, Die Dawsons, Band V

Informationen und Kontakt

Weitere Informationen zur Autorin, Blog, Leseproben, Downloads und Kontakt:

ainoahjace.com
facebook.com/ainoahjace
twitter.com/ainoahfantastic

katiesfarrell.com
facebook.com/katiesfarrell
twitter.com/katiesromantic

google.com/+monanebl